M

Papel certificado por el Forest Stewardship Council®

Penguin
Random House
Grupo Editorial

Título original: *Hooked*

Primera edición: junio de 2023
Séptima reimpresión: enero de 2024

© 2021, Emily McIntire
© 2023, Penguin Random House Grupo Editorial, S. A. U.
Travessera de Gràcia, 47-49. 08021 Barcelona
© 2023, Cristina Macía, por la traducción

Printed in Spain – Impreso en España

ISBN: 978-84-19501-73-8
Depósito legal: B-7.946-2023

Compuesto en Compaginem Llibres, S. L.
Impreso en Rodesa
Villatuerta (Navarra)

GT 0 1 7 3 8

HOOKED

Una historia de Nunca Jamás

EMILY MCINTIRE

Traducción de Cristina Macía

montena

LISTA DE REPRODUCCIÓN

«Lost Boy», de Ruth B
«Control», de Halsey
«Heathens», de Twenty One Pilots
«Bad Romance», de Lady Gaga
«bury a friend», de Billie Eilish
«Blood // Water», de Grandson
«In the Shadows», de Amy Stroup
«Look What You Made Me Do», de Taylor Swift
«ocean eyes», de Billie Eilish
«Lifetime», de Justin Bieber

Para todos los que hayan sido el villano
en el relato de otra persona

«Puedes conseguir cualquier cosa, siempre que estés dispuesto a sacrificar todo lo demás».

J. M. BARRIE, *Peter Pan*

Advertencia: este libro incluye contenido sexual explícito, consumo de drogas y escenas violentas.

Nota de la autora

Hooked es una novela romántica oscura contemporánea, un cuento de hadas retorcido para adultos.

No es ni fantasía ni un *retelling*.

El personaje principal es un villano. Si buscas una lectura tranquila con redención y un malo que se convierte en héroe, no la encontrarás en estas páginas.

Hooked contiene escenas de sexo explícito y contenido para adultos no adecuado para todos los públicos. El lector queda advertido.

Yo prefiero que te adentres en el libro sin saber más, pero, si quieres, hay una lista de advertencias sobre temas delicados en EmilyMcIntire.com

PRÓLOGO

Érase una vez…

No es como había imaginado.

Lo de matarlo.

Tenso los nudillos mientras giro la muñeca y, cuando abre mucho los ojos, la sangre del cuello me salpica la piel del brazo. Siento una oleada de satisfacción por haber optado por clavarle el cuchillo en la arteria carótida. Es lo suficiente letal para asegurar su muerte, pero también lo bastante lento para disfrutar viendo cómo se le escapa cada segundo de su miserable vida y se lleva su patética alma.

Sabía que solo tardaría unos segundos en perder el conocimiento, pero no me hacía falta más.

Unos segundos.

Lo justo para que me mire a los ojos y sepa que soy el monstruo que él contribuyó a crear. La encarnación de sus pecados que vuelve para exigir justicia.

Aunque me habría gustado que suplicara. Un poco, al menos.

Sigo a horcajadas encima de él mucho después de que la sangre haya dejado de salir a borbotones. Con la palma de una mano encallecida en torno a su cuello y la otra en la funda del cuchillo, espero algo. Pero lo único que llega es un escalofrío cuando su sangre se me enfría sobre la piel y comprendo que no será su muerte lo que me dé la paz.

No lo suelto hasta que el teléfono me vibra en el bolsillo. Solo dejo de notar su peso cuando suelto el cadáver para contestar la llamada.

—Hola, Roofus.

—¿Cuántas veces te tengo que decir que no me llames así? —me espeta.

Sonrío.

—Una más, como mínimo.

—¿Ya lo has hecho?

Recorro el despacho a zancadas y entro en el baño. Abro el grifo hasta que el agua sale tibia. Activo el manos libres y empiezo a lavarme las salpicaduras de sangre de los brazos.

—Por supuesto.

—¿Qué se siente? —gruñe Ru.

Me agarro al borde del lavabo y me inclino hacia delante para mirarme en el espejo.

«¿Qué se siente?».

No se me ha acelerado el corazón. Ningún fuego me ha recorrido las venas. No se me han estremecido los huesos. No he sentido ninguna descarga de energía especial.

—Un poco anticlimático, me temo.

Cojo una toalla del gancho de la pared y me seco al volver al despacho a buscar mi traje.

—Bueno, no me sorprende. James Barrie, el tipo más difícil de complacer del puto universo.

Sonrío mientras me abotono la chaqueta y me coloco bien los puños antes de volver a donde yace mi tío.

Lo miro desde arriba. Tiene los ojos negros y vacíos clavados en el techo; la boca, abierta, floja... como tantas veces me obligó a tenerla a mí.

Tiene gracia.

Pero ya me habían robado la inocencia mucho antes de que lo hiciera él.

Le doy una patada para apartarle la pierna. Las asquerosas botas de piel de cocodrilo parecen flotar en el charco de sangre que se ha formado bajo su cuerpo.

Suspiro y me pellizco el puente de la nariz.

—Esto ha quedado un poco... sucio.

—Ya me encargo yo. —Ru se echa a reír—. Ánimo, muchacho. Lo has hecho muy bien. ¿Nos vemos en el Jolly Roger? Hay que celebrarlo.

Cuelgo el teléfono sin responder y me paro un momento para hacerme a la idea de que son los últimos momentos que voy a pasar con un pariente. Cierro los ojos, respiro hondo y trato de sentir una punzada de pena.

No lo consigo.

Tic.

Tic.

Tic.

El sonido rompe el silencio y me retuerce las entrañas. Aprieto los dientes y abro los ojos. Aguzo el oído para detectar de dónde viene ese sonido incesante. Me acuclillo, me saco el pañuelo del bolsillo del pecho y busco en el bolsillo de los vaqueros de mi tío para coger su reloj de oro.

Tic.

Tic.

Tic.

La rabia me retuerce las tripas y estrello el reloj contra el suelo. Se me acelera el corazón y me pongo de pie para pisotear ese objeto repulsivo una y otra vez, hasta que el sudor me corre por la frente, me baja por la mejilla, cae al suelo. Solo consigo relajarme cuando me aseguro de que no volverá a sonar.

Me recompongo, suelto el aire que había estado conteniendo, me peino con los dedos y muevo el cuello.

Bien. Así está mejor.

—Adiós, tío.

Me vuelvo a guardar el pañuelo y me alejo del hombre al que desearía no haber conocido.

Estoy un paso más cerca del responsable de todo. Y, esta vez, no dejaré que salga volando.

CAPÍTULO 1

Wendy

Nunca he estado en Massachusetts, pero había oído hablar del frío. Así que el cambio de temperatura en comparación con Florida me impacta, pero me lo esperaba. De todos modos, tirito en mi camiseta de tirantes al sentir la brisa en los brazos. Me dan ganas de no haber venido, de no haber seguido a mi familia a su nueva casa en Bloomsburg.

Pero no soporto la idea de no estar a una llamada de teléfono de distancia si me necesitan. Mi padre es adicto al trabajo, más aún tras la muerte de mi madre; si no estoy con ellos, Jonathan, mi hermano de dieciséis años, se quedaría solo.

Siempre he sido la niña de papá, aunque me lo pone difícil. Tenía la esperanza de que bajara el ritmo tras la mudanza, de que dedicara más tiempo a la familia en lugar de seguir buscando el siguiente negocio al que hincarle los dientes. Pero Peter Michaels no es de los que se relajan. Su sed de nuevas empresas supera con mucho a su necesidad de vida familiar. Encabeza por quinto año consecutivo la lista de hombres de negocios de *Forbes*, así que oportunidades no le faltan. Además, ser el dueño de la aerolínea más importante del hemisferio occidental le proporciona financiación más que suficiente para eso.

NuncaJamAir. «Si puedes soñarlo, nosotros te llevamos».

—¿Por qué no salimos esta noche? —dice mi amiga Angie mientras limpia la barra del Vanilla Bean, la cafetería donde trabajamos.

—¿A hacer qué? —pregunto.

La verdad es que me apetecía estar en casa y relajarme. Solo llevo aquí poco más de un mes y he estado trabajando tanto que no he pasado ni una noche con Jonathan. Pero está en esa etapa adolescente de «no necesito nada, no necesito a nadie», así que a lo mejor ni me quiere cerca.

Se encoge de hombros.

—Ni idea. Dos de las chicas hablaban antes de ir al Jolly Roger.

Arrugo la nariz, tanto por lo de «chicas» como por el nombre del local.

—Venga ya, Wendy. Llevas aquí casi dos meses y no has salido conmigo ni una vez.

Saca el labio inferior y junta las manos como si suplicara. Niego con la cabeza y suspiro.

—A tus amigas no les caigo bien.

—No es verdad —insiste—. Lo que pasa es que no te conocen. Y para que te conozcan, tienes que salir con nosotras.

—No sé, Angie… —Me muerdo el labio inferior—. Mi padre no está en la ciudad y no le gusta que salga y llame la atención.

Pone los ojos en blanco.

—Chica, que tienes veinte años. Corta el cordón.

Le dedico una sonrisa desganada. Como la mayoría de las personas, no entiende lo que es ser la hija de Peter Michaels. No podría cortar el cordón ni aunque quisiera. Su poder e influencia llegan a todos los rincones del universo; nada ni nadie escapa a su control, que yo sepa. Si lo hay, no lo conozco.

Suena la campanilla de la puerta. Maria, la amiga de Angie, entra y se contonea hacia nosotras mientras las luces del techo arrancan destellos de su melena negra.

La miro con las cejas arqueadas y me vuelvo hacia Angie otra vez.

—Además, ¿en qué locales te dejan entrar con veinte años?

—¿No tienes un carnet falso? —pregunta Maria al llegar a la barra.

—Por supuesto que no. —No me he colado en un bar ni en un club en mi vida—. Mi cumpleaños es dentro de unas semanas. La próxima vez saldré con vosotras.

Hago un ademán para zanjar el asunto.

Maria me mira de arriba abajo.

—¿No tienes el carnet de tu hermana, Angie? Se parecen un poco… —Me toca el pelo castaño—. Solo tienes que enseñar un poco más de cuerpo y ni mirarán la cara del carnet.

Suelto una carcajada como para descartar lo que dice, pero se me ha hecho un nudo por dentro y me sube un calor por las venas que hace que me sonroje. No soy de las que rompen las normas. Nunca lo he sido. Pero la idea de salir esta noche y hacer algo prohibido me provoca un cosquilleo por todo el cuerpo.

Maria es una de «las chicas» y nunca me ha parecido acogedora, pero la veo sonreír, pasarse los dedos por el pelo, y pienso que tal vez Angie tenga razón. Tal vez sean cosas mías, y en realidad lo que pasa es que no les he dado una oportunidad. Nunca he tenido un grupo de amigas, así que no sé muy bien cómo funciona.

—Me importa un rábano que no quieras salir. —Angie hace un puchero y me tira el trapo húmedo—. Voy a tomar una decisión inapelable.

Me echo a reír y vuelvo a negar con la cabeza, luego sigo preparando las tazas para toda la mañana.

—Mmm. —Maria hace una pompa de chicle que estalla con estrépito. Me clava los ojos oscuros en el perfil—. ¿No quieres salir?

Hago un gesto de indiferencia.

—No es eso, es que…

—Mejor así —me interrumpe—. El JR no es para ti.

Siento un ramalazo de ira y enderezo la espalda.

—¿Eso qué quiere decir?

Esboza una sonrisa despectiva.

—No es para niños.

—Venga, Maria, no seas así —interviene Angie.

Maria se echa a reír.

—No soy de ninguna manera. Va, en serio. ¿Y si está él? ¿Te imaginas? La pobrecita quedaría marcada de por vida solo por estar en el mismo edificio y tendría que ir corriendo a contárselo a su papaíto.

Levanto la barbilla.

—Mi padre está de viaje.

Ella inclina la cabeza hacia un lado y aprieta los labios.

—Pues a tu niñera.

Estoy cada vez más molesta y tomo la decisión para demostrarle que se equivoca. Miro a Angie.

—Vale, voy —digo sin poder contenerme.

—¡Bien! —Angie da palmadas.

A Maria le brillan los ojos.

—Espero que no sea demasiado para ti.

—Vale ya, Maria. No le pasará nada. Es un bar, no un club porno —le bufa Angie, y se vuelve hacia mí—. No le hagas ni caso. Además, solo vamos a ver si consigue atraer la atención de su hombre misterioso.

—Atraeré su atención. —Angie inclina la cabeza hacia un lado.

—Pero si ni siquiera sabe que existes, chica.

Maria se encoge de hombros.

—Tarde o temprano tendré suerte.

Arqueo las cejas, confusa.

—¿De quién habláis?

Maria esboza una sonrisa, y Angie se queda pensativa.

—De Garfio.

CAPÍTULO 2

James

—Nos han hecho una nueva propuesta.

Sirvo dos dedos generosos de Basil Hayden en el vaso de cristal, añado un cubito de hielo y disfruto del sabor antes de volverme hacia Ru.

—No sabía que estábamos abiertos a propuestas.

Se encoge de hombros, vuelve a encender el puro y le da una larga calada.

—Porque no lo estamos. Pero soy un hombre de negocios, y esta tiene mucho potencial.

Me habla con el puro en la boca, pero son muchos años de beberme sus palabras como si fueran el evangelio y no me cuesta entenderlo.

Roofus, al que todos llaman Ru, es la única persona en la que confío. Me salvó del infierno y nunca podré pagarle lo que le debo. Pero mi deuda es solo con él, así que las cosas se ponen difíciles cuando decide meter a más gente en nuestra operación.

Con los años, se está volviendo descuidado.

—Cualquier día de estos, esa incapacidad tuya para rechazar el «potencial» te va a costar muy cara —le digo.

Entorna los ojos.

—No tengo la menor intención de morir y dejarle mi herencia a un inglés.

Sonrío. Todo esto es mío; lo que pasa es que no le gusta decirlo en voz alta. No quiere reconocer que el estudiante ha superado al maestro, que solo lleva las riendas porque yo se lo permito. Ha sido así desde que la sangre de mi tío me corrió por las manos hace ocho años, el día en que cumplí los dieciocho. Lo destripé como al pescado repugnante que era, y luego, con el mismo cuchillo, corté el filete durante la cena, retando a cualquiera a preguntarme por qué llevaba aún los dedos manchados de rojo.

Llaman «jefe» a Ru, pero al que le tienen miedo es a mí.

Dejo el vaso al borde del escritorio y me siento en un sillón.

—No me hacen gracia los chistes sobre tu mortalidad.

A veces tengo la sensación de que Ru cree que es intocable. Eso hace que a veces sea descuidado. Se confía demasiado. Permite que la gente se le acerque más de lo que debería. Por suerte, me tiene a mí. Le clavaré un cuchillo en el vientre a cualquiera que lo intente, y disfrutaré viendo cómo se les apaga la vida en los ojos mientras su sangre me mancha las manos.

Cuando has experimentado lo mismo que yo, aprendes enseguida que la inmortalidad solo se consigue en el recuerdo de los demás.

Ru se inclina hacia delante y deja el puro en el ornamentado cenicero que tiene en una esquina del escritorio.

—Pues presta atención. Tengo a alguien que quiere asociarse con nosotros. —Sonríe—. Quiere ampliar nuestra distribución. Quiere llevar el hada a nuevos territorios.

—Fascinante. —Me quito una mota de la chaqueta del traje—. ¿Y quién es? —pregunto, solo para darle el gusto.

Tengo cero interés en un nuevo socio. Llevamos tres años con el mismo distribuidor para la mercancía y yo mismo lo elegí. Lo vi sudar cuando veía que cargábamos el polvo de hada en la avioneta, escondido en cajones de langostas. Fui sentado con él en la cabina todo el vuelo y no paré de dar vueltas entre los dedos a la navaja de garfio mientras él se meaba de miedo.

Si quieres que alguien te sea leal, tienes que hacer que comprenda que te lo mereces. Y yo he conseguido que entiendan que un cuchillo de garfio duele más cuando el que lo empuña disfruta causando dolor.

Ru se seca la boca con la mano.

—¿Has oído hablar de los aviones de NuncaJamAir?

Me quedo paralizado y se me hiela la sangre en las venas. Estoy seguro de que nunca le he mencionado ese nombre a nadie y menos a Ru.

—No, la verdad. —Me tiembla la mandíbula.

—Pues debes de ser el único. —Ru se ríe—. El dueño, Peter Michaels, se acaba de mudar aquí.

El corazón me va a estallar. ¿Cómo es posible que no me haya enterado?

—Busca nuevas «aventuras» —sigue Ru. Sonríe y le brillan los dientes, un poco torcidos—. Es nuestro deber darle la bienvenida y enseñarle un poco cómo son las cosas por aquí.

Se me cierran los puños con la rabia que me sube por dentro cada vez que oigo el nombre de Peter Michaels. Cojo el vaso con los dedos tensos, aprieto el cristal mientras la anticipación florece en mi pecho.

Qué suerte que el hombre al que tanto quiero matar se presente ante mí en una bandeja de plata.

—Bueno, parece una oportunidad excelente. —Sonrío.

Ru coge el puro.

—No te estaba pidiendo permiso, muchacho. Pero me alegro de que te parezca bien.

—¿Cuándo vamos a reunirnos con él?

Bebo un sorbo para controlar los latidos de mi corazón.

—Me voy a reunir con él esta noche, yo solo. —Entorna los ojos.

Se me retuercen las tripas.

—Deja que vaya contigo, Roofus. No puedes ir solo.

Ru deja escapar un suspiro y se pasa la mano por el pelo, de un ridículo color rojo.

—Tú resultas demasiado intimidante. Y esta reunión tiene que ser en buenos términos.

«Eso no se lo discuto».

—Por lo menos, llévate a uno de los muchachos.

Solo con pensar en Ru a solas con Peter Michaels se me ponen los pelos de punta.

Ru lanza un anillo de humo al aire. Me inclino hacia él y apoyo los nudillos en el escritorio.

—Roofus, escucha. Prométeme que no irás solo. No hagas tonterías.

—Y tú no olvides cuál es tu lugar —me replica—. Estoy al mando yo, no tú. Respondes ante mí. Por una puta vez, muestra un poco de gratitud y haz lo que te digo.

Su tono de voz me hace apretar los dientes. Si fuera otra persona, le daría las gracias por recordármelo justo antes de cortarle la lengua. Pero Ru puede hacer muchas cosas que no le permito a nadie más.

La primera vez que vi a Ru yo tenía trece años, hacía dos que me habían mandado a Estados Unidos, a vivir con mi tío. Estaba en la biblioteca, leyendo, cuando oí gritos al final del pasillo y fui a ver qué pasaba. Miré por una rendija de la puerta del despacho y vi con asombro a un hombre corpulento de piel olivácea y el pelo teñido de rojo, inclinado sobre el escritorio de mi tío, amenazador, con una pistola en su sien y un fuerte acento bostoniano cargado de amenaza. Fue asombroso. Nunca había visto a mi tío encogerse ante nadie. Su pasatiempo favorito era ver a los demás arrodillarse ante él.

Como político, lo lograba a menudo en público.

Como hombre lleno de rabia y perversión, lo lograba aún más a menudo en privado.

Así que aquel hombre misterioso me fascinó. Cuando se marchó, lo seguí, desesperado por emular su poder. Podría decirse que fue una obsesión, pero es que nunca había conocido a nadie igual. Nunca había visto a nadie someter al hombre que dominaba el mundo.

Y quería saber cómo hacerlo.

Pero a los trece años aún no dominaba el arte de pasar desapercibido, y Ru supo desde el primer momento que lo estaba siguiendo. Me acogió y me enseñó todo lo que sabía. Me introdujo en las calles de Bloomsburg y me hizo conservar la cordura durante las pesadillas que me acosaban en sueños.

Así que hago todo lo que quiere, porque no hay ni una persona en el mundo que me haya cuidado como él.

La hubo, pero fue hace mucho. En otra vida.

—Tienes razón —digo—. Confío en tu criterio. En quienes no confío es en los demás.

Ru se echa a reír y va a decirme algo, pero en ese momento llaman a la puerta con los nudillos.

—Adelante —gruñe.

Starkey, uno de los reclutas más jóvenes, asoma la cabeza.

—Siento interrumpir, jefe. —Me mira, abre mucho los ojos y enseguida aparta la vista—. Hay unas chicas que intentan entrar con carnets falsos. La están armando buena abajo.

—¿Y para esa mierda nos molestas? —le espeta Ru—. ¿Para qué demonios te pagamos?

Sonrío ante el estallido de Ru. Voy hacia las cámaras de seguridad y localizo la que enfoca la entrada. Como dice Starkey, hay tres chicas, y una le está gritando al gorila de la puerta. Es patético. Me fijo más y veo a la belleza que se ha situado un poco aparte.

Se me tensa el estómago cuando examino su cuerpo, enfundado en un vestido azul ceñido. Tiene los brazos cruzados sobre la cintura, mira al gorila y luego hacia los taxis de la parada.

Me molesta muchísimo no verla con tanta claridad como me gustaría, pero con lo que veo me basta para saber que está incómoda. Es inocente. No pinta nada en un lugar como este. No sé por qué, eso me manda una descarga eléctrica directa a la polla, que me palpita solo con imaginar cómo puede mancillarla este local. Poca gente me provoca una reacción así. Tengo muy arraigada la costumbre de no reaccionar, de cubrirme con un escudo impenetrable que no deja entrar ni salir nada. Solo soy un cascarón vacío con un único propósito.

El hecho de que esa chica haya despertado en mí aunque solo sea un atisbo de interés hace que me pique la curiosidad.

—Déjalas pasar —digo sin apartar la vista de la belleza morena.

Starkey deja de farfullar y me mira un instante antes de volver a clavar los ojos en Ru.

—¿Seguro? Es que...

—¿He tartamudeado o algo así? —le pregunto al tiempo que me vuelvo para mirarlo—. ¿O es el acento, que no se me entiende?

—N-no, es que...

—¿Es que qué? —lo interrumpo—. Es obvio que necesitas instrucciones para manejar la situación. ¿O he comprendido mal tus razones para molestarnos con un tema tan trivial?

Ru esboza una sonrisa y se acomoda en la silla.

—No, Garfio. No lo has entendido mal.

—Bien. Entonces, es que hay un problema. —Asiento—. Dime, ¿no te parece que habría que despedir al que está en la puerta?

—Eh... pues no... —empieza Starkey.

—Al fin y al cabo, si no tiene capacidad para controlar a un grupo de mujeres, ¿cómo se va a encargar de nada más serio? —Inclino la cabeza hacia un lado.

Starkey traga saliva. La nuez le sube y le baja en el cuello.

—Es... Es que son...

—Verás —sigo al tiempo que me saco del bolsillo la navaja de garfio y la abro—, someter a una mujer es una cuestión de control. —Voy hacia él al tiempo que hago girar el acero inoxidable entre los dedos; el intricado diseño pardo del mango se

28

desliza contra mi piel—. Es un equilibrio delicado de poder. Una especie de tira y afloja. Hay que proporcionarles el placer absoluto de nuestro dominio. —Me detengo delante de él y agarro la navaja—. Es obvio que nuestro gorila de esta noche tiene genes sumisos. —Le agarro la corbata con la otra mano y se la enderezo—. Comprendo que debe de ser difícil reconocer ese atributo en uno mismo. —Me inclino hacia él hasta que la punta de la hoja le roza el cuello—. Pórtate bien, Starkey. Deja. Que. Pasen.

—Sí, señor —murmura.

Le doy una palmadita en el hombro. Se vuelve a toda prisa y sale corriendo.

Ru me señala con el puro. La risa le brilla en los ojos.

—Y por cosas así no vienes a esa reunión.

Sonrío y me estiro las mangas de la chaqueta.

—No te falta razón. Bueno, voy a bajar. Tengo que librarme de un gorila y se me ha abierto el apetito de algo bonito.

Ru esconde una risita.

—Antes asegúrate de que tengan la edad legal.

Pongo la mano en el picaporte, pero me detengo un instante.

—Ru…

Me responde con un gruñido.

—Dile a Peter que me muero de ganas por conocerlo en persona.

CAPÍTULO 3

Wendy

Hace una hora habría jurado que nos iban a arrestar y ahora estoy sentada en la sala VIP de un bar tirando a pretencioso, bebiendo un champán carísimo, obsequio de «un admirador».

Parece que aquí lo de la edad legal para beber es una sugerencia, no un requisito. Me vuelvo a morir de vergüenza al pensar en la gente de fuera que vio chillar a Maria porque el portero no se creyó mi carnet falso. No me sorprende. No me parezco a la hermana de Angie. Estaba a dos segundos de lanzarme al primer taxi para huir de allí cuando un hombre rubio con traje hecho a medida salió y le dijo algo al oído al portero. Y lo siguiente fue que nos acompañaron a la zona VIP.

Me siento fuera de lugar, pero no cabe duda de que hace años que no me divertía tanto. Aunque es un poco patético, porque no hacemos más que beber y mirar a la gente.

O, para ser concretos, mirar a ver si vemos a una persona en especial.

A Garfio.

El nombre me hace poner los ojos en blanco, pero no puedo evitar sentir un pellizco de curiosidad. Al parecer, es el motivo de que vengamos a este lugar y no a otro. Por la esperanza de volver a verlo.

Maria jura que es su alma gemela, así que viene todos los fines de semana con los ojos bien abiertos, y también las piernas, esperando que el hombre baje de su torre de marfil y ella pueda llevárselo.

—Bueno, háblame de él —le digo a Maria.

Bebo un sorbo de la copa alta y miro a mi alrededor. Angie deja escapar un gemido.

—Por Dios, no le des pie.

Maria sonríe de oreja a oreja.

—Lo vi hace un mes. Estaba en la barra, pidiendo una ronda y, te lo juro, la multitud se apartó y ahí estaba él. Sentado como un puto dios en el reservado de atrás, rodeado de volutas de humo de cigarro.

—¿Hablaste con él? —pregunto.

Angie se echa a reír.

—Sí, seguro. Para eso tendría que haberse abierto paso entre todos sus lacayos.

Inclino la cabeza hacia un lado.

—¿Sus lacayos?

Se encoge de hombros.

—Siempre está rodeado de hombres.

Arqueo las cejas.

—Puede que sea gay.

Angie suelta una carcajada y Maria entorna los ojos.

—Tuvimos un momento.

—Tan fuerte que luego ni la buscó —replica Angie con un bufido.

—Es una persona muy ocupada —responde Maria y se aparta un mechón de la cara—. Pero por eso hemos venido. Cualquier noche de estas me encontrará.

—Y te meterá en su cama y te follará hasta que revientes con esa polla gigante que tiene. —Angie separa las manos para indicar el tamaño.

Me froto la cara entre risas.

—Suena realista.

Maria frunce los labios.

—¿Para qué vienes si no vas a dejar de decir chorradas? Para eso te quedas en casa y no molestas.

Me recompongo, con el hervor de la culpa en el estómago.

—No, perdona. Te creo. De verdad. —Me retuerzo las manos en el regazo—. Es solo que haces que parezca… mítico.

Pone los ojos en blanco.

—No es fruto de mi imaginación, Wendy. Es un hombre de negocios. ¡Es el dueño del puto bar! —Da unas palmadas contra el cojín del asiento.

Arqueo las cejas.

—¿De verdad?

—Pues creo que sí. No siempre está aquí, pero cuando llega, viene de la parte de atrás, y se sienta en el mismo sitio. —Maria señala hacia la otra punta de la sala, donde hay un reservado vacío, aunque el resto del local está atestado. Bebe un sorbo de la copa—. De cualquier manera, presiento que estoy de suerte. Lo noto aquí. —Se toca la sien con una larga uña roja.

Me inclino hacia delante y choco la copa de champán con la suya para tratar de arreglar los puentes que he quemado antes de que estuvieran construidos.

—Creo que tienes razón. Parece una noche de suerte.

Maria sonríe y es el primer gesto sincero que me ha dedicado. Se me llena el pecho de satisfacción. Puede que esto de las amigas no esté mal.

De pronto, se me pone el vello de punta en la nuca. Me muevo en el asiento ante la incómoda sensación de que me están observando, pero, cuando me doy la vuelta, no hay nadie.

Qué raro.

Vacío la copa de un trago y me levanto.

—Vuelvo enseguida —digo a las chicas—. Tengo que ir al baño.

—¡Eh! —me grita Angie cuando estoy a medio camino hacia la salida—. En el de aquí abajo siempre hay cola. Ve por el pasillo que hay a la derecha de la barra. Allí hay menos gente.

Asiento, memorizo las instrucciones y me abro camino por la sala principal. Tengo la vista un poquito nublada por el champán y tropiezo contra alguien.

—Mierda. Lo siento.

Alzo las manos por instinto y las apoyo contra una pared de músculos. Unas manos recias me agarran por los hombros. Se me eriza el vello ante el calor del roce del desconocido.

—Qué palabras tan sucias en una boca tan bonita.

La voz grave, con acento, se me desliza como la seda por la piel y me envuelve. Un escalofrío me baja por la espalda. Me sujeta con más fuerza, mueve las manos hasta que me rozan los brazos. Aún tengo las palmas contra su pecho, noto bajo los dedos el tejido negro de su traje. Me quedo sin aliento cuando me absorbe con la mirada, con unos ojos color azul claro, de una belleza heladora, casi inquietantes.

Consigo apartar la mirada y por fin me llega lo que me ha dicho.

—¿Perdona?

Sonríe y me fijo en sus pómulos altos, en la luz natural de los ángulos marcados que supone un contraste con las cejas negras y el pelo revuelto.

Se me cierra el estómago al comprender lo atractivo que es.

Baja la boca hasta que casi me roza la oreja, con lo que su aliento me recorre el cuello y desencadena una oleada de calor que me invade.

—He dicho que…

—No, no, lo he oído —lo interrumpo—. Era una pregunta retórica.

Se yergue de nuevo y se le dibuja poco a poco una sonrisa en los labios mientras me pasa los pulgares por la piel desnuda.

—Ah.

—Sí —asiento.

Noto una presión en el pecho al mirar a nuestro alrededor. Hay docenas de personas, pero parece que solo exista él. Su energía chisporrotea en el aire como si quisiera aferrarse a su piel. Este hombre rezuma poder y, por una fracción de segundo, quiero saber cómo sería sumergirse en los problemas que seguro trae consigo. Vivir sin límites. Solo por una vez.

Qué tontería.

Muevo levemente la cabeza, doy un paso atrás y me muerdo el labio inferior.

—Bueno, vaya, esto ha sido…

—Un placer —susurra.

Se me acerca de nuevo, me coge la mano y se la lleva a los labios. Deposita en ella la sombra de un beso.

El corazón me da un vuelco.

—Iba a decir «raro», pero vale, claro… Un placer.

Aparto la mano con un nudo en el estómago. Casi me duele alejarme y es una sensación turbadora. Voy a dar un rodeo para evitarlo, pero me agarra por el brazo y me atrae hacia él, hasta que cada línea de su duro cuerpo se acomoda contra mis curvas suaves. Me quedo paralizada, sin aliento. Este hombre, este desconocido, me toca como si tuviera derecho. Como si fuera suya.

—¿No me vas a decir tu nombre?

Su voz me vibra contra el cuello. El tono grave hace que me tiemblen las piernas.

Nunca nadie me había manejado de esta manera. Nunca nadie como él me había prestado atención. Es indignante y embriagador a la vez. La extraña mezcla de emociones hace que me ardan los nervios bajo la piel.

Cojo aire e intento que no me tiemble la voz. Puede que sea el champán, puede que sea este hombre, pero la necesidad imperiosa de ser otra Wendy me suelta la lengua y no me puedo contener.

—No. No te lo has ganado. —Me libero de su mano—. Y, por si te interesa, esta boca tan bonita dice lo que le da la puta gana.

Le brillan llamaradas en los ojos y tuerce la comisura de la boca, pero no dice nada. Se mete las manos en los bolsillos del traje de tres piezas y se mece sobre los talones. Siento que me perfora la espalda con la mirada cuando me alejo.

CAPÍTULO 4

James

El corazón me va a estallar contra las costillas.

Wendy Michaels.

La conozco, claro. Es la hija del hombre que vigilo desde los once años. Ahora que es mayor, su padre la oculta en la oscuridad. Seguro que lo hace para protegerla de las facetas más repugnantes de sus negocios, pero cuando te has pasado la vida siguiendo el legado de un hombre, lo aprendes todo sobre él, incluso la forma de sus sombras. Por eso no entiendo cómo se me escapó que había venido a vivir aquí.

Nunca he culpado a los hijos por los pecados del padre. Todos somos un subproducto del mal. Unos nacimos en él, y a otros los llevaron las circunstancias. Pero si el universo me la pone en las manos, lo menos que puedo hacer es manejarla como es debido.

Se me pone dura la polla cuando pienso en metérsela hasta que grite, en dejarla marcada con cicatrices que le recuerden para siempre que yo estuve allí. En mancillar su inocencia y tirarla a los pies de su padre, convertida en una versión corrompida de la hija que fue.

Qué delicia.

La he estado vigilando desde que entró en mi bar. Cuando la reconocí, al verla con una claridad que no me permitía la baja resolución de la cámara de seguridad, me quedé sin respiración.

No puedo evitar contener una sonrisa mientras vuelvo a la oficina, desde donde la seguiré vigilando con las cámaras. La emoción de la caza me corre por las venas; la anticipación de la captura se me clava en los huesos.

Lo cierto es que, últimamente, las cosas han estado un tanto aburridas. Estoy salivando de ganas por hincarle los dientes a algo nuevo, y Wendy Michaels es el proyecto perfecto. Me embriaga la idea de domarla hasta hacerla ronronear y luego liberarla con mi marca, bajo mi control. Será una bella armonía de fondo mientras ejecuto la sinfonía de la destrucción de Peter.

Me desabrocho los botones de la chaqueta y me acomodo en el sillón de cuero, tras el escritorio. Tecleo el nombre de Wendy y leo los artículos en la pantalla. El estómago me hormiguea de emoción al leer sobre el amor que Peter siente hacia su hija.

«Su pequeña sombra», la llama.

Es un apelativo muy adecuado. Después de todo, no es posible dejar atrás tu propia sombra sin perderla al final.

Imagino una imagen macabra: estoy penetrándola encima del cadáver de su padre, mi semen le corre entre los muslos y cae al charco de sangre que hay bajo nosotros. La polla me palpita y se me escapa un gemido mientras me acaricio la erección.

No, así, no.

Saco el teléfono y le mando un mensaje a Moira, la camarera que tiene turno esta noche. Le digo que deje lo que esté haciendo y venga a verme de inmediato.

Cierro las ventanas de los artículos y vuelvo a mirar la pantalla de la cámara de seguridad. Me satisface ver a Wendy que bebe sorbos de champán y trata de aparentar que está cómoda.

No lo está.

No está cómoda aquí y menos con el patético grupo de chicas que va con ella. Su inocencia brilla como un faro. Es una joya deslumbrante en medio de la basura, un cebo para que mi oscuridad la envuelva por completo.

La puerta se abre y se cierra. Moira se contonea mientras se acerca. Es alta, su ropa es escasa y tiene una sonrisa en los labios color rojo rubí.

—Garfio —susurra ronca y rodea el escritorio de roble—. Te he echado de menos.

Me permito una sonrisa y no hago caso de su rasposa voz. Le aparto un mechón de pelo negro del hombro, le pongo la mano en la parte trasera del cuello y la atraigo hasta que está a pocos centímetros de mí. Su aliento húmedo se me desliza sobre la piel.

Hace un movimiento brusco con la cabeza.

—Perdona, tengo un tatuaje nuevo. Aún duele.

—De rodillas.

Obediente, se deja caer ante mí y me pasa la mano de uñas cuidadas por todo lo largo del miembro mientras besa el tejido. Aprieto los dientes, molesto ante el patético intento de juegos previos. Le pongo la mano en la nuca y le agarro el pelo para levantarle la cabeza. Le presiono la otra mano contra la mandíbula hasta que le noto los dientes a través de la piel y le quito el carmín con el pulgar.

Se estremece y hunde las mejillas mientras le agarro la cara con fuerza. Una descarga de placer me recorre la columna.

—Es un traje de cachemira, nena. No quiero manchas de tres dólares, ¿entendido?

Se atraganta y asiente.

—Así me gusta.

Le doy una palmadita en la mejilla y le vuelvo a bajar la cabeza a mi regazo.

Clavo la vista en el ordenador, en el verdadero objeto de mi deseo. La boca ardiente de Moira se cierra sobre mi miembro, lo lame de arriba abajo y se lo mete hasta la garganta, mientras yo sigo mirando la cámara, imaginando el día en que tendré a Wendy en su lugar.

Y la haré tragar algo sucio de verdad.

—Vaya, sigues vivo —comento inexpresivo cuando Ru entra por la puerta del despacho.

—Vivo y mejor que nunca —dice con una sonrisa.

Se sirve una copa de coñac de un decantador color tostado.

—Deduzco que la reunión ha ido bien.

Arqueo las cejas. Solo han sido unas horas.

He estado nervioso mientras aguardaba su regreso. Peter Michaels proyecta una imagen inmaculada, pero sé que es peligroso. También sé que Ru a veces no controla su temperamento. Me alegro de que no haya pasado nada malo, pero habría preferido que me dejara acompañarlo para garantizar su seguridad.

He llegado a dominar el arte de la corrección; no iba a perder la compostura en cuanto viera a Peter. Habría conservado la calma. Le habría estrechado la mano, le habría mirado a los ojos al tiempo que imaginaba las mil maneras en que iba a disfrutar de su muerte lenta y calculada.

Ru suspira y se deja caer en el sofá negro, contra la pared. Bebe un sorbo del vaso y coge un puro.

—El muy gilipollas no se presentó. Me mandó a un crío a hacer el trabajo sucio, como si yo lo fuera a arriesgar todo por un mocoso.

Es extraño, pero siento una oleada de alivio.

—Es absurdo.

—Una falta de respeto —escupe Ru.

—Entonces ¿has cambiado de opinión sobre lo de trabajar con él?

Espero que me diga que sí. La participación de Peter en el negocio pondrá las cosas más difíciles cuando llegue el momento de matarlo. No imposibles, pero será más complicado.

Ru se encoge de hombros y mira el puro mientras le da vueltas entre los dedos.

—Le he dicho al chico que le llevara un mensaje al señor Michaels. Que le dijera cómo hacemos las cosas aquí y que esperaba que entendiera que me da igual el dinero que tenga si no me respeta. —Aprieta el puro con más fuerza, lo aplasta entre los dedos—. Oye, he cambiado de opinión. Si quiere conocernos, que nos conozca a los dos.

El estómago me da un vuelco de excitación.

—Muy buena idea. —Me fijo en la pantalla del ordenador y veo que Wendy y sus amigas se marchan. Me levanto y me abotono la chaqueta del traje—. Perdóname un momento, tengo que atar unos cabos que se han quedado sueltos esta noche.

Ru me despide con un ademán y bebe otro trago de coñac.

Dejo la habitación por la escalera de atrás para salir del club sin que me vean. Rodeo el edificio y veo a Wendy despedirse de sus amigas con un abrazo antes de subirse a un taxi amarillo. Me invade la indignación ante su temeridad y ante la indiferencia de sus amigas. ¿No les importa el peligro?

Su padre tiene dinero, ¿por qué no le pone un chófer? ¿O algún tipo de protección?

Me subo a mi Audi y salgo al denso tráfico de las calles para seguirla y asegurarme de que llegue bien a casa. No me interesa tener una propiedad dañada, aunque sea algo temporal.

Y, hasta que decida otra cosa, Wendy Michaels es de mi propiedad.

CAPÍTULO 5

Wendy

—¿Cómo que quieres estudiar en casa? —le pregunto a mi hermano Jon.

Se encoge de hombros, se despeina el pelo negro y señala con un movimiento del brazo los papeles que tiene delante.

—Eso, nada más. Le pregunté a papá si podía y me dijo que vale.

Frunzo el ceño. ¿Por qué no me lo ha dicho?

—Genial. Así que papá y tú ya lo tenéis hablado.

Me siento a su lado, ante la mesa del comedor. Jon aprieta los labios.

—Venga ya, Wendy. ¿Cuándo fue la última vez que papá tuvo una conversación conmigo?

Siento un nudo en el estómago y suspiro. Tengo las excusas para nuestro padre tan preparadas que ya ni me parecen mentiras.

—Es que está muy ocupado, Jon. Ya sabes que te quiere y le gustaría estar aquí.

Jon suelta un bufido y aprieta el lápiz tan fuerte que se le ponen blancos los nudillos.

—Sí, claro.

—Además —sigo—, me tienes a mí. Sabes de sobra que no necesitas nada más.

Sonríe y pone los ojos en blanco tras las enormes gafas de montura cuadrada.

—Es verdad. Teniéndote a ti, ¿quién necesita padres? Joder, si estuvieras más encima de mí te llevaría puesta.

Frunzo el ceño para fingir indignación.

—Oye, esa boca.

—A eso me refiero. —Se sube las gafas en la nariz—. Pero me gusta esto, lo de estudiar en casa. Así estoy mejor.

Creo que no le falta razón. Estoy más encima de él de lo que corresponde a una hermana, pero es que no tiene a nadie más. Nuestra madre murió cuando Jon no tenía ni un año en un accidente de coche provocado por un conductor borracho. Nunca lo reconoceré en voz alta, pero papá no le presta suficiente atención a Jon. Es el tema más delicado de nuestra relación y no me gusta pensar mucho en ello.

—Vale, si es lo que quieres, me alegro de que estudies en casa. ¿No echarás de menos las relaciones?

Suelta otro bufido y vuelve a poner los ojos en blanco.

—Qué va. Los chicos son idiotas.

Siento una punzada en el corazón. Puede que sea mejor que estudie en casa. Me permito abrigar esperanzas: tal vez mi padre me escuchara todas las veces que le supliqué que hiciera algo con los problemas de acoso escolar de Jon.

Sonrío.

—Bueno, me voy a trabajar. ¿Quieres que veamos una peli esta noche?

—¿Por qué trabajas? No te hace falta el dinero —dice.

Me encojo de hombros y me muerdo el labio inferior.

—No sé, para no morirme de aburrimiento.

—Podrías ir a la universidad. —Sonríe y me lanza una mirada expectante.

—Ya, y dejarte aquí solo. ¿Qué harías sin mí?

Sonríe otra vez y se concentra en sus apuntes. Es su manera de decir que la conversación ha terminado.

Suspiro, me levanto y me voy. Me encanta estar con él, pero echo de menos los tiempos en que se me agarraba a las piernas o me cogía la cara con sus manitas regordetas y pegajosas, cuando me decía que yo era su persona favorita del mundo.

A medida que se hizo mayor, se volvió más cerrado. La crueldad del acoso escolar hizo que se escondiera tras las murallas que se vio obligado a construir. El dolor me atraviesa el pecho y no me deja durante todo el trayecto hasta el Vanilla Bean.

Dos horas más tarde, tras preparar mal dos *macchiatos* y dejar caer una garrafa de caramelo líquido, asumo que no tengo un buen día. La otra camarera está de baja y no sé por qué, pero no puedo hacer nada a derechas.

—¿Es que aquí no atiende nadie? —grita una voz de hombre desde la barra.

Dejo de limpiar lo que queda de caramelo en el suelo, me aparto el pelo de la cara y me asomo por la esquina. No he oído entrar a nadie.

—¡Hola! Lo siento, un momento.

El hombre frunce el ceño y se cruza de brazos. Lleva en la muñeca un reloj enorme, brillante.

—Que los demás tenemos cosas que hacer. Llevo aquí cinco minutos.

Siento una punzada de irritación. Suelto el trapo sobre el mostrador y el agua gotea al suelo. Voy a la barra.

—Siento haberlo hecho esperar.

Resopla y tamborilea los dedos sobre la barra, impaciente. No es la primera vez que tengo un cliente grosero. Por desgracia, en hostelería pasa mucho. Pero hoy tengo los nervios de punta. Noto que en el estómago me hierve una bola de fuego que da vueltas, crece y me abrasa las entrañas.

Consigo sonreír.

—¿Qué desea?

—Un americano bien caliente, sin leche.

Asiento y casi suspiro de alivio de que quiera algo sencillo. Paga y me doy media vuelta, aunque veo de reojo el charco que se ha formado en el suelo, bajo el trapo. Le preparo el café y, en ese momento, suena la campana de la puerta. Me sobresalto y resbalo en el agua, caigo hacia atrás y el café ardiendo me abrasa la piel. El dolor brusco en la rabadilla es como una puñalada y me quedo en el suelo, con los ojos cerrados, para tratar de recuperarme en medio de la humillación y servirle el café.

—Por dios santo, ¿es que no hay nadie competente en todo el local?

El dolor de la quemadura se mezcla con las lágrimas, que se me acumulan bajo los párpados.

Qué cerdo.

Me pongo de rodillas y respiro para tratar de aplacar el ritmo de mi corazón. Me he levantado con el pie izquierdo, desde luego.

—Y yo que creía que los hombres sabían tratar a una dama.

Me quedo paralizada, con la falda empapada de café pegada a la piel y las manos agarrotadas contra las baldosas del suelo. Ese acento...

El cliente furioso gruñe y da palmadas contra la barra para subrayar sus palabras mientras su ostentoso reloj marca los segundos de manera audible.

—Y yo que creía que iba a tomarme un café sin que se montara un drama.

Me sonrojo y me levanto despacio, con la parte baja de la espalda dolorida. Y de repente me encuentro mirando al océano azul, al hombre misterioso que conocí la otra noche. Está de pie ante mí, como si hubiera salido directamente de mis sueños.

Genial. Ha tenido que aparecer en el momento más humillante.

Miro al otro cliente y trato de controlar la respiración y el genio. Sonrío de oreja a oreja.

—No sabe cuánto lo siento. Le prepararé otro. Invita la casa.

Hace una mueca y me mira.

—Ya he pagado. ¡Prepárame el puto café y ya está!

Me muero de ganas de hacérselo y tirárselo a la cara.

—Basta. —La voz de mi hombre misterioso me hace titubear.

Mentiría si dijera que no he pensado en él estos dos últimos días, pero ni en un millón de años habría esperado verlo aquí.

Se inclina contra el expositor de cristal. El traje de tres piezas perfectamente planchado le da un aura sofisticada que engulle al otro tipo.

—¿Sueles dejar que un hombre sin importancia te hable así, querida?

La vergüenza me roe por dentro.

—No, es que… —Carraspeo para aclararme la garganta—. Es que es un cliente.

—Mira, tío, esta puta no sabe preparar un café y punto.

Una risita ronca vibra en el pecho de mi hombre misterioso y retumba en toda la cafetería. Su altura ya se impone al otro hombre, pero es como si cambiara, como si absorbiera la energía de su entorno y la utilizara para crecer aún más. Nunca había visto nada igual. No puedo apartar la vista de él.

Se inclina hacia la oreja del cliente.

—Su reloj es muy escandaloso.

El otro arquea las cejas.

—¿Eh?

Mi hombre misterioso señala con un ademán la muñeca del imbécil, al reloj con diamantes que brilla como un faro.

—Su reloj. Hace tic tac.

—¿Y qué?

Mi hombre misterioso suspira y se frota la mandíbula con una mano. Mis ojos registran el movimiento, absorben lo increíblemente atractivo que es, todavía más a la luz del día.

El idiota se vuelve hacia mí y de nuevo da palmadas en la barra. El sonido me golpea por dentro como si fueran unas uñas rascando contra una pizarra.

—¡Deja de mirar y ponme el café, nena!

Aprieto los dientes. Si no estuviera en el trabajo, no me mordería la lengua, pero me gusta mucho este empleo. Es el primero que he tenido. No me hace falta, desde luego, pero disfruto teniendo algo que me he ganado yo sola. Algo que no me han dado por mi apellido y por mi sangre.

Quiero mucho a mi padre, pero a veces es muy duro vivir a su sombra.

—No le pongas el café, querida.

El apelativo me provoca una punzada en el estómago. Miro a los dos hombres, indecisa.

El cliente se pone muy rojo, pero no dice nada. Creo que él también nota el poder que irradia el hombre que tiene a su lado.

Mi desconocido se humedece el labio inferior con la lengua y me provoca un dolor agudo entre las piernas. Me mira a los ojos.

—Eres elegante —dice—. Tu manera de responder. Dice más de ti que de él.

Se me sube el rubor a las mejillas y la gratitud que siento me ilumina por dentro como si fueran las luces de Navidad. ¿Cómo ha podido este hombre borrar la humillación y transformarla en algo hermoso con unas pocas palabras?

—Vete a la mierda —gruñe el idiota.

Los ojos azules del hombre misterioso se vuelven duros y una sonrisa tensa le baila en los labios. Se mete una mano en el bolsillo, se acerca más al otro hombre y le susurra algo al oído.

No puedo contenerme y trato de escuchar lo que dice, pero habla tan bajo que no oigo nada. Sea lo que sea, el otro abre mucho los ojos, se da la vuelta y sale corriendo por la puerta sin añadir palabra.

Me quedo paralizada. Miro a mi alrededor con el corazón acelerado. Solo entonces me doy cuenta de que hay más gente en la cafetería. Dos jóvenes, de pie, a un lado, los dos con traje negro y rostros idénticos. Son gemelos.

Estaba tan inmersa en lo que pasaba que ni siquiera los había visto. El hombre misterioso los mira y hace un ademán con la cabeza. No hace falta más. Los dos hombres salen a la calle.

Qué raro.

Luego, vuelve a concentrarse en mí. Me siento atraída por su mirada como una polilla hacia las llamas, mientras todas las preguntas que quería hacerle se me olvidan.

—¿Estás bien? —quiere saber.

El corazón me da un vuelco.

—Sí, estoy bien. Pero gracias por defenderme.

—Era un patán, querida. —Le centellean los ojos—. Indigno de respirar el mismo aire que tú.

Vuelvo a sonrojarme. Había olvidado lo directo que es, lo mucho que su presencia borra todo lo que hay alrededor.

—Si tú lo dices… —Sonrío y me miro las uñas rosas antes de alzar la vista de nuevo hacia él—. ¿Qué quieres?

—Salir contigo.

Se me corta la respiración y el estómago me da volteretas.

—¿Qué?

Sonríe con una sola comisura.

—Ya me has oído.

Arqueo las cejas. Vuelvo a sentir que me consume el mismo fuego que hace dos días.

—Es verdad.

—Fantástico. —Mira a nuestro alrededor, en dirección a las mesas vacías—. ¿Cuándo sales de trabajar?

Apoyo los dedos en la barra.

—Te agradezco el gesto, pero… esta noche tengo planes.

—Cierto —dice—. Conmigo.

La irritación me hierve por dentro.

—No son contigo. Joder, qué presuntuoso.

Le llamean los ojos.

—Otra vez esa boquita. —Sonrío. Siento el corazón a punto de estallar en el pecho. Él se inclina sobre la barra—. Dime cómo te llamas.

Inclino la cabeza hacia un lado.

—¿No te lo dijeron cuando averiguaste dónde trabajo?

Deja escapar una risita y se yergue para taladrarme con los ojos.

—Ha sido una feliz coincidencia, te lo garantizo.

—¿Cómo te llamas tú?

—James.

Me tiende la mano desde el otro lado de la barra.

Se me cierra el estómago y me muerdo el labio inferior. Muy despacio, levanto el brazo y deposito la palma sobre la suya. El calor de su mano me sube por la piel.

—Wendy.

—Wendy. —Me gira la mano y se la lleva a los labios—. Es un placer.

Me sube una oleada de calor por el pecho.

Suena la campana de la puerta y entra una mujer joven con niños. Aparto la mano de la suya y me estiro el delantal. Él sonríe de medio lado sin apartar la vista de mí.

—Hasta pronto, Wendy, querida.

Se da media vuelta y sale por la puerta. La mujer que acaba de entrar lo sigue con la mirada y se queda boquiabierta.

La verdad es que la entiendo.

Respiro hondo para controlar los nervios y no hago caso del fuego que noto en las entrañas. Nunca nadie me ha prestado atención como él. Me pregunto si es así con todo el mundo, si para todos es como si su mundo dejara de girar, como si su eje se inclinara hacia ellos.

No importa. Me gusta.

Hasta varias horas más tarde, cuando ya he cerrado la tienda y estoy viendo una película con Jon, no me doy cuenta de que no pidió nada de beber. Esbozo una sonrisa y noto mariposas en el estómago al comprender que fue a la cafetería solo para verme.

Eso debería ponerme en guardia, pero provoca el efecto contrario: me llena de expectación.

Esa noche, en la cama, sueño con el azul celeste.

James.

CAPÍTULO 6

James

Golpeo repetidamente con el pie las baldosas del sótano del JR. Sonrío al recordar que Ru se negaba a ponerlo así; quería que fuera de cemento. Pero insistí. El cemento es poroso, cuesta más limpiarlo. Y me lo agradeció cuando se dio cuenta de que tener una mazmorra de cemento debajo de un bar habría parecido mucho más sospechoso cuando los federales vinieran a husmear.

Como hacen cada pocos años.

Y más después de que Ru empezara a ser descuidado. No se puede matar a un hombre a plena luz del día sin que haya represalias.

Si fuera cualquier otro, habría dejado que se pudriera. Al fin y al cabo, la única manera de aprender de los errores es sufrir las consecuencias. Pero se trata de Roofus. Y si Ru es la arena, yo soy la ola que borra cualquier huella.

Así que me encargué de todo. Ahora tenemos a los federales en nómina: se concentran en la competencia y se aseguran de que no salga de su escritorio nada con nuestro nombre. Tenemos rienda suelta mientras les llene los bolsillos y sus familias sigan con vida.

«Los niños perdidos», como nos llaman cariñosamente los periódicos, siguen libres y campan a sus anchas.

Seguro que es una sorpresa desagradable para los que no comprenden el juego. La mayoría de los estadounidenses viven en la ilusión de que todo funciona como debe funcionar. Que el gobierno y las personas que juran su cargo se dedican de verdad a proteger y a servir.

Y es cierto. Solo que me protegen y me sirven a mí.

Es uno de los motivos de que me parezca tan bonito que Peter Michaels y su hija se hayan metido en la madriguera de la bestia. Peter Michaels es un hombre poderoso. Pero aquí su nombre no vale nada y su dinero es papel mojado.

En esta ciudad, la gente responde ante mí.

Eso incluye a la parodia de hombre que tengo atado a la silla de metal en el centro de la sala. El que pensó que podía llamar puta a Wendy Michaels y que no habría consecuencias. No tolero las faltas de respeto y menos cuando se dirigen contra la mujer que va a ser mía.

—Bueno —digo. Mis pisadas resuenan contra las baldosas y me sitúo ante él—. Aquí estamos. —Sonrío y alzo los brazos.

El hombre forcejea con las bridas de plástico. Tiene los ojos muy abiertos y muy rojos. Masculla algo, pero no se le entiende porque tiene la boca tapada con precinto.

Sonrío aún más y me inclino hacia delante.

—Perdona, ¿cómo dices?

Miro a los gemelos, dos hermanos que han estado a mi servicio desde que los encontré mendigando cuando tenían quince años. Son idénticos y siempre los confundía, así que he dejado de intentar llamarlos por su nombre.

—¿Vosotros lo habéis entendido? —les pregunto.

—No, Garfio. Ni una palabra —responde uno.

—Vaya. —Vuelvo a mirar al hombre atado que tengo delante y me doy toquecitos en los labios con un dedo—. Es un poco difícil, por el precinto. Se lo tendríamos que quitar.

Gemelo uno asiente, se adelanta un paso y le arranca el precinto de un tirón. El hombre hace una mueca, con la piel enrojecida en torno a la boca.

—Ya está. —Asiento—. A ver, ¿qué querías decir?

—¡Hijo de puta! —escupe.

Siento un ramalazo de irritación y miro a la saliva que ha salido de su boca repulsiva y ha caído en el suelo.

—¿Hijo de puta, yo? —Me señalo y suelto una risita. Voy hacia la mesa metálica que hay contra la pared mientras me desabrocho la chaqueta del traje—. Siempre me hace gracia cuando alguien no entiende que su vida corre peligro. Al final, se suele deber a dos cosas. ¿Quieres saber cuáles son?

No hay más respuesta que el silencio.

—Pues son muy interesantes, de verdad. —Cojo los guantes negros y me los pongo. Muevo los dedos enfundados en el cuero para sentirlo contra la piel—. Siempre es por orgullo o por falta de conocimiento. Dos cualidades nada atractivas.

—Siento un cosquilleo de anticipación—. ¿Sabes en qué categoría estás tú?

Me doy la vuelta y me meto la mano en el bolsillo, saco la navaja de garfio y la abro. Le doy vueltas entre los dedos mientras voy hacia la silla y me detengo delante de él.

No responde, solo mira fijamente el movimiento de la hoja. Me acerco un paso más y vuelve a forcejear contra las bridas.

—¿No? —Inclino la cabeza—. Mira, te diré lo que opino yo.
—La punta del garfio le roza la mejilla cuando me sitúo detrás
de él—. No tienes el nivel de conocimiento necesario para
comprender el peligro. Para entenderlo de verdad. Si lo tuvieras… —Le pongo la mano enguantada en el hombro—. Si lo
tuvieras, no habrías seguido faltándole el respeto a Wendy Michaels en mi presencia.

—Oye, tío, no sé quién eres, pero si es por lo de la cafetería,
lo siento.

Tartamudea, tiene la voz aguda, tensa.

Chasqueo la lengua.

—Ahora acabas de perder el orgullo. Una pena que no pueda disfrutarlo.

—¡Deja que me vaya! Haré lo que quieras. Le pediré perdón
a la chica. Solo… ¡Por favor!

Cada palabra va cargada de pánico. Lo sujeto con más fuerza y bajo el rostro hasta que le hablo al oído.

—Cállate o te cortaré la lengua y se la echaré a los perros
mientras te desangras en ese traje barato de poliéster. —Se tensa, pero no dice nada más. Me incorporo y le doy un apreton-
cito en el hombro—. Así me gusta.

Me sitúo delante de él y lo miro desde arriba. Mi sombra
crea un aura en torno a su figura temblorosa.

—¿Dónde estaba ese instinto de autoprotección en la cafetería, amigo mío? —Sonrío aún más—. La de tiempo que nos ha-
bríamos ahorrado solo con que hubieras sabido cuál era tu lugar.

No responde e inclino la cabeza. El miedo que se le ve en la
mirada confusa me provoca una punzada de excitación. Me inclino hacia él y bajo la voz.

—Te he hecho una pregunta.

—N-no no… no lo… no lo sé… Yo no… Lo siento. P-por favor, deje que m-me vaya.

—¿A que no ha sido tan difícil? —Me vuelvo hacia los gemelos—. La gente es de lo más grosera, les hablas y no te responden.

Miro otra vez al hombre y me fijo en la mancha de humedad que se le ha formado en la parte delantera del pantalón. El tejido gris está oscuro y mojado. Se ha meado encima. Se me ilumina el rostro con una sonrisa y se me escapa una carcajada.

—Calma, hombre. Lo de cortarte la lengua era en broma.

Tic.

Tic.

Tic.

Un escalofrío me araña las tripas y me provoca una contracción nerviosa en la cara. Respiro hondo por la nariz para tratar de controlar las náuseas que me crecen por dentro como un incendio descontrolado.

Pierdo la batalla.

Le agarro la cara con la mano enguantada. Suelta un gruñido de dolor.

—Ya te he dicho que ese cacharro que te pones hace demasiado ruido y, aun así, lo sigues llevando delante de mí.

Abre mucho los ojos y las lágrimas le corren por las mejillas rubicundas.

Tic.

Tic.

Tic.

El sonido hace que se me encojan las tripas. Los recuerdos me asaltan. Todas aquellas veces en que no pude hacer nada. Todas aquellas veces en que se me obligó a adoptar una postura en la que no existían ni el orgullo ni el respeto. Todas aquellas noches de un niño de once años recién llegado de Inglaterra, llorando la muerte de mi familia, preguntándome por qué Dios me había obligado a sobrevivir.

¿Qué pecado había cometido yo?

Se me revuelve el estómago y la bilis me arde en la garganta mientras las imágenes del pasado me pueblan la mente. Me rodean las botas de piel de cocodrilo de mi tío sobre los tablones de madera del suelo. El corazón se me encoge con el sonido de su reloj de bolsillo. El tic, tic, tic que se cuela en el silencio de la noche cuando cierra a su espalda la puerta de mi dormitorio.

La rabia se me despliega por dentro, espesa, densa. Me hace estallar, me ciega hasta que solo veo fuego.

Le agarro la mandíbula hasta que se le deforman los labios y tiene que abrir la boca formando una O. Con la otra mano, la de la navaja, busco en el orificio abierto hasta dar con la punta de la lengua y tiro hasta que grita, hasta que se debate en la silla. El filo de la hoja corta la carne y me lanza una descarga de satisfacción por la columna.

—Vaya —digo mientras corto los restos de tejido conectivo y desgarro el músculo—. Parece que te he mentido.

Tiro el trozo de carne a mi espalda y le pongo el garfio en el sobaco. Empujo la hoja hasta que encuentra la piel antes de retorcerla y cortar la arteria axilar. El líquido caliente me salpica la cara.

La misma sangre me corre por el brazo cuando alzo el filo de la navaja detrás de él. El sonido de la brida cortada queda ahogado por los gritos de agonía que salen de la boca sin lengua, ensangrentada. Le pongo la muñeca contra el brazo de la silla y con el puño de la navaja golpeo el reloj, que salta en pedazos. Los trozos de cristal brillan en el suelo.

—No. —Repito el movimiento—. Me faltes. —Los huesos de la muñeca se rompen por el golpe—. Al respeto. —Ahora, los dedos—. Nunca más.

Lo golpeo una y otra vez, hasta que bajo los brazos, cansados de la repetición. El pelo me cae sobre la frente, una gota de sudor me parte la ceja mientras le doy vueltas a la navaja. La rabia me quema el alma, me pide que le corte la mano, que me asegure de que no volverá a controlar mi reacción de esa manera.

«¿Cómo se ha atrevido a pensarlo siquiera?».

La navaja corta tendones, corta venas hasta llegar al hueso, y la extremidad queda colgando, inútil, mutilada, irreconocible.

Le sigo apuñalando el torso. Una vez por cada «tic» que me ha hecho soportar.

Los gritos burbujeantes se apagan, igual que los sonidos del reloj. Y con ellos se apaga la rabia.

Poco a poco, las pesadillas desaparecen y vuelvo a enfocar la vista. Miro hacia abajo con la respiración acelerada, veo toda la sangre que me mancha la piel y la ropa.

Giro el cuello para relajarlo. Me empapo en el bendito sonido del silencio.

Los gemelos están apoyados contra la pared. Los miro y luego miro al hombre atado que tengo delante, con los ojos vacíos, la boca abierta, el cuerpo empapado en la sangre que mana de los tajos largos y dentados. El brazo le cuelga en un ángulo imposible y la sangre color rojo oscuro se ha encharcado bajo la piel. Me alejo y los restos de cristal roto del reloj crujen bajo mis zapatos.

Se me ha aliviado la tensión en el pecho y dejo escapar un suspiro de satisfacción. Voy hacia la mesa de metal, me quito los guantes y cojo la chaqueta antes de dirigirme hacia la puerta. Miro a los gemelos, que se han apartado de la pared, y noto que he pisado algo blando. Miro hacia abajo y veo divertido que la lengua cortada se me ha pegado a la suela del zapato.

Me paso la mano por el pelo y me vuelvo hacia los gemelos.

—Limpiad esto y comprobad que no fuera nadie importante.

Asienten. Salgo de la habitación, con todas las células de mi cuerpo encendidas de adrenalina, la sangre bombeando a toda velocidad y la polla dura por la excitación de la muerte.

Ser juez, jurado y verdugo tiene algo extrañamente gratificante. Es una emoción que solo se consigue así. Te corre por dentro y te hace sentir intocable. Infalible.

Como un dios.

Subo por la escalera de atrás hasta la oficina. Cojo una bolsa de plástico y me desabrocho la camisa y los pantalones. Me quito la ropa empapada de sangre para que alguno de los chicos la tire.

Me cambio con la ropa limpia que tengo siempre en el armario, me siento en la silla y pongo los pies en el escritorio antes de encender un puro y disfrutar de su aroma. Enciendo la pantalla del ordenador y busco una foto de Peter Michaels y su familia. El deseo me atenaza al ver la cara de Wendy e imaginar cómo será tenerla debajo de mí. Cómo haré que se me entregue por completo antes de destrozarla y devolverla a un hogar ya sin padre.

Dejo escapar un gemido y me acaricio la erección por encima de la cremallera.

Wendy Michaels es un bocado delicioso y me muero por disfrutarla, hasta la última miga.

CAPÍTULO 7

Wendy

—Pero ¿llegarás para cenar?

Detesto cómo me sale la voz, cargada de súplica, con la esperanza de que mi padre venga a casa.

Se oye de fondo el sonido del papel.

—No, esta noche no, nena, pero haré lo que pueda para volver el fin de semana.

Me muerdo el labio inferior hasta hacerme daño. Mi padre siempre ha sido un hombre muy ocupado, pero sabía sacar tiempo para mí. Con los años, se ha alejado cada vez más y ya no sé cómo llegar hasta él. No sé cómo convencerlo de que nosotros también necesitamos atención.

—Ni siquiera has estado en la casa nueva, papá. Es como… No sé.

Suspira.

—¿Y qué esperabas, Wendy? Ya sabes cómo son las cosas.

No quiero que Jon siga criándose solo.

Estoy a punto de decirlo en voz alta, pero me lo trago. Tengo la esperanza de que, si me muerdo la lengua, volverá a casa.

—¿Qué estás haciendo?

Suspira de nuevo, y oigo con claridad una voz femenina de fondo.

Se me hace un nudo en el estómago y agarro el teléfono con fuerza.

—¿Estás en Bloomsburg?

Carraspea.

—No, ahora mismo, no.

Suelto un bufido y el resentimiento se me acumula en el pecho como una nube de tormenta.

—Papá, prometiste que, cuando nos mudáramos, estarías más tiempo en casa.

—Y lo haré, lo haré.

Me pican los ojos.

—Entonces ¿por qué... no estás?

Hubo un tiempo muy muy lejano en el que creía que mi padre había puesto la luna en el cielo. Lo seguía a todas partes, lo hacía todo con él, hasta el punto de que llegó a llamarme «mi pequeña sombra». Pero cuando fui creciendo, todo cambió. Me fue empujando hacia la parte trasera del autobús hasta que ya no estuvimos ni en el mismo vehículo. Me dejó atrás como quien deja el equipaje innecesario.

A veces me parece que para Jon es más fácil. Él no sabe cómo eran las cosas antes. Nuestro padre nunca le ha prestado la atención que me dedicó a mí. Pero yo haría cualquier cosa por que mi padre me quisiera como me quiso, y haría incluso más por que Jon conociera ese amor.

No creo que mi padre sea malo. Solo que su sed de aventuras empresariales se impuso a su necesidad de tener una familia hasta que se olvidó de que la tenía.

—No, es que te echamos de menos. —Trago saliva pese al nudo que tengo en la garganta, hinchado de todas las cosas que quiero decirle—. Por cierto, gracias por permitir que Jon estudie en casa.

—Sí, oye, sobre eso. He cambiado de idea. Hay un internado excelente en las afueras de Bloomsburg y lo voy a mandar ahí.

Se me encoge el corazón.

—¿Qué?

—El otro día me presentaron al rector y me han garantizado que no hay lugar mejor para él.

Se me corta la respiración. Ha tenido tiempo para reunirse con un desconocido, pero no para sus propios hijos.

—¿Un internado? Papá, no va a querer. Ya sabes que no se lleva bien con los demás niños.

—Estos son otros niños.

—Papá…

—Wendy… —me imita—. Oye, ya está decidido.

Aprieto el teléfono aún más.

—¿Por qué?

Titubea y vuelve a carraspear. Lo hace siempre que quiere esquivar un tema. Así gana tiempo, organiza lo que quiere decir antes de plasmarlo en palabras tangibles.

—Tengo negocios con el rector. Y me han asegurado que es lo mejor.

Repaso la conversación que mantuve hace unos días con Jon. Recuerdo que tenía los hombros más erguidos, ya sin la carga que había llevado encima. La ira se me filtra hacia el corazón, es como un jirón de humo que sube ondulante. Si he venido a vivir aquí fue para estar con Jon, para tratar de volver a unir a nuestra familia rota. Mi padre me prometió que pasaría más tiempo en casa, que Bloomsburg era el lugar perfecto para echar raíces y dejar de vivir a saltos.

Y ahora va a hacer que se vaya la única persona que tengo. Y yo me quedaré aquí. Trabajando en una cafetería y viviendo en una mansión. Sola. ¿Y todo para qué?

Cierro los ojos con todas mis fuerzas y tomo aire.

—¿Cuándo se lo vas a decir?

—No se va hasta dentro de una semana, así que ya estaré en casa y se lo contaré.

—Tienes que decírselo tú, papá. No puedes cargármelo a mí. Tienes que ser tú y le tienes que explicar los motivos.

El estómago se me cierra. Puedo seguir hablando hasta quedarme ronca, pero nada cambia el hecho de que, lejos de aquí, mi padre ya no me está escuchando. Y con cada día que pasa fuera, con cada viaje de negocios y cada cosa que ve sin nosotros, se nos aleja un poco más, hacia un lugar donde nadie podrá alcanzarlo, aunque quiera.

—Te entiendo, nena, en serio. Yo me encargaré cuando llegue a casa. Siento lo de la cena.

Clic.

Me trago la rabia y miro hacia la repisa de la chimenea. Ahí está la foto de nosotros dos, la que puse con la esperanza de que me recordara los buenos tiempos. De que se los recordara a él. Me lleva sobre los hombros y los dos sonreímos de oreja a oreja. ¿Cuándo empezó a cambiar? No sé si fue cuando crecí, cuando dejé de ser la niña ingenua que creía en las hadas, o si fue él quien se alejó cuando murió mi madre.

O puede que la gente no cambie. Puede que sean nuestras percepciones las que alteran lo que vemos.

Mi teléfono hace «ping» en el momento en que lo dejo. La esperanza me sube como el humo en espiral por dentro, aunque sé, sin lugar a dudas, que no va a ser mi padre.

Y no es mi padre, claro. Es Angie.

> **Angie:** ¡Esta noche en el JR, tía! Sin excusas.
> Te recojo a las siete.

Me da un vuelco el corazón al leer el mensaje y, de inmediato, pienso en el guapo desconocido que me pidió una cita hace unos días y luego desapareció.

¿Estará allí?

Me muerdo el labio inferior y tecleo la respuesta.

> **Yo:** Vale. Me apunto.

CAPÍTULO 8

James

—Peter Michaels quiere reunirse con nosotros.

El corazón se me acelera en cuanto Ru pronuncia ese nombre.

—Ya lo sé, Roofus. Hace una semana que no hablas de otra cosa.

Ru frunce el ceño.

—No seas listillo. Resulta… ¿Cómo dices tú siempre? Muy poco atractivo.

Esbozo una sonrisa como siempre que intenta imitar mi acento británico, aunque reconozco que el mío ya no es tan refinado como antes. Los años lo han mitigado y ahora es una extraña mezcla. No es del todo inglés, pero ni mucho menos es americano.

—¿Entonces…? —pregunto.

—Entonces, necesito que vengas conmigo.

Dejo escapar un suspiro y me desabotono la chaqueta del traje para sentarme al otro lado de su escritorio.

—Recuérdamelo, ¿por qué decías antes que no podía ir?

Entorna los ojos.

—Porque intimidas a la gente.

Miro hacia arriba y me señalo el pecho.

—¿Quién? ¿Yo?

Suelta una risita.

—No te hagas el tonto. Los dos sabemos que tienes un…
—Hace un ademán con el brazo—. Un algo. A los hombres
con poder no les gusta tenerte cerca.

Contengo una sonrisa.

—Tú eres un hombre con poder y mira dónde estamos.

Ru sonríe y le da vueltas al puro entre los labios.

—Sé que eres leal. Trabajas para mí. —Se encoge de hombros—. Conozco mi lugar en este mundo y sé dónde estás.

Valoro la intención, pero sus palabras se me clavan y siento
una punzada en la boca del estómago. Puede que Ru crea que
sabe dónde estoy, pero no es cierto. No sabe que mi padre viajó
a Gran Bretaña desde Estados Unidos con apenas veinte años y
llegó a ser el hombre de negocios más importante del país. Que
nací en medio del lujo y, hasta el día en que murió, no hubo
nadie a quien admirara más. Ru no sabe que, desde entonces,
me he pasado hasta el último segundo pensando en vengarme
del responsable de su muerte.

Un dolor fantasma me lacera el costado. Cierro los puños
para no llevarme la mano a la cicatriz del torso.

Hay quienes nacen con un propósito. A otros, se lo graban
con violencia.

Noto la llegada de una emoción que no quiero sentir, de un
dolor antiguo que se me instala en el pecho. Aprieto las mandíbulas para obligarla a retroceder. Hace mucho que pasó el momento de la tristeza. Ahora solo me queda la sed de venganza.

Me inclino hacia delante en la silla. El fuego del objetivo de mi vida me lame con su calidez tentadora.

—¿Cuándo nos reuniremos?

Ru sonríe.

—La semana que viene.

—Perfecto. Tengo planes para las próximas noches. Sería una pena que se echaran a perder.

—¿En serio?

Asiento sin dar más explicaciones. Prefiero no hablar del trofeo antes de que caiga en mis redes. Quiero que Wendy llegue a mí por su propia voluntad. Que sea una nota de color y alegría cuando le enseñe el mundo. Quiero ver la cara de su padre cuando me lleve a conocerlo.

No puedo contener una sonrisa.

—Es un proyecto personal.

Se echa a reír y se pasa la mano por la cara.

—Joder, muchacho. Si yo tuviera tus pintas, no me faltaría coño ninguna noche. Me sorprende lo contenido que eres.

Los músculos de la mandíbula se me contraen cuando trago saliva para quitarme de la mente ese concepto tan repulsivo. Como si fuera a cambiar el control por el placer sexual. Sentir el impulso es una cosa; dejarte atrapar por la tentación, otra muy diferente. Y sí, utilizo a Moira para contener mis impulsos más apremiantes. Puede que incluso lo necesite. Los años de estar a merced de alguien con quien solía perder la cabeza me enseñaron que el control es lo más importante. Follar y correrme alivia el estrés, y nunca será nada más que eso. Nunca es por disfrute.

—Pero esta noche estarás por aquí, ¿no? —pregunta Ru.

Mira hacia el escritorio y la vulnerabilidad que asoma en sus palabras es tenue, casi imperceptible.

Asiento con la cabeza, me levanto y voy hacia la puerta de su despacho.

—Claro, Roofus.

Me meto la mano en el bolsillo de la chaqueta y saco la caja que he traído. Ru no es persona de regalos, pero adora los encendedores. Tiene una vitrina entera para exhibir su colección. Este es especial: un S. T. Dupont personalizado, con rubíes rojos y una inscripción en la parte delantera.

«Todo recto hasta el amanecer».

Fue el primer consejo que me dio y nunca lo he olvidado.

Acaricio con el pulgar las palabras grabadas y recuerdo aquella noche.

Me asomo por la esquina, jadeante, y noto como el ladrillo del edificio se me desmorona entre los dedos. Eso demuestra lo desatendida que está la zona. No es un buen barrio y mi mente es un torbellino. ¿Quién es el hombre al que he seguido? ¿A qué se dedica para estar tan a sus anchas en una zona de la ciudad contra la que hasta mi tío me ha prevenido? «No te acerques a la plaza de la torre del reloj».

El hombre del pelo rojo está ante la entrada del edificio. La tela descolorida del toldo verde se mece sobre él. Les dice algo a los hombres que lo acompañan. Estos asienten y entran, entonces se queda solo. El desconocido se vuelve, de repente, y el corazón me da un vuelco en el pecho. Me escondo en la esquina y contengo la respiración. El ladrillo me araña la espalda a través de la tela de la camisa.

Respiro hondo una vez, dos, tres. Me arriesgo a mirar de nuevo, pero esta vez me lo encuentro delante, con las manos en los bolsillos y los ojos grises llenos de risa.

—¿Me estás siguiendo, muchacho?

Tiene mucho acento. Me lo quedo mirando con los ojos abiertos y asiento con la cabeza. Nunca se me ha dado bien mentir.

Tal vez debería tener miedo, pero no lo tengo. El peor monstruo que existe es el que cena conmigo por las noches. El miedo lleva mucho tiempo marinándose en mis entrañas como en un caldero, a la espera de que lo domine, lo destile, lo utilice como veneno. Así que, aunque parezca una tontería, este hombre no me asusta. Me infunde esperanza. El enemigo de mi enemigo es mi amigo.

—Bueno, pues si querías que te prestara atención, lo has conseguido —sigue. Me mira fijamente con un atisbo de sonrisa—. ¿Eres el chaval de Cocodrilo?

Frunzo el ceño.

—No sé quién es ese —respondo.

—¿Cocodrilo? —Se frota la cara y mira hacia el cielo—. Mierda. Sí que lo eres. Te vi antes, espiando desde el pasillo. ¿Qué demonios haces tan lejos de casa?

Se me cierra el estómago y siento una oleada de vergüenza al comprender que no he sido tan sigiloso como creía. Ha sabido que lo seguía desde el principio. Luego llegan las náuseas: mi tío también se habrá dado cuenta.

—No importa. Era una tontería.

Me doy la vuelta para marcharme, pero una mano ruda me agarra por el hombro y me obliga a volverme.

—No te vayas cuando te han hecho una pregunta, muchacho. Ya has llegado hasta aquí. Sigue adelante, ¿eh?

Frunzo el ceño mientras intento entender lo que me dice.

—*¿Qué siga hacia dónde?*

Señala la torre del reloj que hay en medio de la plaza, junto a la luna y las estrellas que brillan sobre ella.

—*Todo recto hasta el amanecer.*

Inclino la cabeza hacia un lado.

—*¿Eso qué quiere decir?*

Me rodea los hombros con el brazo.

—*Quiere decir que uno no se rinde hasta que consigue lo que quiere. Aunque le lleve toda la noche. ¿Entendido?*

El recuerdo me hace sonreír y le tiro el regalo al escritorio.

—Venga, Roofus. ¿De verdad pensabas que me iba a olvidar?

Ru me lanza un gruñido y hace un ademán desdeñoso, pero noto que se le quita un peso de encima y casi sonríe.

Como si pudiera olvidarme del cumpleaños del hombre que me salvó.

Jason es un camello de poca monta al que todos llaman Conejo. Es de esos tipos que nunca se lavan la camiseta y creen que una cadena de oro les da pinta de duros, pero pasa bien nuestra hada. Lo malo es que últimamente habla demasiado, quiere provocar una rebelión entre la chusma que tengo en mis calles y que cree que son suyas.

Cambia de postura en el reservado, incómodo ante mí, mientras enciendo un puro. La escasa luz del bar le proyecta una sombra en el rostro y le ilumina el sudor que se le está formando en la frente. No estoy seguro de que sepa quién soy. Los camellos de bajo nivel no suelen tener el privilegio de conocerme.

—¿Sabes por qué estás aquí, Jason? —pregunto.

—¿Porque trabajo para usted?

Doy unas vueltas al puro entre los labios antes de dejarlo en el cenicero. Noto la mesa recia bajo los codos.

—Correcto, Jason. Trabajas para mí.

Se le tensa la expresión.

—¿O te habías olvidado? —continúo mientras inclino la cabeza a un lado.

—No —masculla.

Me echo hacia delante.

—No, señor.

Mira de reojo a los gemelos, que están uno a cada lado. Traga saliva, la nuez le sube y le baja por el cuello.

—No los mires a ellos —digo—. Ya no tratas con los gemelos. Ese momento ya pasó. —Me rasco la barbilla—. Lo cierto es que fuiste tú el que optó por rechazarlos, ¿no? Así que ahora tratas conmigo. ¿Entendido?

Carraspea para aclararse la garganta.

—Eh… s-sí, señor.

—Así me gusta. —Sonrío y me apoyo contra el respaldo—. Acabo de darme cuenta, no te han puesto nada para beber. Debes de tener sed. ¿Quieres tomar algo?

Hago un ademán con la cabeza a Moira, que se acerca contoneándose con las manos en las caderas. Jason me mira, mira a los gemelos, mira a Moira, vuelve a empezar. Abre la boca para decir algo, pero un movimiento en la entrada del bar me distrae.

Wendy Michaels ha llegado a la sala como un haz de luz que se abre paso entre las nubes oscuras. Directa a la guarida del lobo, para que la devoren.

Como si se sintiera cómoda aquí.

Noto chispas en el estómago y me empapo de ella como la tierra del agua. Llega hasta la barra, seguida por sus amigas. Rizos, el camarero, la saluda de inmediato y le dice algo que la hace reír. Las luces le centellean en la cabellera que le cae sobre la espalda desnuda. Tengo que tensar los hombros para contenerme y no ir a apartarla de sus atenciones.

No sin esfuerzo, me vuelvo a concentrar en Jason. Había planeado prolongar esto, pero de pronto quiero zanjar el tema lo antes posible. Me arden las tripas de expectación, pero tengo que tragármela para seguir centrado en lo que estoy haciendo.

—Parece ser que tienes… múltiples talentos, Jason.

Se hincha como un pavo real.

—Te he hecho venir porque parece que hay un traidor en nuestras filas. Y necesito tu ayuda. —Aprieto los labios cuando asiente con evidente alivio. Qué imbécil, qué simple—. Alguien ha estado trabajando contra nosotros desde dentro.

Jason se inclina hacia delante, como esperando a que siga, pero me detengo ahí. Me acomodo contra el respaldo, cojo el puro, contemplo el humo que se disipa ante mis ojos.

Y aguardo.

Los segundos se prolongan eternos, agónicos. Solo se oye a los clientes del bar, mientras una vocecita interior me pide a gritos que me vuelva hacia Wendy. Pero no me vuelvo. Sigo concentrado en Jason. Espero a que se quiebre.

Se mueve nervioso mientras lo miro y al final endereza la espalda.

—No, no pensará que...

Levanto una mano para interrumpirlo a media frase.

—Es muy interesante. ¿Sabes lo que pasa cuando dejas tiempo a la gente para que hable? —Suelto una risita—. A veces, el silencio es lo mejor para hacer salir a las ratas. —Me inclino hacia delante y bajo la voz—. Podemos hacer dos cosas, Jason. Puedes conservar un mínimo de dignidad e ir con los gemelos a tus nuevas habitaciones sin montar una escena. —Sonrío—. O puedes hacerlo por las malas. —Me meto la mano en el bolsillo, cojo el mango de cuero de la navaja y la coloco delicadamente en la mesa, junto a mí—. Te garantizo que, si eliges lo segundo, te irá peor.

Jason mueve la cabeza de delante atrás, respira con jadeos entrecortados.

—Oiga, no lo entiende. Él me obligó. Si no, me habría matado. No pude... no me dejó elección.

Inclino la cabeza hacia un lado y me guardo para luego esta confesión. No me extraña que no sea el que busco. Ru y yo tenemos muchos enemigos y un hombre del nivel de Jason es un recadero, no un organizador. Siento una presión en el estómago. ¿Me dirá el nombre o se lo tendré que arrancar por la fuerza?

Asiento, me levanto y me estiro el traje al tiempo que me dirijo hacia su lado de la mesa. Me inclino para hablarle al oído.

—Siempre hay elección.

Y me alejo, ya con los ojos clavados en la chica de la barra.

CAPÍTULO 9

Wendy

—Joder, joder, que viene —susurra Maria.

Está sentada en el taburete, junto a mí, y solo le falta vibrar. Lo detectó en cuanto entramos en el bar y me dio una docena de codazos en las costillas para hacerme entender que había visto a su hombre.

Está como me lo había descrito: rodeado de hombres trajeados, sentado en el reservado de la parte trasera, con una luz tan escasa que apenas se ve su sombra.

Pero noto su presencia.

He crecido con un hombre de talla similar, así que detecto cuando alguien exuda poder. Y no me gusta reconocerlo, pero comprendo el atractivo que tiene.

Sonrío a Maria y me vuelvo en el asiento para mirar, pero me clava las uñas como grapas en el brazo.

—¡No mires! —susurra—. Piensa con la cabeza. Es mi momento. No podemos parecer desesperadas.

Angie casi se atraganta con la bebida.

—Como si no te hubiera visto mirándolo cada dos segundos. ¿Y cómo sabes que viene por ti? Seguro que solo se acerca a la barra.

Maria arquea las cejas.

—¿Cuántas veces lo has visto en la barra?

Angie se encoge de hombros y bebo un sorbo de vino. El tinto seco me provoca una mueca cuando me roza los labios.

—Seguro que viene por ti —digo—. Conectasteis, ¿no? Y habrá estado ocupado hasta hoy.

—¿Tú crees? —pregunta Maria.

Asiento. Me muero por caerle bien, aunque se ha portado como una arpía conmigo desde que nos conocimos.

—¡Aprovecha la oportunidad!

Dejo escapar una risita y alzo un puño para darle ánimos.

Entreabre los labios color rubí y sonríe con los ojos muy abiertos mientras mira más allá de mí.

—¿Tú por aquí, querida?

Se me escapa el aliento y el miedo se me enrosca por dentro. Reconocería esa voz en cualquier lugar. Y, por la mirada de Maria, tengo la sospecha de que su hombre es también mi desconocido.

No hago caso. Tal vez, si no reacciono, se marchará. Pero parece que, últimamente, mis deseos nunca se hacen realidad, así que no se va, claro.

Maria echa los hombros hacia atrás para sacar más pecho; contra mi voluntad, el estómago me da un vuelco. No quiero las atenciones de este hombre, pero tampoco quiero que se las dedique a ella.

Consigo tragar otro sorbo de vino.

La calidez me baja por la espalda, me eriza el vello. Por el rabillo del ojo veo que a Maria le ha cambiado la cara, se le ha borrado un poco la sonrisa. Miro hacia el otro lado. Los ojos de Maria van del hombre a mí una y otra vez.

—¿Haces como si no me vieras en mi propio bar? —Su aliento me abrasa el oído. Cierro los ojos para contener un escalofrío—. Qué poco amable.

Vuelvo a mirar a Maria. Le pido perdón con los ojos antes de soltar el aliento y volverme hacia el hombre que reclama mi atención.

—No sabía que era tu bar.

Creo que va a retroceder cuando me giro, pero no lo hace, y mis rodillas le rozan los muslos. Ha invadido mi espacio. Noto una presión en el corazón cuando mis ojos se encuentran con su mirada azul hielo.

—Hay muchas cosas que no sabes de mí. —Inclina la cabeza—. Vamos a arreglarlo.

Repaso mentalmente nuestros encuentros anteriores.

—¿Fuiste tú el que hizo que nos dejaran entrar la primera vez?

Sonríe de medio lado.

—¿Y el admirador secreto que nos invitó a las bebidas?

Me mira y se mete las manos en los bolsillos en un gesto cómodo, tan parecido al del día en que nos conocimos.

—¿Quieres que diga que sí?

—Quiero que digas la verdad.

—¿Y dónde está la gracia?

—Wendy. —La voz de Maria corta el aire y me arranca de la situación—. ¿No nos vas a presentar a tu… amigo?

—Yo no diría que es mi amigo. —Hago una mueca—. Maria, Angie, este es James. James, esta es Maria. —La señalo con un ademán, sin hacer caso de la punzada en el estómago—. Y Angie.

—Hola, chicas —dice sin apartar los ojos de los míos—. Es un placer.

—Te aseguro que el placer es todo todo mío —dice Maria.

Me contengo para no hacer una mueca ante semejante vulgaridad, pero aguardo a que la mire. A que se dé cuenta de que tiene a una mujer dispuesta y a punto. Siempre he dado por hecho que a los hombres les gusta una presa fácil. Y mentiría si dijera que no he disfrutado con su atención, pero a mí no me tiene en sus redes.

El caso es que no deja de mirarme.

Yo tampoco dejo de mirarlo. Tengo la sensación de que, si aparto los ojos, habré perdido algo que no sabía ni cómo conservar.

La tensión vibra en el aire y me paso la lengua por los labios secos. Se le oscurecen los ojos al mirarme la boca.

Angie carraspea.

—Entonces ¿esto es tuyo?

Me observa un instante más y por fin, por fin, aparta los ojos de mí y mira a Angie. Me lleno el pecho de aire por primera vez en lo que me han parecido siglos y miro a Maria, pero está muy rígida, con los labios apretados, y evita mis ojos.

Genial.

—Más o menos —responde—. ¿Está todo a vuestro gusto?

Angie sonríe con las mejillas enrojecidas.

—Las copas son muy mejorables.

—¿De veras?

Se acerca un paso y el calor de su cuerpo me sube por el costado. Me envuelve en su aura cuando apoya un brazo en el pequeño respaldo del taburete. Solo tiene que hacer un movimiento con la cabeza y el camarero corre hacia nosotros con un paño blanco al hombro que contrasta con su piel negra.

—Dígame, señor.

—Las señoritas no están satisfechas con sus bebidas, Rizos.

Noto que el aludido se pone tenso y, no sé por qué, me invade una sensación de peligro. Como si fuera importante que supiera que las bebidas están perfectas y que solo ha sido una broma de Angie. Seguramente es para borrar la tensión del silencio ominoso de Maria.

—Las bebidas están estupendas —le aseguro—. Perfectas, James. Angie estaba de broma.

Aparta la vista del camarero para mirarme a mí.

—¿Seguro? —Asiento y se vuelve hacia Rizos—. Estas señoritas son las personas más importantes del local, ¿entendido? No pagarán nada, y ponles todo lo que te pidan.

Rizos asiente.

—Hecho, jefe.

—Entonces, me tomaré otra. —Angie se echa a reír—. ¿Queréis una ronda, chicas?

James ya se ha vuelto a centrar en mí. Su mirada es tan intensa que me perfora, se me hunde en el pecho.

—No tenías por qué hacerlo —le digo.

Sonríe.

—Yo no tengo por qué hacer nada. —Me aparta un mechón de pelo de la mejilla. Es un gesto delicado, amable, pero me provoca un revoloteo de mariposas en el estómago—. Solo quiero asegurarme de que te atiendan bien, querida.

El calor me abrasa por dentro y tengo que resistir la tentación de frotarme un muslo contra el otro. No quiero que vea lo mucho que me afecta. No es posible que este desconocido haga cosas así y yo, en vez de sentirme asqueada, me excite.

La palma de su mano se desliza contra la mía y el estómago me da un vuelco. Me coge la mano, se la lleva a la boca y me roza el dorso con los labios.

—Sal conmigo.

Se me eriza el vello del brazo. Me parece oír una exclamación ahogada a mi izquierda, pero no puedo centrarme en eso. Este hombre tiene algo que me atrae como un vórtice. Estoy en una dimensión alternativa donde todo lo que no sea él parece amortiguado, difuso.

La emoción se me concentra en el pecho.

—De acuerdo.

Tiene una sonrisa tan cautivadora que me quedo sin aliento. Antes de que pueda añadir nada, un joven, el mismo que nos franqueó la entrada al bar la semana anterior, se acerca a él a toda prisa y le susurra algo al oído. Y, de pronto, la actitud de James cambia. La luz desaparece de su rostro. Asiente antes de mirarme de nuevo.

—Es una lástima, pero tengo que encargarme de un asunto. —No me ha soltado la mano y se la lleva al pecho—. No te irás sin despedirte, ¿verdad?

Niego con la cabeza, incapaz de decir nada. Con el pulgar de la otra mano, me roza la mejilla.

—Bien. —Mira a Angie y a Maria, e inclina la cabeza—. Señoritas…

Se aleja y lo sigo con la mirada. Tengo el corazón en la garganta mientras, a ambos lados, dos pares de ojos se me clavan.

CAPÍTULO 10

Wendy

Me mojo los labios con la copa y me fuerzo a tomar un sorbo. Ni siquiera me gusta el vino tinto, pero quería encajar, quería ser sofisticada, en lugar de admitir que no me apetecía beber nada. Se me encoge el corazón. No sé ni para qué me he molestado. ¿Por qué lo habré hecho? Todo se ha ido a la mierda desde que él se ha acercado.

James.

A parecer, es el mismo tipo con el que Maria está obsesionada, así que también es...

Garfio.

La realidad me golpea como un martillo y hace pedazos todo lo que creía saber. Es el mismo hombre del que tanto han hablado en un tono tan poético. El que las «follará hasta que revienten con esa polla gigante que tiene».

Casi me atraganto cuando me entra la risa. No sé si es que se me ha subido el vino a la cabeza o es la sensación de mareo que me provoca James.

Es esquivo. Es peligroso.

La emoción me cosquillea en el estómago.

No debería estar entusiasmada. Debería enfadarme porque ha dejado entrar en su bar a unas menores de edad. Debería preocuparme que siempre esté rodeado por sus hombres, que reaccionan al menor gesto que hace. Debería alarmarme su capacidad para afectarme, para envolverme con su presencia hasta que casi no puedo ni respirar.

Pero no es así.

Puede que se deba a que, para mis adentros, en lo más profundo de mi interior, siempre he sabido que él era diferente. El atisbo de peligro es como un tentáculo que me roza la piel con una caricia oscura. Es excitante, aunque sé que no debería serlo. Aunque sé que mi padre no lo aprobaría.

Pero mi padre dejó de prestarme atención hace mucho, así que tal vez vaya siendo hora de pagarle con la misma moneda.

—¿Qué ha pasado aquí? —pregunta Angie.

Me encojo de hombros y trato de ocultar el rubor que me sube por las venas y me caldea las mejillas. No había tenido intención de ceder. Desde luego, no había tenido intención de acceder a salir con él. Menos delante de Maria, que lleva meses buscando consuelo en la idea de que es «intocable».

Pero no lo es.

A mí me ha dejado tocarlo.

Los nervios me atenazan el estómago. Por mucho que intente evitarlo, disfruto con la sensación de que se haya fijado en mí. Como si yo fuera especial.

Maria apura la bebida y pone el vaso en la barra antes de clavarme los ojos como si fueran puñales.

—Oye —empiezo—, lo siento. No sabía que hablabais de este tipo...

Suelta un bufido.

—Lo siento mucho —insisto—. Ha sido muy... insistente.

Me encojo un poco. Sé que estoy empeorando las cosas.

—No pasa nada. Estoy bien. —Hace una pausa—. Sorprendida, nada más. No me imaginaba que le gustara alguien como tú.

Arrugo la nariz. La crítica llega hasta mí y me empapa como la lluvia. No ha habido momento en que hayamos estado juntas sin que me insultara de alguna manera, y estoy harta.

—Maria, no seas... —empieza Angie.

—¿Qué quieres decir con eso? —la interrumpo.

Se encoge de hombros.

—Nada, solo que no tiene lógica. Es un hombre poderoso. Puede tener a la mujer que se le antoje, ¿y va y se fija en ti?

Me encojo sin querer.

—Au —susurro.

Sonríe y me da una palmadita en el brazo.

—Sin ánimo de ofender, claro.

Las palabras dan en el blanco, me laceran las entrañas y me perforan lo justo para que empiece a manar la ira. Me recorre como una tormenta, pero respiro hondo y consigo tragármela.

A mí qué me importa lo que piense.

—Te seré sincera, chica. Esto ha sido muy intenso —interviene Angie—. ¿Cómo es que lo conoces? Nos lo has estado ocultando.

Jugueteo con la servilleta y arranco trocitos del fino papel.

—No sabía quién era. —Miro a Maria—. Te lo juro. Me di de bruces contra él literalmente la primera vez que estuvimos aquí y luego se presentó en la cafetería.

Angie abre mucho los ojos.

—¿De verdad? Nunca lo he visto por allí.

Me encojo de hombros y me quedo con la vista fija en la barra. Me muero de ganas de cambiar de tema.

—No pasa nada. —Maria hace un ademán con el brazo—. Como se suele decir, hay más peces en el mar. Además, así lo veremos más. No te importará si lo pillo cuando se canse de ti, ¿no? —Me sonríe, burlona.

Seguro que tiene razón y yo solo soy un pasatiempo, algo inalcanzable con lo que le apetece jugar, pero me los imagino juntos y se me retuercen las tripas.

La sensación perdura toda la noche, mucho después de pasarme al agua con gas y ver que las chicas se emborrachan.

Me acompaña todavía cuando salgo por la puerta principal y le hago una seña a un taxi, ahogada por la decepción. James no ha vuelto.

Ya tengo una pierna dentro del vehículo cuando una voz me llama.

—Señorita.

Me doy la vuelta, esperanzada.

—Sí, usted. —Me señala—. Me han dicho que me asegure de que no se vaya.

Me vuelvo y miro a Maria y a Angie, que están boquiabiertas, dentro del taxi.

Es irritante. He esperado toda la noche, como me pidió, y solo ahora se molesta en pararme. Y ni siquiera en persona.

Me pidió una cita y ahora me manda a uno de sus empleados.

Aprieto los dientes y voy a meterme en el taxi con las chicas, pero me detengo ante las dagas heladas de la mirada ebria de

Maria. Entonces vuelvo a oír todo lo que me ha dicho a lo largo de la noche, los insultos apenas velados que cada vez se me han clavado más.

El susurro de ira que me ha ido creciendo por dentro acaba por rebosar. Si tengo que elegir entre la irritación que me causa James y los ataques verbales de Maria, la respuesta es obvia. Me asomo hacia el interior del coche.

—Marchaos sin mí, chicas. Ha estado muy bien.

Maria entrecierra los ojos. Angie se echa a reír.

—¿Estás segura?

Asiento, me doy la vuelta y voy hacia el hombre al tiempo que señalo la entrada.

—De acuerdo. Llévame ante tu amo.

La sonrisa pierde temperatura hasta convertirse en una mueca, pero no dice nada. Me pone la mano en la espalda para guiarme hacia la puerta.

CAPÍTULO 11

James

Mi despacho del JR es la habitación más grande de todas las de la parte trasera. Antes era el de Ru, pero lo convencí para cambiarse porque yo necesitaba la ducha. Él no hace trabajos sucios, así que no me lo discutió. Yo, en cambio, a veces tengo que quitarme manchas de la piel.

Como esta noche.

Aún tengo el pelo húmedo cuando me siento tras el escritorio y pienso en lo que he aprendido de ese imbécil de Jason. Se derrumbó hecho un mar de lágrimas en cuanto entré en la sala y las luces fluorescentes iluminaron mi navaja. La visión de la hoja ganchuda girando entre mis dedos bastó para que me contara todo lo que sabía. Aunque tampoco es que fuera gran cosa. Nunca ha conocido al hombre por el que le pareció que valía la pena traicionarme. Ni de nombre.

Pero Jason es un niñito de nada. Y los niños son inconstantes.

Los hombres de verdad son leales.

Dicho lo cual, no soy idiota. No hace falta ser un genio para sumar dos y dos. Hay una presencia nueva en la ciudad, alguien que quiere dominar el tablero de juego. Alguien con poder e influencia para pasar desapercibido. Para que el mundo no vea su lado oscuro al tiempo que se exhibe como un rey.

Peter Michaels.

Es astuto, sin duda. Porque es más fácil cometer fechorías si las escondes a la vista de todos. Nadie se espera ver oscuridad a plena luz del día.

Un golpe con los nudillos en la puerta me arranca de mis pensamientos.

—Adelante.

Starkey, con el ceño fruncido en su rostro infantil, hace pasar a Wendy a la habitación.

La chica tiene las mejillas sonrosadas y el color sube un tono cuando mira a su alrededor antes de centrarse en mí, que sigo tras el escritorio. Se retuerce las manos sin querer. Es muy satisfactorio verla nerviosa.

—Puedes marcharte —le digo a Starkey sin apartar la vista de Wendy.

El ambiente es denso, como siempre que ella está presente. La energía chisporrotea entre nosotros. Personalmente, todo me resultaría más sencillo si no me sintiera atraído por ella, pero no cabe duda de que la química que hay entre nosotros me ayudará a llevar a cabo mi plan.

Ayudará a que sea creíble.

Se acerca un paso. El vestido azul le envuelve las rodillas, el pelo oscuro le enmarca las mejillas rosadas. Se lame el labio inferior.

—Hola —dice.

El corazón me da un vuelco.

—Hola a ti.

—¿Siempre mandas a un lacayo a hacer el trabajo sucio?

Inclino la cabeza.

—Depende. ¿Vas a hacer… algo sucio?

Se echa a reír.

—No paras nunca, ¿eh?

—¿De qué?

—De ejercer ese encanto. Por lo bien que te sale, debes de practicar mucho.

Me levanto de la silla, rodeo el escritorio y me apoyo contra él.

—¿Te parezco encantador?

Se sonroja, lo que me provoca una descarga eléctrica.

—No me necesitas para hinchar tu ego.

Le cojo la mano y le miro el esmalte rosa claro de las uñas. Le acaricio el dorso con el pulgar.

—Todo lo contrario, querida. Te necesito para muchas muchas cosas.

Entreabre los labios para respirar hondo.

—Me toca a mí hacer preguntas. —Me adelanto hacia ella—. ¿Te pongo nerviosa?

—No —murmura.

Su pecho me roza el torso. Cada vez que respira, siento una corriente que me recorre la espalda. Le coloco un mechón de pelo tras la oreja con la mano libre.

—No me mientas.

—¿O qué?

Sonrío de medio lado.

—Es mejor que no lo sepas.

Nuestras miradas se encuentran de nuevo y se me estremece el pecho. Me mira como si tratara de ver los colores de mi alma.

Es una sensación que me desasosiega y giro la cabeza, porque sé que lo único que va a ver es que no tengo.

Alza la mano y me hace volver la cara, y el roce me estremece por dentro.

—¿Por qué me has hecho venir?

Le miro los ojos, le miro la boca. De pronto, lo que más quiero en el mundo es ver a qué sabe. Me inclino hacia ella, su aliento me acaricia los labios.

—Para darte las buenas noches —consigo decir.

Se pega más a mí, noto sus curvas contra mi cuerpo, y siento su calor incluso a través de la tela de la camisa.

Esta chica puede hacer que pierda la cabeza.

—¿Y no lo vas a hacer? —pregunta—. Darme las buenas noches.

Arqueo las cejas, sorprendido de lo directa que es. La sangre se me concentra en la entrepierna, se me pone dura. La agarro por la cintura y atraigo su calor hacia mí, le acaricio los costados con las yemas de los dedos.

—¿Quieres que lo haga?

—S-sí —tartamudea.

Me pone las manos contra el pecho, me inclino hacia ella. Mis labios ya están tan cerca de los suyos…

Y llaman a la puerta.

Wendy retrocede, sobresaltada. Aprieto los dientes y la frustración me corroe. Mataría al que nos ha interrumpido.

—¿Quién es? —siseo.

Ru abre la puerta y entra sin más.

—Eh, muchacho, vengo a… mierda. —Se para en seco al ver la escena—. ¿He interrumpido algo?

Me contengo las ganas de decirle que se largue y, en lugar de eso, consigo sonreír.

—Si lo preguntas es que ya sabes la respuesta.

Se sienta en el sofá con las rodillas bien separadas.

—¿No nos vas a presentar? —Se dirige a Wendy.

Se me para el corazón un instante. No. No había planeado que Ru la conociera todavía. Lo que menos falta me hace es que sume dos y dos y se dé cuenta de que es la hija del hombre que está intentando participar en nuestro negocio.

—Me llamo Wendy.

La miro, miro a Ru, y pasa una cosa de lo más rara. Noto una oleada de algo ardiente que me recorre las entrañas y me tengo que contener con un verdadero esfuerzo para no cogerla entre mis brazos y asegurarme de que Ru sabe que es mía.

—Wendy —repite—. Yo soy Ru. Encantado de conocerte.

—Lo mismo digo. —Lo saluda con un movimiento de la mano—. Bueno, os dejo con lo vuestro. Buenas noches.

Sonríe, pero es una sonrisa tensa, y se me encoge el corazón cuando se vuelve hacia la puerta.

La agarro por la muñeca antes de que se aleje.

—Deja que te lleve a casa.

Niega con la cabeza.

—No, tranquilo, cojo un taxi.

Aprieto los dientes y quiero insistir, pero sé que la asustaré si soy demasiado enérgico.

—Al menos te acompaño afuera.

Se muerde el labio, asiente y va hacia la puerta. Le pongo una mano en la espalda y miro a Ru con los ojos entrecerrados. Tiene una sonrisa de oreja a oreja. Lo señalo con un dedo.

—Espérame aquí.

Alza la mano y deja escapar una risita.

—Tú a lo tuyo. Tenemos toda la noche.

Salgo al bar con Wendy sin hacer caso de los pocos clientes que quedan. Moira y Rizos están ya limpiando en el rincón. Hay un taxi esperando cuando llegamos a la calle.

Wendy va a abrir la puerta, pero pongo las manos sobre el techo frío del coche, un brazo a cada lado de ella.

—¿Seguro que no quieres que te lleve?

Se vuelve y me sonríe.

—Gracias, no hace falta.

Le pongo una mano en la mejilla y le acaricio el labio inferior con el pulgar. Se le dilatan las pupilas a la luz amarillenta de las farolas.

—¿Cuándo vamos a salir, querida?

—¿Cuándo quieres?

—Ayer. —Me aprieto contra ella—. Ahora. —La empujo contra la puerta del coche—. Mañana.

Me pone las manos contra el pecho.

—Mañana me va bien.

Me inclino hacia ella y le rozo la oreja con los labios.

—¿Dónde te puedo encontrar?

—Recógeme delante de la cafetería, a las siete. —Se pone de puntillas para acariciarme la mejilla con los labios—. Buenas noches, James.

Se desliza dentro del coche y cierra la puerta. Yo voy hacia la parte delantera y golpeo con los nudillos la ventanilla del copiloto hasta que el conductor la baja. Me fijo en el nombre de la licencia y hablo en susurros para que Wendy no me oiga.

—Si le pasa algo, lo que sea, no habrá rincón de la tierra donde puedas esconderte de mí, ¿entendido?

El taxista abre mucho los ojos, acepta los billetes que le tiendo y asiente.

—Así me gusta.

Doy unos golpecitos en el techo del taxi y me quedo en la acera hasta que dobla la esquina. No sé qué es esa sensación cálida que noto en el pecho ni por qué me parece que falta una vida entera hasta el día siguiente.

CAPÍTULO 12

Wendy

He vuelto el armario del revés y toda la ropa está tirada por el suelo. Se me escapa un gemido al mirar los montones de ropa que hay. ¿Cómo puedo tener mil vestidos y nada que ponerme?

Los nervios me corren cuando consulto el reloj y me doy cuenta de que mi cita con James en el Vanilla Bean es en menos de media hora.

Mierda.

Podría haberle dicho que me recogiera aquí, pero no quería que viera dónde vivo. Si supiera que es una mansión, se preguntaría quién soy en realidad. Y es la primera persona que conozco a quien le gusto por lo que soy yo, no por quién es mi padre, así que pienso retrasar ese momento todo lo que pueda.

Muchos hombres han tratado de colarse en mi corazón, todos con planes detrás de la sonrisa. Me miraban con dulzura, pero solo era cuestión de tiempo que miraran a mi padre con más interés que a mí. Aunque nunca llegué a picar. Desde muy pequeña (desde los seis años, para ser precisa), aprendí que la gente pensaba más en lo que yo les podía proporcionar que en lo que me podían dar ellos a mí. No hay niño que no haya sentido el aguijonazo de la soledad. Cuando mi madre murió, perdí a la última persona de la que había dependido. Como si el problema fuera yo. Como si mi pena fuera una carga excesiva para ellos.

Tal vez por eso me siento atraída por James. Porque, por primera vez en mi vida, le intereso a alguien por lo que soy, no por todo lo que me rodea.

Suspiro y me decido por un vestido negro. Es ceñido para marcarme las curvas, pero sencillo para que no parezca que me he esforzado mucho. Termino de prepararme antes de bajar por las escaleras.

Jon está sentado en la sala, ante la mesa que ocupan las cien piezas de la maqueta de un avión. Me siento en una silla frente a él.

Alza la vista y abre mucho los ojos.

—Estás muy guapa. ¿Sales con alguien?

El cumplido me caldea el corazón y sonrío.

—Gracias. Sí, salgo con alguien.

—Genial. —Sonríe a su vez—. Voy a adelantar un poco en lo de estudiar, ahora que me organizo yo en casa.

La frase me hiere por dentro, me carga de indecisión. No le he dicho nada del internado. Me siento mal por saberlo y no contárselo, pero papá dijo que volvería a casa. Tiene que ser él quien mire a Jon a la cara cuando se entere de que no puede quedarse.

Miro a mi alrededor y me fijo en las maquetas terminadas que hay por todas partes. Desde que nos mudamos, Jon ha estado haciendo aviones y va a llenar la casa.

—¿Cómo te va con todo? —le pregunto.

Inclina la cabeza, muy concentrado en las piezas que está pegando.

—Esa es una pregunta muy vaga, Wendy.

—Me refiero a… todo. La mudanza y lo demás. ¿Lo llevas bien?

Se encoge de hombros.

—Pues sí. La verdad es que esto me gusta más. Si pudiera quedarme en casa para siempre, sería perfecto.

La sensación de culpa me estruja por dentro hasta que estalla. Puede que aún esté a tiempo de convencer a papá de que lo del internado es una tontería. Pero… ¿hasta qué punto es saludable que un chico de la edad de Jon esté siempre encerrado en casa con la única compañía de su hermana mayor?

Se frota la nariz.

—En serio, Wendy, estoy bien. Te preocupas demasiado.

Sonrío.

—Alguien tendrá que preocuparse por ti.

Me despide con un ademán.

—Venga, diviértete.

Me muerdo la mejilla por dentro, me retuerzo las manos sobre el regazo.

—Podría cancelar la cita y quedarme contigo.

Por fin, Jon aparta la vista del avión y me mira con los ojos muy abiertos. Suelto un bufido.

—Vale, vale. Tampoco hace falta que pongas esa cara de horror.

Sonríe y se le destacan los hoyuelos de las mejillas, tan idénticos a los de nuestra madre que se me encoge el corazón.

—Bueno, como quieras. Hasta luego, entonces. —Me levanto para marcharme.

—No hagas nada que yo no haría.

Lo miro sorprendida.

—Tú no haces nada.

Se echa a reír.

—Exacto.

Por un momento, pienso en cancelar la cita con James de todos modos. Me resulta intimidante. Es de esos hombres que hacen que te tiemblen las entrañas y se te nuble el pensamiento. Pero sé que no lo voy a hacer y rechazo la idea de inmediato.

La atención de James es como una brasa, se me enciende dentro e ilumina todo lo que tiene alrededor. Y en un rincón muy oscuro de mi mente pienso que, si mi padre se entera de que salgo con un hombre como James, un poco mayor y muy poderoso, volverá por fin a casa.

La ansiedad me crece por dentro durante todo el camino hasta la cafetería. Entro por la puerta con las manos húmedas y pegajosas, y respiro hondo para calmarme.

¿Cómo se me ocurrió acceder a esto?

He llegado con un poco de antelación para tener algo de tiempo, pero cuando entro, ya está ahí, charlando con Angie como si fueran viejos amigos, con un traje que le queda de maravilla. Me preguntó cómo estará con unos vaqueros y una camisa vieja. Da la impresión de que nunca está por debajo de la perfección.

Miro a mi alrededor. Hay mucha gente en la cafetería y James aún no me ha visto. El corazón me va a estallar. Caminar hacia él es como bucear sin saber nadar, pero no titubeo. Todo lo contrario, avanzo con paso firme, con una extraña sensación de emoción que me hace querer saber hasta dónde llega el agua.

Angie me ve antes y le brillan los ojos.

—¡Eh, chica, mira quién ha venido! El caballero ha llegado pronto.

James se vuelve hacia mí y el cuerpo entero se me enciende como si me hubiera dado una descarga eléctrica. La energía de su mirada hace que se me erice el vello.

Sonrío.

—Hola.

Se yergue y viene hacia mí. Se acerca y me roza la mejilla con un beso. Contengo el aliento. El calor de su cuerpo me ha provocado un escalofrío. Me pasa las yemas de los dedos por el brazo y da un paso atrás para mirarme con unos ojos intensos que me desnudan. Siento en el estómago un calor embriagador que se me acumula en la entrepierna.

—Bellísima —dice.

Solo es una palabra, pero me acaricia por dentro como el terciopelo. Su aprobación hace que me ronroneen las entrañas.

—Tú también.

Sonríe.

—¿Crees que soy bellísimo?

Su tono es juguetón. Me enciende por dentro el mismo fuego que la primera noche, cuando nos conocimos, cuando me preguntaba qué se sentiría al ser otra Wendy. Arqueo las cejas.

—¿No crees que un hombre pueda tener belleza?

—Un hombre puede tener muchas cosas, querida. —Se acerca un paso—. Pero la única belleza que quiero tener esta noche es la tuya.

Las mariposas de mi estómago revolotean enloquecidas.

—Esa boca tuya debería ser ilegal —susurro—. ¿A dónde me vas a llevar?

Angie se echa a reír y dice:

—¿Qué más da a dónde te lleve, chica? ¡Tú ve!

Hace un gesto como si nos echara. James la mira antes de ponerme una mano en la parte baja de la espalda.

—No le falta razón. Tú relájate, yo me encargo del vino y la cena. —Se inclina hacia mí y me roza la oreja con los labios—. Y, si eres buena, puede que te enseñe el verdadero motivo por el que mi boca debería ser ilegal.

El calor me recorre el cuerpo, me abraza las entrañas y me palpita entre las piernas. Suelto el aliento contenido y le clavo los dedos contra el pecho.

—Eso es de lo más presuntuoso.

Le brillan los ojos y me guía hacia la puerta sin quitarme la mano de la espalda.

—Solo te estaba informando de lo que hay en el menú.

En la calle, vamos hacia un Audi con las ventanillas tintadas. Voy a abrir la puerta, pero no me da tiempo: se me adelanta y me ayuda a entrar.

Un gesto tan sencillo…, pero me hace sentir especial. Se ocupa de mí.

—Debería sentirme ofendida —digo mientras ocupa el asiento del conductor.

Sonríe y arranca, pero no nos movemos. Se vuelve para mirarme.

—¿Por qué?

—Me acabas de decir que, si soy buena…, ya sabes.

Arquea las cejas.

—Pues no, no sé.

Se me acerca, se inclina hacia mí, me presiona contra el asiento. Su nariz me roza el cuello y la tensión en el pecho hace que me quede sin aliento.

—¿Por qué quiero besarte entera?

Sus labios me bailan en la oreja, descienden por la barbilla hasta quedar a un milímetro de los míos. El corazón no me puede latir más deprisa. Me siento como un pez fuera del agua.

—Te aseguro que te gustará —susurra.

Y, sin más, el calor de su cuerpo se aleja cuando se acomoda en su asiento y da marcha atrás para salir.

CAPÍTULO 13

James

La voy a llevar al puerto deportivo, a mi casa. Al principio pensé en un lugar más público, pero al final rechacé la idea. No quiero arriesgarme a que su padre lo descubra antes de tiempo.

Quiero que sepa exactamente quién soy antes de quitarle la alfombra de debajo de los pies.

Por suerte, Ru no hizo preguntas. Seguro que dio por hecho que era un asunto pasajero. Si se hubiera parado a pensar en ello, se habría dado cuenta de que nunca meto a una chica cualquiera en el despacho, solo a Moira, y solo cuando necesito alivio. Pero la gente ve el mundo desde una perspectiva personal y a veces es más fácil creer lo que piensas que es cierto en lugar de tratar de entender a los otros. Es una debilidad que suelo utilizar a menudo.

La reunión con Peter es mañana, y estoy loco por conocerlo en persona y ver la cara que pone cuando le digamos que no. Es un hombre de negocios y puede ser tan corrupto como quiera. Sé que lo es desde hace años. Pero no va a tomar posesión de nuestro territorio. Ya me ha quitado suficiente. No dejaré que se lleve también esto.

El olor de la vainilla me llega a la nariz.

Wendy.

Me obligo a sonreír y me concentro en ella. No quiero que note las ideas violentas que me pasan por la cabeza. Es sorprendente, pero no tengo ningún resentimiento hacia ella, aunque sea la hija de mi enemigo. De hecho, si me paro a pensarlo, noto algo dulzón y sinuoso que me roza las entrañas, una cierta culpabilidad por tener que utilizarla de esta manera, como un peón en algo mucho más grande.

Pero nunca he dejado escapar una oportunidad, y Wendy lo es. La ocasión de jugar con mi presa antes de matarla.

Peter Michaels no merece una muerte rápida. Merece un ajuste de cuentas.

Merece saber que no tiene amigos ni familia ni orgullo. Que se lo han quitado todo, que le han arrebatado sus opciones, que su realidad es una pesadilla.

Y entonces, solo entonces, lo mataré.

Llegamos al puerto deportivo y aún no he sacado la llave cuando Wendy ya va a abrir la puerta. La detengo con una mano en su cintura.

—¿Por qué tanta prisa? Espera.

Abre mucho los ojos, pero se detiene.

—Ah, no…

La suelto, salgo del coche y voy hacia su puerta. Un aguijonazo de excitación me recorre al mirarla desde arriba, al ver sus ojos color chocolate y su sonrisa cuando me mira, con la cara a la altura de mi entrepierna. Estamos en una posición perfecta. Le tiendo la mano y pone la palma contra la mía. La sujeto con delicadeza para ayudarla a salir. En cuanto está de pie, tiro de ella hacia delante. Se queda sin aliento contra mi cuerpo.

—Permíteme ser caballeroso.

Inclina un poquito la cabeza para apoyármela contra el pecho antes de carraspear y retroceder. Mira a su alrededor.

—¿Vamos a un barco?

Sonrío.

—¿Te parece bien?

Asiente, pero retuerce un poco las manos.

—Sí, sí. Es que... El agua no es lo mío.

Le pongo la mano en la parte baja de la espalda para guiarla por la pasarela. Pasamos de largo los otros barcos hasta llegar al final del muelle, donde está mi yate de cuarenta y tres metros de eslora, el Tigrilla.

—No vamos a zarpar. Solo quería que cenáramos en un lugar más íntimo.

Le pongo la mano en la cintura y la ayudo a subir de la pasarela a la cubierta. No suelo traer a nadie a donde vivo, y menos a una mujer, pero quiero que se sienta especial. Diferente.

—¿Es tuyo? —pregunta.

Asiento, mientras noto en la mano el tacto suave de su vestido negro.

Los yates son una maravilla por muchas razones. Lujosos, cómodos y, sobre todo, muy móviles. Además, me permiten escapar cuando es necesario a cualquiera de los amarraderos que tengo por todo el mundo.

Contempla el salón, los muebles color crema que destacan contra los suelos de cerezo.

—¿Vives aquí?

Noto un hormigueo en el estómago cuando la veo mirarlo todo.

—Sí.

—Es precioso.

El calor me sube por el pecho. Me sitúo tras ella.

—Tú sí que eres preciosa. —Se vuelve y me acerco más. Me encanta ver que se sonroja de la cabeza a los pies cada vez que lo hago—. ¿Quieres que te lo enseñe todo ahora o más tarde?

—Mmm. —Inclina la cabeza hacia un lado y resisto la tentación de rozar su piel con los labios—. Cena primero, visita después.

Asiento y la acompaño a la cubierta de paseo, donde le he dicho a Smee, el tripulante permanente del barco, que prepare la cena. Sonrío, satisfecho ante su trabajo: hay luces colgantes que proyectan un brillo romántico, y el mantel de lino y los platos están en una mesa redonda rodeada por unos bancos acolchados en forma de U y un cubo en el centro donde se enfría el champán.

—Vaya, qué maravilla —dice Wendy—. ¿Eso es un jacuzzi?

Aparto una silla para que se siente y voy hacia mi lado de la mesa.

—Sí. Si quieres, podemos bañarnos.

Me siento delante de ella, descorcho el champán y nos sirvo una copa a cada uno. No hago caso de la tensión que noto en el pecho cuando la veo contra el fondo rosa y púrpura del ocaso. No mentí al decirle lo bella que estaba.

Tan bella que duele.

—Espero que te guste el salmón —digo.

Mira la comida, coge el tenedor y asiente.

—Me encanta.

Come sin hablar y yo me la bebo con los ojos. Se me pone duro el miembro con cada bocado que se lleva a los labios, cierra los ojos y lanza gemidos de aprobación. Los dos limpiamos el plato en medio de una charla intrascendente y el sonido de la brisa sobre el agua.

Smee se acerca en silencio para recoger los platos, y Wendy se sobresalta.

—¡Dios mío! No sabía que hubiera nadie más aquí.

Sonrío.

—Te presento a Smee, mi primer oficial.

Smee sonríe y se cala el ridículo gorrito rojo antes de inclinar la cabeza.

—Es un placer, señorita.

—El primer oficial. —Sonríe Wendy—. ¿Y tú qué eres, el capitán?

Me inclino adelante, divertido.

—Pues sí, exacto. Estoy al mando de todo barco al que subo. Será un placer demostrártelo.

Se queda boquiabierta y se sonroja.

El sol se ha puesto hace rato y la luna proyecta su brillo evocador sobre el agua. Espero a que Smee se lleve los platos.

—Estás maravillosa a la luz de la luna, querida —digo.

Se ríe y bebe un sorbo de champán.

—Eres increíble, ¿sabes?

Bebo un sorbo de la copa y me paso el líquido burbujeante por la lengua antes de tragar.

—¿Comparado con qué?

Inclina la cabeza hacia un lado.

—No sabría decirte. Con el resto de los hombres, supongo.

—¿Y eso es malo?

—No, para nada. —Sonríe.

Es una sonrisa preciosa, pero no le ilumina la cara. Me irrito al notar de pronto que está fingiendo. Puede que yo la utilice como herramienta, como juguete desechable, pero me gusta que todo lo que es mío esté bien cuidado. Y, hasta que decida lo contrario, es mía.

—No hagas eso.

—¿El qué?

—Fingir. Aquí, conmigo, no lo hagas.

Mueve la cabeza levemente.

—¿Te importa si soy sincera?

—Es lo que espero de ti.

—No sé cómo comportarme contigo. No sé si estás tratando de conocerme, de impresionarme, o qué.

Arqueo las cejas.

—¿Y qué si estoy intentando impresionarte?

Aprieta los labios.

—Que no está dando resultado.

—Vaya. —Dejo la copa de champán y me inclino hacia ella—. ¿Y qué hace falta para impresionarte?

Sonríe.

—Si te lo tengo que decir, ya no será impresionante.

Estoy a punto de echarme a reír, pero me contengo. Me froto la barbilla.

—Quiero saber quién eres —me dice.

Se me cierra el estómago. Estiro los brazos y señalo a nuestro alrededor.

—Siento decepcionarte, querida, pero yo soy esto.

Niega con la cabeza, deja la servilleta en la masa, se levanta y viene hacia mí. Se sienta en mi regazo. De inmediato, le pongo las manos en los muslos, sorprendido ante su osadía. Esto no me lo esperaba.

—No —susurra con el rostro a unos centímetros del mío. Noto un revoloteo en el estómago al fijarme por primera vez en las chispas ambarinas que bailan en el castaño oscuro de sus ojos—. Esto es lo que tienes. Quiero saber qué hay aquí dentro. —Me pone una mano en el pecho.

El corazón se me acelera y espero que no lo note. No quiero reconocer que lo que hace me está afectando.

Pero me afecta.

Le pongo la mano en la mejilla y le presiono los labios con el pulgar. Tiene la respiración acelerada, su pecho roza contra el mío con cada inhalación. Nos miramos a los ojos y noto una sensación desconcertante en las tripas. Es nueva, no la quiero, y no sé cómo controlarla, así que hago lo único que se me ocurre para ahogarla.

Me inclino hacia Wendy y la beso.

CAPÍTULO 14

Wendy

Sus labios son muy suaves cuando llegan a los míos. Me sorprende, pero no me quejo.

Me entrego, me sumerjo en él. Su brazo alrededor de mi cintura me estrecha mientras me acaricia la mejilla.

El corazón se me eleva con la dulzura del roce, pero, de pronto, como si reflejara en sus actos el fuego que me lame las venas, su beso se hace más profundo, su lengua entra en mi boca abierta. Su sabor me hace gemir y me estremezco por dentro cuando me absorbe por completo. El calor me palpita en las entrañas y me arde entre los muslos. Me pongo a horcajadas sobre él, mi sexo contra su regazo.

Gime cuando me acomodo, me empuja con las caderas. Eso me arranca un quejido y entreabro los labios al sentirlo tan duro, tan grande debajo de mí. Me gira el rostro con la mano.

Me aprieto contra él, me muevo adelante y atrás. La fricción contra el bulto de su entrepierna es una descarga eléctrica. El clítoris se me hincha y la humedad me empapa.

Me aparta la mano de la mejilla y me agarra las caderas. Guía mis movimientos, nos movemos al mismo ritmo. Despega los labios de los míos para recorrerme el cuello. Muerde, lame, besa. Sé que me está dejando marcas, pero no consigo que me importe. Estoy demasiado perdida en él, en su manera de amoldarse perfectamente a mí, centímetro a centímetro.

—Sabes mucho mejor de lo que me imaginaba —susurra contra mi piel.

Echo la cabeza hacia atrás para que tenga más acceso a mi cuello.

—Hazme un favor, nena.

—Lo… lo que quieras —murmuro.

—Frótate bien contra mí. Quiero ese coñito mojado contra mi regazo.

Dejo escapar un gemido, aunque esas palabras hacen que me sonroje. Nadie me había hablado así. Pero tiene un tono tan seductor, tan imperioso, que me envuelve, me agarra por dentro, me hace obedecer.

La humedad me está empapando la ropa interior mientras busco el clímax. Su miembro palpita a través del tejido, crece cada vez que muevo las caderas. Saber que yo soy la causa, que yo se la pongo tan dura, hace que mi confianza suba como la espuma, y redoblo mis esfuerzos mientras una espiral ardiente se me tensa en el vientre.

Sus ojos se empapan de mí como esponjas. Cierro los míos y me imagino cómo sería tenerlo dentro. Todo en mí se retuerce, quiere ser llenado. Aunque ahí dentro nunca ha habido nada de nada.

Se inclina hacia delante y me roza el cuello con los labios. Se me eriza toda la piel.

—Cuando estás sola, en tu habitación, ¿cómo te corres?

Casi no entiendo lo que me dice, porque tengo la mente nublada de placer, pero sé lo que me pregunta. Y, no sé por qué, confío en él. Así que, en vez de hablar, porque no sé si podría, se lo demuestro.

Muevo su mano, de mi cintura a mi cuello. Y le presiono los dedos, porque quiero que apriete.

Sus ojos son llamaradas, su brazo me estrecha la cintura, sacude mi cuerpo contra él.

—¿Quieres que te asfixie, querida? —Con cada movimiento de las caderas aprieta más los dedos—. ¿Quieres que te apriete el cuello hasta que estés a punto de desmayarte, hasta que solo veas estrellas? —Incrementa la presión.

Dejo escapar un gemido, echo la cabeza hacia atrás con los ojos en blanco. El placer me repta por la piel y me galopa por las venas. Pese a mi inexperiencia, sí, tengo necesidades. Hay noches en que me quedo tumbada en la cama, con mis fantasías, entre las sombras de la luna. Y solo me puedo correr de una manera: conteniendo la respiración hasta que me duelen los pulmones y se me nubla la mente.

Es una estupidez dejar que este desconocido controle algo tan vital como el aire que respiro, pero confío en él.

—Por favor —consigo decir.

Me da la vuelta. Mi cuerpo, dócil y obediente, queda tendido bajo él sobre los cojines. Su cuerpo se cierne sobre el mío como el peligro con forma de hombre, con los ojos muy oscuros mientras ejerce la presión perfecta sobre mi tráquea. Su otra mano se desliza por mi cuerpo, me enciende, su tacto es gasolina que me corre por las venas. Llega al dobladillo de mi falda y se desliza por debajo. Me pasa las yemas de los dedos por la ropa interior húmeda. Empujo las caderas contra su mano, desesperada por sentir su tacto en la piel.

Me agarra el cuello con más fuerza cuando se desliza bajo mis bragas.

—Tan húmeda y para mí —dice.

Saca la mano y me frota mis jugos por los labios.

Se me para un instante el corazón y el temblor en mis entrañas es tal que de un momento a otro voy a estallar.

—Una tentación deliciosa. —Lame los jugos de mis labios.

Me tiemblan las piernas.

Y de pronto su mano está en mi sexo. Me abre con dos dedos y estoy tan mojada que entra con facilidad. Contengo un grito. Mi cuerpo se arquea ante la intrusión.

Su rostro sigue junto al mío, me cubre de besos la barbilla.

—Tan prieta… ¿te ha tocado alguien aquí alguna vez?

No sé si quiere que diga que no, pero la idea de que piense que soy una flor intacta sin experiencia me resulta tan ingrata que no puedo mentir.

—Sí —jadeo.

Sus ojos se oscurecen, sus dedos me aprietan la tráquea. Su aliento me sopla en la oreja, me baja por el cuello, me hace estremecer.

—Nadie puede volver a tocarte aquí. —Sus dedos entran y salen mientras el pulgar dibuja círculos alrededor del clítoris hinchado—. Soy un hombre muy posesivo, Wendy. Y te quiero solo para mí.

Este comentario debería hacer que me saltaran todas las alarmas, pero, en lugar de eso, aviva las llamas de la pasión, hace que me cueste respirar.

O puede que sea su mano, que cada vez me aprieta más el cuello.

Respiro todo lo hondo que puedo pese a sus dedos de hierro, siento que voy a morir si no alcanzo el clímax. Se me va la cabeza, los pulmones me piden aire, la mente me grita que le agarre la mano, que trate de aliviar la presión. Mi mano vuela hacia arriba, cierro los dedos en torno a su muñeca, las venas del brazo se le tensan. Y mi sexo se contrae.

La presión en el cuello crece, igual que la presión en el clítoris. Late, palpita y me lanza una descarga que me recorre todo el cuerpo. La llamarada se me extiende por el pecho, irradia hacia las extremidades cuando estallo con la boca muy abierta en un grito silencioso mientras mis paredes internas le exprimen los dedos como si quisieran atraparlo y no dejarlo escapar jamás. Afloja la mano de inmediato. El hierro se convierte en caricia mientras cojo aire a bocanadas, jadeante contra su pecho.

—Muy bien, muy bien —ronronea.

La plenitud me inunda el cuerpo y me llena el pecho, cálida, mullida, perfecta. Se mueve y me levanta para acomodarse detrás de mí. Me enrosco contra él mientras me acaricia el pelo con la mano y me susurra palabras de elogio.

No intento hablar, intento no pensar en lo que he permitido que pasara. En que me trata como a un perrito del que estuviera orgulloso… o cómo me siento por eso. Cierro los ojos y dejo que el momento sea como es.

Cuando despierto, ya no me encuentro en la cubierta y estoy sola.

CAPÍTULO 15

James

El hervidor de agua silba sobre el fuego mientras me miro las manos, agarrado a la encimera. Lo que ha pasado antes con Wendy ha sido inesperado. Dios... esa manera de deshacerse bajo mis dedos, cómo me ha suplicado que la asfixiara... He estado peligrosamente cerca de perder el control.

Y eso es inaceptable.

Preferiría negarlo, pero para superar las debilidades propias hay que conocerlas, y es evidente que Wendy se ha convertido en una debilidad. Sobre todo, cuando la llevé a mi habitación en brazos y me quedé viéndola dormir, disfrutando del contraste entre su pelo y las sábanas color crema.

Miro el hervidor. Es irritante que me afecte hasta ese punto, que saque a la luz mis necesidades más básicas, que haga que me sea tan difícil mantener el control. Suelto un bufido, aparto el hervidor del fuego y me paso la mano por el pelo.

—Ya lo puedo hacer yo, señor —dice Smee, que ha entrado en la cocina con el resto de los platos de la cena.

—No hace falta, gracias.

Asiente, se dirige hacia el fregadero y pone los vasos al lado.

—Es una chica preciosa.

—¿Cómo dices? —Me froto la barbilla con el índice y con el pulgar.

—Que es una buena chica.

Me vuelvo hacia él. Smee debe de ser un año o dos más joven que yo. Ha trabajado en mi barco desde que lo encontré en las calles, junto al JR. Yo tenía dieciocho años. Fue el fin de semana después de matar a mi tío. Era un mendigo sin techo, pero tenía algo en los ojos. Algo que me dijo que la vida le había dado malas cartas, que solo necesitaba recuperar el control que le habían arrebatado.

Era una situación que yo comprendía muy bien.

Fui a verlo durante semanas. Le daba algo de dinero, comida caliente, ropa. Lo vigilé para averiguar si era producto de las drogas que inyecto en las calles u otra cosa. Si merecía una segunda oportunidad.

Por suerte para él, fue lo segundo.

Cuando compré el Tigrilla con la herencia de mis padres, a la que mi tío me había impedido acceder, fui a ver a Smee de inmediato y le ofrecí alojamiento y comida. Una nueva oportunidad. Comenzar de cero. Solo tenía que jurarme lealtad y trabajar para mí en exclusiva. Aparte de Ru, ha sido la presencia más constante en mi vida.

Pero no dejo que se me acerque demasiado, no permito que sepa de los rincones más oscuros de mi vida. Con el incentivo adecuado, cualquiera puede cambiar de bando. Sé que Smee me seguiría al fin del mundo, pero no quiero correr el riesgo de que lo presionen y cuente secretos que no le pertenecen. Sería una pena tener que matarlo.

—No me hace falta que apruebes mis conquistas, Smee. Lava los platos y cuida del yate. Para eso te pago —le espeto.

—Perdone, jefe.

Se da la vuelta y se concentra en los platos del fregadero, pero sus palabras ya se me han colado por las costuras deshilachadas de la mente. Sé que es una buena chica. Wendy, con su corazón puro, con esa inocencia que le sale por los poros como si fuera aceite brillante, es imposible no darse cuenta. Tal vez por eso me atrae tanto. Las zonas negras de mi alma ansían su luz.

Vuelvo a mi habitación y me recuerdo a mí mismo lo que hay en juego. Wendy es una herramienta. Algo que se puede usar y tirar, un medio para conseguir un fin, nada más. Y sí, voy a disfrutar con ella, pero no puedo permitir que haya sentimientos que me enturbien. No sería bueno.

Firme en mi propósito, abro la puerta corrediza, pero me detengo al verla sentada en el centro de mi cama, con el pelo alborotado y los ojos aún llenos de sueño.

Una sonrisa le ilumina la cara y hace que se me acelere el corazón.

—Hola. Me he despertado aquí sola y me he asustado.

Me siento al borde de la cama.

—Lo siento. Pensé que tendrías sed, pero luego me he dado cuenta de que no sé qué te gusta.

—Ah. —La sonrisa le redondea las mejillas—. Qué amable. Por un momento, pensé que me habían secuestrado. Despertarte en una habitación que no conoces desorienta mucho.

—¿Qué secuestradores te ponen unas sábanas de esta calidad?

—Pues no sé. A lo mejor quieren someterme.

Frunzo los labios y contengo una sonrisa.

—¿Someterte?

—Sí, ya sabes. —Se aparta un mechón de pelo de la frente—. Con síndrome de Estocolmo o algo así.

Arqueo las cejas.

—¿Crees que puede pasarte algo así?

Asiente.

—A todos pueden sucedernos cosas muy extrañas cuando pasamos por un estado de tensión física o emocional.

Las náuseas me revuelven el estómago.

—Muy astuta, querida.

Apoya las mejillas entre los nudillos.

—Siento haberme quedado dormida después de... ya sabes. No era mi intención.

Mueve la cabeza y un atisbo de color me llama la atención. Adelanto la mano y le acaricio las marcas rosadas del cuello con las yemas de los dedos.

—Nunca te disculpes por estar cómoda conmigo. —Aparto la mano. La sangre se me concentra en la entrepierna al ver que lleva mis huellas como un collar—. ¿Tienes bien el cuello?

Se lleva la mano de la mejilla a la garganta.

—Sí, no pasa nada.

—¿Seguro?

—No me duele. —Esboza una sonrisa—. Me siento de maravilla.

—Parece que te van a salir moretones.

Se encoge de hombros.

Me inclino hacia ella, le giro la cabeza con delicadeza y le beso las marcas.

—Me gusta que te lleves un recuerdo de mí en la piel.

Toma aliento para decir algo. La cojo con la barbilla y le pongo un dedo en los labios.

—Puedes quedarte si quieres, o te puedo llevar al coche.

—¿Qué hora es?

—Tarde —respondo, y ella retuerce las manos sobre el regazo.

—Será mejor que me vaya a casa. Tengo que trabajar por la mañana.

Asiento.

—Lo entiendo, aunque me gustaría que me mimaras y te quedaras.

El viaje en coche de vuelta al Vanilla Bean es tranquilo. La música clásica suena baja por los altavoces del coche mientras Wendy mira por la ventanilla. De nuevo, valoro que no intente conversar, que esté cómoda en silencio. Poca gente lo está y eso hace que crezca el respeto que siento hacia ella.

Aparco junto a su coche y en esta ocasión no hace ademán de abrir la puerta. Siento un cosquilleo de placer. Ya está haciendo lo que le digo. Cuando se la abro, acepta la mano que le tiendo y sale, y me pone las palmas contra el pecho.

—Gracias, ha sido maravilloso —dice.

—Puedes volver a darme las gracias la próxima vez.

Le rodeo la cintura con los brazos y la atraigo hacia mí.

—¿Tan seguro estás de que habrá una próxima vez?

Sonrío y la obligo a retroceder hasta que queda contra el coche. Subo la mano hacia su cuello y le coloco los dedos sobre las marcas. Le echo la cabeza hacia atrás.

—Ya te he dicho que te quiero para mí. —Le acaricio la mandíbula con los labios—. Y pronto verás que puedo llegar a ser muy persistente.

Se le entrecorta el aliento y siento la necesidad visceral de sumergirme en ella. De sentir que su cuerpo se acopla al mío, de destrozarla desde dentro.

Me aparto con un esfuerzo, no sin antes apretar los dedos una vez más en las marcas del cuello.

—¿Cómo te apellidas? —me pregunta.

—Barrie —respondo sin pensar.

El corazón me da un vuelco y se me corta el aliento. No quería decírselo. Es demasiado arriesgado. Nuestros padres trabajaron juntos muchos años, es posible que haya escuchado ese nombre alguna vez. Pero no se altera.

El recuerdo de quién es ella me vuelve a las venas como un veneno. La rabia corta la neblina de su presencia y recupero el control que se me estaba escapando.

Me pone la mano en el rostro, abre los dedos.

—¿Qué ha sido eso?

—¿El qué, querida?

Mueve levemente la cabeza.

—No sé... Te han cambiado los ojos...

—¿De veras? —Me balanceo sobre los talones sin hacer caso del nudo que se me ha formado en el estómago—. Será el ansia de que accedas a ser mía para que deje de sufrir.

Mira al suelo antes de alzar los ojos hacia mí.

—Si yo soy tuya, ¿qué eres tú para mí?

«Tu peor pesadilla».

—Seré lo que me dejes ser.

Se clava los dientes en el labio inferior. Se lo suelto con una caricia del pulgar.

—Dime que eres mía, Wendy querida.

—Soy tuya —susurra.

La satisfacción me corre por las venas y sonrío. Me inclino hacia delante, la beso en los labios y la ayudo a entrar en su coche.

Pero en cuanto dobla la esquina, se me borra la sonrisa. Me duelen las mejillas de tanto forzarla. Pero la satisfacción me sigue recorriendo por dentro y noto el sabor de la venganza en la lengua.

CAPÍTULO 16

James

El vértigo me recorre como el polvo de hada recorre el cuerpo de un yonqui, y no paro de darle vueltas a la cabeza. Llevo años esperando encontrarme cara a cara con Peter Michaels y por fin ha llegado el momento. Antes de lo que esperaba, pero me alegro.

¿Me reconocerá? Muchas veces me dijeron que era la viva imagen de mi padre, pero no sé hasta qué punto será cierto a estas alturas.

Tras la muerte de mis padres, recuerdo que me senté en nuestra casa. Los desconocidos intentaban consolarme y me preguntaban qué quería llevarme. Qué quería conservar. Como si mi vida entera se pudiera resumir y empaquetar en unas cuantas maletas. No dije nada y solo quise conservar una cajita de recuerdos. Un viejo libro de fábulas que mi madre me leía por las noches y una foto de nosotros tres: mi padre, mi madre y yo. Los escondí bajo la cama en casa de mi tío y, por las noches, cuando el dolor se me abría paso por las entrañas y se me agarraba a la garganta hasta cortarme la respiración, los sacaba para verlos. Rozaba aquellos rostros con los dedos y lloraba contra la almohada mientras me imaginaba la voz de mi madre leyéndome cuentos de hadas con final feliz.

Pero una noche, poco después de mi llegada, mi tío los encontró. Rogué, supliqué de rodillas como un perro patético. Habría hecho lo que fuera por conservar lo poco que me quedaba de ellos. Pero no le importó. No le importaba nada, solo la obediencia y el dolor. Aquella noche se encargó de que aprendiera lo que eran las dos cosas. Me hizo seguir de rodillas con la promesa de devolverme mis cosas, me hirió el torso con la navajita hasta que cayeron perlas de sangre. Solo con verlas, se me llenó el alma de un miedo húmedo, pegajoso. Me dijo cuánto había odiado a mi padre, el asco que le daba mi cara. Y, cuando me arrebató la inocencia que me quedaba, quemó todos mis recuerdos y se rio mientras lloraba, mientras la vergüenza y el miedo se mezclaban con el sabor de su vil placer.

Pero mis lágrimas no tardaron en secarse y juré que no volvería a derramar ni una.

Durante los años que siguieron, traté de aferrarme a sus rostros, al sonido de sus voces, al olor de su pelo. Pero los recuerdos, como todo, acaban por desvanecerse. Es demasiado fácil manipular la mente. Hasta el subconsciente lo hace muy bien. Los hechos se transforman en ficción, o como mucho, en una versión retorcida de la realidad. El pasado se distorsiona, se difumina.

—Nos vamos a reunir en la cueva del Caníbal.

La voz de Ru me arranca de mis recuerdos. Arqueo las cejas, sorprendido de que Peter quiera que nos veamos ahí. La cueva del Caníbal es una caverna abandonada, en el bosque, a media hora de la ciudad. Se dice que, en los cincuenta, el gobierno la utilizó para guardar equipamiento militar, pero ha estado sin uso desde entonces. De cuando en cuando pasa por allí algún excursionista, pero por lo general es un lugar desierto, tan oculto entre los árboles que ni los sintecho buscan refugio allí.

Ru sonríe, se acomoda en la silla y enciende un puro.

—Bueno, ¿dónde estuviste anoche? Los gemelos fueron a recoger un envío nuevo, pensaba que querías inspeccionar la mercancía.

Se me hace un nudo en el estómago.

—Me encontraba mal. Los gemelos sabían qué hacer.

—Pero no entienden de armas como tú.

—¿Hubo algún problema?

—No que yo sepa.

Asiento.

—Pues, cuando haya algún problema, me encargaré.

Ru suelta un bufido y alza una mano como para espantar una mosca.

—Por Dios, muchacho, ¿cómo se puede faltar al respeto así?

—Venga ya, Roofus. Eres la única persona viva que respeto.

Da una calada al puro.

—Sí, bueno… Oye, el otro día no te lo dije, pero gracias por el regalo.

Hago una mueca y noto una punzada en el estómago.

—No me vengas con tonterías, muchacho. Deja que diga lo que quiero decir.

Suspiro, voy hacia la esquina y me sirvo dos dedos de coñac del decantador. Le doy vueltas en el vaso y el hielo tintinea contra el cristal.

—Para mí, eres lo más parecido que he tenido a un hijo —dice.

El corazón me da un vuelco en el pecho y agarro el vaso con tanta fuerza que las tallas se me marcan en la piel.

—Ya sé que no te gustan las mierdas sentimentales, así que lo diré deprisa. Tenemos muchos enemigos. Y solo quiero que sepas... —Carraspea para aclararse la garganta—. Me alegro de que me cubras las espaldas, muchacho.

Aprieto los dientes y los tendones de la mandíbula se me tensan con el esfuerzo de tragar el nudo de emoción que se me ha formado en la garganta. Alzo el vaso hacia él.

—Todas las noches.

Me guiña un ojo.

—Todo recto hasta el amanecer.

La primera y única vez que vi a Peter fue en unas «vacaciones familiares». Así llamaba Arthur, mi padre, a las ocasiones en que tenía que hacer negocios en Estados Unidos. Nunca supe cómo se ganaba la vida, solo que era muy poderoso y que, en Londres, todos lo conocían y admiraban. Sabía que tenía un socio en Estados Unidos al que iba a ver a menudo, por lo general sin nosotros. Pero en esa ocasión, era el aniversario de mis padres y mi madre se empeñó en que fuésemos todos.

La mañana siguiente, durante el *brunch*, conocí a Peter y a su familia perfecta. En aquel momento no le di mayor importancia. Al fin y al cabo, yo tenía unos padres que me querían y nunca me faltaba nada. Pero, por alguna extraña razón, noté una sensación apremiante nada más ponerle los ojos encima.

Lo atribuí al clima de Florida, demasiado caluroso y sofocante. Demasiado luminoso tras una vida entera bajo los cielos encapotados de Londres.

Luego llegó su mujer, preciosa, con un bebé que no tendría ni un año y con una niña de la mano. La niña tenía el pelo castaño y una sonrisa que te iluminaba por dentro. La madre era muy hermosa, pero nada en comparación con la mía.

Peter sonrió, me estrechó la mano y la piel delicada de su palma me hizo sentir importante. Respetado. Como un idiota, lo miré con la misma admiración con que miraba a mi padre. Dos días más tarde, cuando volvíamos a casa en un avión privado de la compañía NuncaJamAir, cortesía de Peter Michaels, el aparato se incendió en el aire y se estrelló contra los árboles. Todos los que iban dentro murieron. Menos yo.

Nunca olvidaré la cara de mi padre cuando, minutos antes del accidente, leyó la nota manuscrita que le había dado Peter en persona. No sabía que alguien vivo podía ponerse tan pálido.

Esa imagen es la que me persigue mientras conducimos por el camino oscuro que lleva a la cueva del Caníbal. El crujido de la gravilla bajo los neumáticos refleja lo que siento en las entrañas. Sé que tendré que contenerme para no matar a Peter.

Starkey aparca el coche y deja los faros encendidos. Es la única manera de iluminarnos en la oscuridad de la noche.

Ahí está, con la espalda apoyada contra un Rolls-Royce, vestido con camisa verde y pantalón oscuro. Sus hombres están de pie, un poco adelantados. Tiene a su lado a una mujer rubia espectacular.

—¿Preparado, muchacho? —Ru me mira—. Todo cordialidad, ¿eh? No lo olvides.

Arqueo las cejas.

—Por supuesto, Roofus.

—Y no me llames Roofus delante de él, por lo que más quieras.

Ru es el primero en bajar del coche. Espero unos segundos antes de salir, de modo que la luz de los faros lo ilumine a él y yo quede atrás, entre las sombras. No quiero que Peter me vea todavía.

—Ru, me imagino.

La voz de Peter corta el aire y hace que me dé un vuelco el corazón.

Ru sonríe.

—En persona. Lo sabrías si hubieras venido la primera vez.

Peter inclina la cabeza y se pasa la mano por el pelo gris.

—Lo siento mucho. Estoy seguro de que comprendes por qué envié primero a uno de mis hombres. La seguridad y la discreción son de máxima importancia.

Me meto las manos en los bolsillos y acaricio con el pulgar la madera de la navaja para calmar los latidos de mi corazón.

—¿Y a quién tenemos aquí? —pregunta Ru al tiempo que hace un ademán hacia la mujer que hay detrás de Peter.

Peter vuelve la vista hacia ella.

—Te presento a Carla Nilla, mi ayudante.

La mujer lleva el pelo rubio recogido en un moño prieto. Sonríe y saluda con un ademán.

—Encantado de conocerte, Carla —dice Ru—. Bueno, pues aquí nos tienes. Cuéntanos.

Peter inclina la cabeza hacia un lazo, mira a Ru y luego a Starkey, antes de clavar los ojos en mí, que sigo entre las sombras.

—Quieres saber quién es mi gente, así que me podrías pagar con la misma cortesía. —Se señala el pecho—. Si quieres que trabajemos juntos, el respeto tiene que ser mutuo. Tiene que haber un cierto nivel de confianza.

La rabia me arde en las tripas. Confianza. Sí, seguro.

Salgo de entre las sombras, hacia la luz, con las manos en los bolsillos.

—«Confianza», qué palabra tan interesante, ¿verdad? —digo.

Ru se vuelve hacia mí y entorna los ojos. Le sonrío y le hago un guiño.

Peter me mira durante largos segundos, como analizando cada uno de mis rasgos. Y palidece. Un poco, solo un poco, pero palidece.

Excelente.

—Al fin y al cabo —sigo—, nosotros confiamos en que, cuando alguien de tu calibre llega a nuestro territorio y pide una reunión, tendrá la cortesía de presentarse.

Me adelanto hasta situarme al lado de Ru. Tengo los nudillos blancos de tanto apretar la navaja, pues trato de desviar toda la ira hacia el puño para que no se me refleje en la cara.

Llevo quince años esperando este momento y voy a ejecutar mi plan por mucho que la sangre me galope por las entrañas, por mucho que el cuerpo me pida acabar con él allí mismo.

Peter se humedece los labios.

—Y tú eres…

Dejo escapar una risita y miro al suelo antes de alzar la vista hacia él.

—Me puedes llamar Garfio.

—Ah, sí. Garfio. —La sonrisa de Peter es burlona—. Tu reputación te precede. —Inclina la cabeza hacia un lado—. Pero no sabía que eras británico.

Sonrío y me apoyo contra el capó de nuestro coche.

Los hombres de Peter se adelantan, pero los detiene con un movimiento de la cabeza.

—Calma todo el mundo. Somos hombres de negocios y estamos teniendo una conversación. —Sus ojos se clavan en los míos—. ¿Verdad?

—Mejor ve al grano —interviene Ru—. Ya nos has hecho desperdiciar bastante tiempo, y soy de los que pierden pronto la paciencia.

Peter arquea las cejas.

—¿Sabes quién soy?

Ru se lo queda mirando.

—¿Estás dando a entender que soy idiota? Vienes a mi territorio y crees que, como te llamas Peter Michaels, solo tienes que decirnos que saltemos y nosotros preguntaremos que hasta dónde, y encima te daremos las gracias. —Niega con la cabeza—. Aquí no trabajamos así. Si quieres pasar para mí con tus aviones y tus barcos, podemos hablar. Estoy encantado de llegar a un acuerdo amistoso. Pero no creas ni por un momento que tu prestigio me importa una mierda. Estás en mi casa. —Se señala el pecho—. Estas son mis calles y aquí todo el mundo me paga. ¿Entendido?

Se me retuercen las tripas y la sorpresa se me clava como una flecha. Ru está valorando la posibilidad de trabajar con él. Aunque quedamos en que diría que no.

Peter guarda silencio un momento. Luego, se frota la barbilla y asiente.

—Yo pasaré el hada y las armas, pero quiero un cincuenta por ciento.

Aprieto los dientes. Ru se echa a reír.

—Diez.

Peter sonríe.

—Cuarenta.

Ru aprieta los labios y frunce el ceño.

—Me parece que te has confundido. No te necesito.

—Puede que no —concede Peter—. Pero habría que ser idiota para rechazarme. Tienes otra gente que mueve para ti, pero nadie con mi experiencia. Nadie con una red de transporte a nivel mundial que puede llevar el producto a cualquier país, en cualquier momento. —Da un paso hacia Ru y me tenso—. Solo tienes que decirlo y el hada volará hacia lugares que solo has visto en sueños.

Un sonido interrumpe el momento y Peter se saca el teléfono del bolsillo para mirar la pantalla. Deja escapar un suspiro.

—Por desgracia, caballeros, tengo que dar por terminada la reunión. —Alza la vista y le brilla una sonrisa en los ojos—. Le he prometido a mi hija que cenaría en casa.

El estómago se me tensa cuando menciona a Wendy. ¿Cómo se sentiría si supiera que tuve en los dedos los jugos de su hija la noche anterior, que su vida dependió de mí cuando me suplicó que la llevara al borde de la muerte?

Peter se adelanta y tiende la mano para estrechar la de Ru.

—Cerraremos los planes a lo largo de la semana que viene. Decide bien, ¿vale?

Luego se acerca a mí. La máscara de encanto desaparece un instante cuando inclina el cuello para mirarme a los ojos. La bilis me arde en la garganta cuando le estrecho la mano.

Su mirada es fría, calculadora.

—Tal vez algún día me dirás tu nombre.

La expectación me golpea como un ariete y sonrío.

—Lo estoy deseando.

CAPÍTULO 17

Wendy

Mi padre volvió a casa. Dos horas más tarde de lo que había prometido y con una mujer pisándole los talones, pero voy a pasar por alto los detalles. Tenerlo compensa cualquier otro aspecto negativo.

Aunque no ha llegado a cenar.

—Así que trabajas para mi padre —le digo a Carla cuando entramos en el despacho de la casa, una estancia que nadie utiliza normalmente.

Sonríe, sujeta la carpeta que lleva bajo el brazo y se acomoda en el sofá de cuero oscuro. Es bonita, tiene una belleza de duende. Menuda, delgada, con nariz chata y flequillo etéreo. No puedo evitar envidiarla: tiene la atención de mi padre, mientras que los demás mendigamos las migajas.

—Soy su mano derecha. Sin mí, tu padre no sabría qué hacer.

Se vuelve hacia el aludido con una enorme sonrisa y este le guiña el ojo.

Puaj. Me muerdo el labio inferior.

—Ah.

—Es mi ayudante —corrobora papá.

—¿Es la voz que oigo siempre que tienes que colgar?

Arqueo las cejas. Mi padre frunce el ceño y hace una mueca, y la niñita que soy, la niñita que busca desesperada su aprobación, se acobarda.

—Perdona, eso ha sido una grosería —me apresuro a añadir—. Es que... Todo es muy difícil porque apenas te vemos. Y con la casa nueva...

Suspira y se vuelve hacia Carla.

—Sal, Carla.

Ella abre mucho los ojos y se mueve en el sofá.

—Peter, tenemos que...

—Tengo que hablar con mi hija. A solas. Sal.

La mujer se muerde la lengua y asiente. Deja la carpeta y se dirige hacia la puerta del despacho. Me lanza una mirada al pasar.

«Zorra».

Cuando cierra la puerta, me vuelvo hacia mi padre.

—Bueno. —Sonríe, va hacia su escritorio y se apoya contra él—. ¿Qué hay de nuevo, mi pequeña sombra?

El apelativo cariñoso me atrapa como un lazo, me sujeta y tira de mí con todo el poder de la nostalgia. Estoy a punto de decirle: «Estoy saliendo con un hombre. No te gustaría nada».

Pero no quiero meterme todavía en esas aguas. Quiero guardarme a James para mí antes de presentárselo a mi familia. Hago un esfuerzo por sonreír, aunque me duele en el corazón.

—Nada, trabajando en la cafetería, instalando todo por la casa... ¿Has echado un vistazo?

Su rostro se suaviza y sus ojos se relajan como en los viejos tiempos. Eso basta para que me ablande toda por dentro, para que la ira y el resentimiento se ahoguen en la esperanza que me invade.

—Todavía no, pero la estás dejando muy bien —dice.

Hago un ademán.

—Ha sido fácil. Jon y yo solo hemos intentado acostumbrarnos al clima. Es tan diferente al de Florida…

Me paro un momento. Me retuerzo las manos. Tengo las palmas sudorosas, porque es un momento bonito y no quiero estropearlo con preguntas y quejas. Pero las palabras me salen sin poder contenerme:

—¿Cuándo se lo vas a decir?

Se mete las manos en los bolsillos.

—¿El qué?

Pongo los ojos en blanco y suelto un bufido.

—Lo sabes de sobra, papá. Que cuándo le vas a decir a Jon que lo mandas a un internado.

Cambia el peso de una pierna a la otra y se frota la barbilla.

—Wendy, he llegado hace cinco minutos. Aún ni lo he visto. Se lo diré, no te preocupes.

—¿Cuándo? —repito.

—¿Cuándo qué?

La frustración me hierve en las venas y la ira es como un torrente de lava que me crece en el pecho y estalla como un surtidor. Aprieto los puños.

—¿Cuándo vas a quedarte más de una noche? —siseo—. ¿Cuándo te vas a dar cuenta de que tus hijos están aquí? —Me doy un golpe en el pecho—. Porque estamos aquí, papá. Y tú…

131

—Hago un ademán que abarca toda la estancia—. Tú estás en cualquier otro sitio. Con Carla Nilla.

—Wendy, no es…

Alzo una mano.

—No. Por favor, no… No. Estoy harta de frases tranquilizadoras y promesas huecas. Estoy cansada de sentir que le estoy fallando a Jon cuando quien le falla eres tú. No es justo para mí y lo sabes. —Se me hace un nudo en la garganta—. Ya sé que estás ocupado, lo entiendo. Pero tienes que estar aquí, papá, maldita sea. Como antes.

Tiene las fosas nasales dilatadas. Se aparta del escritorio y viene hacia mí.

Yo apoyo la espalda contra la pared y me deslizo contra ella hasta sentarme en el suelo. Me aprieto los ojos con las manos para aplacar el ardor. Nunca le había hablado así.

Unos zapatos aparecen en mi campo de visión y mi padre se acuclilla junto a mí.

—Mi pequeña sombra. —Suspira y se sienta a mi lado con los codos sobre las rodillas—. No sé qué quieres que diga, Wendy.

—Di que estarás aquí. —Las palabras se me atragantan, siento un agujero en el pecho—. Di que vamos a ser tu prioridad.

Se queda en silencio unos momentos y me rodea los hombros con el brazo para estrecharme contra él. Me muerdo el labio y respiro hondo para controlar los sollozos. Lo último que quiero es parecer débil ante el hombre que siempre es fuerte.

—Eres lo más importante del mundo para mí —dice.

—Pues no lo parece.

—Sí que lo eres. Siempre lo has sido.

—Y Jon, también —apunto.

La irritación se abre paso por la neblina de su atención. Se pone tenso.

—¿Qué?

—Dices que soy lo más importante del mundo para ti. Pero no soy tu única hija. Te olvidas de Jon.

Carraspea para aclararse la garganta.

—Sí, claro. Jon, también.

Me aferro a la confianza en mí misma que acabo de descubrir.

—A veces… parece que te olvidas de que existimos. —Noto un cosquilleo en el corazón cuando me da un beso en la cabeza; me acurruco más contra él—. Por favor, díselo —vuelvo a suplicarle—. No quiero tener que decírselo yo.

Asiente.

—Se lo diré por la mañana.

Suelto el aliento que he estado conteniendo y permito que sus palabras me envuelvan como una manta, que el alivio barra la tristeza… al menos de momento.

Pero, por la mañana, ya no está. Y Jon todavía no lo sabe.

CAPÍTULO 18

James

Conocer a Peter ha vuelto a ponerlo todo en su sitio. Su muerte está tan próxima que la huelo en el aire. Ahora solo me queda convencer a Ru de que hacer tratos con él no será bueno para nosotros. Me irritaría mucho que se me complicaran los planes, que es lo que pasará si nuestro negocio depende demasiado del suyo.

Sería reacio a tratar con Peter, aunque no supiera que tiene los días contados. Los años de soñar con mil maneras de matar al responsable de todos los traumas de tu vida te dan ocasión de aprender mucho acerca de sus debilidades. Acerca de su pasado. Yo sé más de Peter que sus personas más cercanas. Sé que se crio en el sur de Florida, que sus padres eran tan pobres que casi no podían ni poner arroz en la mesa. Sé que a los catorce años ya se dedicaba a pasar droga. Se hacía llamar Pan y les metía ideas de grandeza a quienes lo escuchaban, les prometía una vida de aventuras si lo seguían. Sé que fue ascendiendo y dejando a muchos atrás, gente que desapareció sin dejar rastro.

Sé que compró por calderilla una compañía aérea que estaba en la ruina y que nunca más se supo del propietario original.

Sé que su apellido no era Michaels y sé que lo único que le importa en el mundo aparte del dinero y la posición es su hija.

Wendy.

Pero no se lo puedo contar a Ru sin admitir que hay una parte enorme de mi vida que nunca he compartido con él. Ru no es un entrometido, pero no se tomaría bien saber que me ha dado acceso a todo y yo, en cambio, he mantenido en secreto lo que más me importa.

Pero ya me encargaré de eso esta noche, cuando vuelva al JR. Tengo que hacerlo.

Ahora mismo, sin embargo, estoy concentrado en la panadería nueva que han abierto en Maize Street. Por lo general, son los gemelos los que hacen la ruta para cobrar el impuesto de protección, pero este establecimiento ha dado problemas, así que les voy a hacer una visita personal.

Suspiro y me siento frente a George, el dueño. Siento algo de asco al ver que la harina se pega a todas las superficies del obrador. Me pongo los guantes. El cuero negro me calienta las manos y flexiono los dedos.

—Bueno, George. —Sonrío y cruzo una pierna sobre la otra—. Vuelve a contarme lo que ha pasado.

George se seca la frente con un paño de cocina blanca. La barriga le sube y le baja con cada inhalación.

—Ya te lo he dicho, vinieron a cobrar hace tres días. Ya he pagado.

—Imposible. —La irritación ante las mentiras evidentes está acabando con mi paciencia. Respiro hondo e inclino la cabeza hacia un lado para que el crujido de los huesos me calme la ira—. Perdona. —Cierro los ojos y dejo escapar una risita—. No querría perder la paciencia. Es que es… imposible.

Levanta las manos.

—Te estoy diciendo la verdad.

—Eso espero. —Descruzo las piernas, saco la navaja y la abro. Paso el pulgar enguantado por el filo para que vea el brillo de la hoja contra el cuero—. Dime una cosa, ¿te han contado quién soy?

Niega con la cabeza.

—¿Tus vecinos no me han mencionado? —Me llevo la mano libre al pecho—. Eso me duele.

—Oye, ya te he dicho todo lo que sé. —Se echa el paño de cocina al hombro y hace ademán de levantarse—. Tengo clientes espe…

—Siéntate —siseo.

Los gemelos, que hasta ese momento han estado aparte, dan un paso hacia nosotros. El hombre abre mucho los ojos y se deja caer de nuevo en la silla.

—Mira, no creas que no soy razonable. Comprendo lo disgustado que estarás si te ha engañado un mendigo cualquiera. Como no lo sabías, voy a pasarlo por alto.

Encorva los hombros.

—¿Y qué pasa? ¿Tengo que pagar esta mierda dos veces?

—He dicho que soy razonable, no blando. Me encantaría dejarlo correr, pero ya sabes cómo son las cosas. —Pongo los ojos en blanco, me levanto y hago girar la navaja en el aire—. Le haces un favor a uno y al final tienes que hacérselo a todos. Mira, cuando algo se te da bien, no lo hagas nunca gratis. —Me detengo delante de él y hago que levante la cabeza con la hoja de la navaja debajo de su barbilla para que me mire—. Nuestra protección es pura cortesía, pero también es la mejor esperanza de supervivencia para tu negocio.

Aprieta los labios. Tiene la frente perlada de sudor.

—¿Y si me niego?

Presiono más la navaja contra su piel.

—Si quieres, podemos averiguarlo.

—No… no tengo el dinero —tartamudea.

Me inclino hacia delante. La punta ganchuda penetra en la carne del cuello. Cae un hilo de sangre que me llega al guante.

—En ese caso, te sugiero que lo consigas.

—Sí —gime—. Por favor.

Aparto la navaja y enderezo la espalda.

—Excelente, Georgie. —Hago una pausa—. ¿Te puedo llamar Georgie?

La nuez le sube y baja por el cuello.

—Te cuento lo que vamos a hacer. —Me saco el pañuelo del bolsillo del pecho para limpiar la sangre de la punta curva de la navaja—. Lo primero, me lo vas a contar todo sobre la persona que vino hace tres días. Y luego, les pagarás a mis amigos lo que nos debes.

Hago un ademán hacia los gemelos.

—Pero si te acabo de decir que…

Alzo la mano.

—Lo entiendo, de verdad. Y ya te he dicho que soy razonable. Si no puedes pagar hoy, volveremos mañana. Pero, te lo advierto, Georgie, no me gusta esperar. No quiero que nuestra amistad se enturbie si pones a prueba mi paciencia. —Meneo la cabeza con tristeza.

—Lo conseguiré.

—Genial. —Sonrío—. Ahora, descríbeme a esa persona.

—Era… una mujer. Dijo que había un jefe nuevo en la ciudad y que, por cortesía, me ofrecía la oportunidad de demostrar mi lealtad por adelantado.

La rabia me atenaza las entrañas. Claro.

—Una mujer —digo—. ¿Qué más?

—Eso es todo —contesta—. Nada más. Los vecinos me habían avisado de que no protestara cuando vinierais a cobrar, y no quería empezar con el pie izquierdo.

Me froto la barbilla con una mano mientras doy vueltas a la navaja con la otra.

—¡Te estoy diciendo la verdad! —suplica.

Suspiro y me guardo la navaja en el bolsillo.

—Te creo. Pórtate bien con mis muchachos, ¿entendido?

Los gemelos sonríen y se adelantan para ocupar mi lugar.

Le harán pasar un mal rato. No me gusta hacer yo el trabajo sucio. El mensaje quedará claro.

Tengo una bola de tensión en el pecho que me hace ver rojo. Los rumores son malos para el negocio y esta molestia va a provocar muchos.

Una mujer.

En el negocio solo hay una mujer con un hombre poderoso y ambos acaban de llegar a la ciudad.

Tengo gotas de sangre en los guantes, así que me los quito y me los meto en el bolsillo mientras salgo por la puerta. De pronto, un cuerpo menudo choca con el mío. Tenso la mandíbula y extiendo los brazos. El olor a vainilla me asalta.

—¿James?

La voz de Wendy me fluye por los oídos y, sin más, la irritación se esfuma y se me dibuja una sonrisa.

—Querida —susurro—. Qué agradable sorpresa.

—Y que lo digas. —Sonríe—. ¿Qué haces aquí?

Me vuelvo hacia el interior del establecimiento. La mujer de George está detrás del mostrador y lanza miradas hacia la acera.

—He pasado a saludar. Conozco a los dueños.

—¿De veras? —interviene Angie—. Me ha dicho que hacen unas pastas de muerte.

La sonrisa se me tensa un poco al mirar a la amiga de Wendy.

—Seguro que es verdad.

—¿Quieres entrar con nosotras a tomar algo? —pregunta Wendy.

—Por desgracia, aunque las vistas han mejorado mucho, no puedo quedarme. —Le paso el pulgar por la mandíbula y me inunda una oleada de calidez cuando veo que se le encienden las mejillas—. Salimos juntos mañana.

—Trabajo hasta las tres.

—Perfecto. Te recogeré.

Me inclino hacia delante y presiono los labios contra los suyos. Solo iba a darle un beso ligero, pero su lengua entra en mi boca y tengo que contenerme para no dejar escapar un suspiro cuando los sonidos de la calle se difuminan y me pierdo en su sabor.

Es una verdadera lástima que tenga que destruirla.

Lo superaré, por supuesto, y no volveré a pensar en ello. El placer de cumplir mi deseo más profundo barrerá la empatía que siento al saber que ella no había hecho nada malo. Pero a veces hay que sacrificar algo para conseguir el objetivo.

—Puede que esta noche pasemos por el bar —dice su amiga cuando separamos los labios—. ¿Estarás por allí?

—Yo no había pensado ir —me dice Wendy.

—Pues deberías —respondo—. Voy a estar ocupado, pero me encanta saber que estás cerca.

Sonríe y se apoya contra mí.

—De acuerdo.

—Así me gusta. —Le doy un beso en la frente y retrocedo un paso justo cuando los gemelos salen del establecimiento—. Dile a Georgie que ponga lo que toméis en mi cuenta.

Wendy abre mucho los ojos.

—¿Tienes cuenta aquí?

Le pongo un mechón de pelo detrás de la oreja.

—Querida, en esta ciudad solo tienes que decir mi nombre en cualquier local y no pagas.

—¿Qué nombre? —interviene su amiga.

La miro. Se me tensa la mandíbula.

—¿Perdón?

Se lame el labio inferior.

—No, solo pregunto… ¿Qué nombre? ¿James? ¿O…?

Se me contrae una comisura de la boca.

—Creo que ya sabes la respuesta.

—¿Garfio? —dice Wendy, conteniendo el aliento.

Inclino la cabeza.

—Así me llaman.

—¿Por qué?

—Un apodo poco afortunado. —Le guiño un ojo y me vuelvo hacia los gemelos. Les indico con un gesto que vayan al Escalade aparcado en la acera—. ¿Me harías un favor, querida?

Arquea una ceja.

—Esta noche, para venir al JR, ponte algo azul. —Me inclino hacia ella para susurrarle al oído—: Es un color tan bonito... y quiero pasarme la noche imaginando cómo quedará hecho jirones en el suelo de mi dormitorio.

Wendy contiene el aliento y le doy un beso en la mejilla antes de alejarme hacia el coche, con la polla dura y el corazón acelerado.

CAPÍTULO 19

Wendy

Estoy sentada en el salón formal de mi casa, esperando a que Angie venga a recogerme. «Ponte algo azul». Jon está sentado al otro lado de la mesa, enfrascado en otra maqueta de avión.

—Papá ha llamado esta mañana. —Su voz corta el silencio.

El corazón me da un vuelco en el pecho. Dudo mucho que fuera una llamada cariñosa para saludar y la decepción se me instala en las entrañas como un ladrillo. Antes de que Jon me lo cuente, ya sé lo que le ha dicho. Por teléfono.

Jon aprieta el pincel en el puño y hace una pausa en el dibujo de la línea negra del lateral.

—Oye, me lo ha contado, ¿vale? Así que ya puedes dejar de mirarme así.

Respiro muy despacio.

—¿Qué te ha dicho?

—Que voy a ir al internado. No pasa nada.

Suspiro y me apoyo contra el respaldo del sillón. Dejo las manos en los brazos mullidos.

—¿No pasa nada?

Me mira por encima de la montura de las gafas.

—Y si pasa, ¿cambia algo?

—Claro que sí.

Suelta el pincel y se pasa la mano por el pelo negro azabache, tan parecido al de nuestra madre.

—No puedes hacer nada para cambiarlo, Wendy. Así son las cosas. No sirve de nada que estés ahí con cara de que te vas a echar a llorar.

Se me hace un nudo en el pecho.

—No voy a...

Me mira a los ojos.

—Sí vas.

—Solo quiero que seas feliz. —Levanto las manos—. Nada más.

No responde, sino que vuelve a concentrarse en la maqueta. El silencio asfixiante se me cierra en torno al cuello y me llena los oídos, pero también deja espacio para que se me desboquen los pensamientos.

Era lo único que le había pedido a mi padre y ha sido incapaz de hacerlo. Ha cogido el camino fácil: pasar por alto los sentimientos de Jon como si fuera algo sin importancia. Otro pesado tronco que cae en la hoguera de ira que me arde en las entrañas.

—Dice que me voy mañana.

Las palabras son suaves y breves, pero de todos modos me llegan al pecho como un puñetazo.

—¿Mañana? —me atraganto—. ¿Viene él para llevarte?

Jon esboza una sonrisa, pero lo que vibra en el aire no es alegría.

—Venga ya, Wendy. Me llevará el chófer.

Las llamas se elevan y me calientan las venas.

—Te llevaré yo.

Niega con la cabeza.

—No hace falta.

—Pero quiero hacerlo. —Me obligo a sonreír—. Si voy a ir a verte todas las semanas, tendré que aprender el camino.

—No se permiten visitas todas las semanas.

Mi sonrisa se hace más amplia.

—Vale, razón de más. Si no me dejas llevarte mañana, iré a verte todos los días para avergonzarte.

Jon se ríe y, por un momento, le brillan los ojos.

—Tú nunca me avergüenzas, Wendy. Solo… me abrumas.

Me pongo una mano en el corazón.

—¿Eso es para que me ofenda?

—No, es… —Niega con la cabeza—. Es bueno.

El nudo que tengo en el estómago se deshace con el familiar intercambio de bromas. Pero es como un viejo amigo, vuelve enseguida con la certeza de que, a partir de mañana, estaré sola de verdad.

Llevamos dos horas en el JR y aún no he visto a James.

Maria, que no ha venido con nosotras esta noche, dijo que era el dueño del bar, pero cuanto más tiempo paso aquí sin que su presencia abrumadora me nuble la mente, más me doy cuenta de que no sé nada de él.

Bueno, no es verdad. Sé algunas cosas. Como que tiene un apodo ridículo o que tiene tanto poder en esta ciudad que ese sobrenombre vale oro. Pero, considerando que dice que soy suya, me parece que es un completo desconocido.

¿Cómo he podido ser tan idiota?

—Gracias por hacer mi turno mañana —le digo a Angie antes de beber un sorbo de agua con gas.

Hace un ademán de desdén y sonríe.

—Tranquila, me vienen bien las horas extra. —Mira a lo lejos—. Tú estás saliendo con un tipo que lleva un traje de tres piezas porque quiere, así que podemos dar por hecho que necesito el dinero más que tú. Ah, y vives en una mansión. —Se echa a reír—. Qué cara más dura. Dios, la vida no es justa.

Me obligo a reír, aunque tengo tal nudo en la garganta que la carcajada me sale como si me cortaran con navajas por dentro.

Angie apura el resto de la bebida.

—¿Dónde se ha metido tu chico? Mañana tengo que ir a trabajar en tu lugar, así que necesito retirarme pronto a casa.

Se me hunde el corazón y miro a mi alrededor en busca de algún rastro de James. El bar se está vaciando. Llevamos aquí horas y no lo hemos visto. Me froto las manos sobre el regazo.

—Debe de estar ocupado. Tú márchate. Cogeré un taxi.

Nada más decirlo, me arrepiento de lo patética que ha sonado la frase.

—¿Seguro? —Recorre la sala con los ojos.

—Sí, dijo que andaría por aquí.

Se muerde el labio.

—Vale, pero hasta ahora, ni rastro. Y no quiero dejarte sola y sin medios para volver.

Le doy unas palmaditas en el brazo.

—Te lo agradezco, pero no te preocupes, en serio.

Suspira y se levanta.

—Vale. Pero, si no se presenta, mándame un mensaje. Puedo volver.

Me quedo en la barra mucho después de que se haya ido, mirando cómo estallan las burbujas de mi bebida. Podría pedir cualquier cosa, aparte de agua con gas. No me han cobrado nada desde aquella primera noche y mi cumpleaños es dentro de tres días, pero lo cierto es que no me apetece beber. No me gusta cómo me hace sentir.

—Esto se va vaciando. —Una voz se cuela en mis pensamientos. Alzo la vista y me encuentro con la mirada ambarina de Rizos—. ¿Te pongo algo, preciosa?

Aparto la mirada.

—¿No vais a cerrar ya? Debería marcharme... Él no ha venido, ¿no?

—Vas a tener que ser más específica. —Se apoya en la barra—. ¿Quién es «él»?

—Ja... Garfio.

Me incomoda darme cuenta de que no sé cómo llamarlo delante de los demás. Otra cosa que demuestra que no sé nada de este hombre.

Pero sí sé que eso no me impedirá irme con él si aparece.

Debo de ser idiota. Y una inconsciente, eso seguro. Pero también es embriagador tener a alguien que me presta tanta atención como él. Que no me hace sentir como la viva imagen de la inocencia, sino como a una mujer de verdad.

Su manera de mirarme hace que me sienta viva.

Una carcajada estrepitosa a mi izquierda interrumpe a Rizos cuando me va a responder. Vuelvo la cabeza hacia la belleza curvilínea de pelo negro que está secando las copas de vino y colgándolas en su sitio. Rizos frunce el ceño.

—Para, Moira.

—Lo siento. —Sonríe y me mira fijamente—. ¿De verdad estás esperando a Garfio?

Una dosis de duda se me filtra por la conciencia, me cubre como el fango. La mujer está sonriendo, pero en su tono de voz no hay nada amistoso. Se me eriza el vello. Tengo una réplica en la punta de la lengua, pero me callo y aprieto los puños hasta que se me ponen blancos los nudillos.

La mujer se ríe otra vez.

—Moira —sisea Rizos.

—¿Qué pasa? —Se lo queda mirando—. No me digas que le estás haciendo caso. —Me señala con un ademán despectivo—. Otra fan que no sabe nada de él y viene pensando que le bastará con poner carita inocente. Es que dan hasta pena. No le des esperanzas.

Aprieto los dientes. Las palabras están desmoronando mi muro de confianza, el cual ya habían debilitado bastante mis propios pensamientos.

—Pues a esta la conoce —replica Rizos.

Moira se detiene con el paño en una copa y me mira.

Le lanzo una mirada de agradecimiento al chico. Su manera de defenderme me ha caldeado el corazón. Con unas palabras tan sencillas me ha hecho sentir menos idiota, menos como otra niña estúpida y enamoradiza.

—Mmm —bufa Moira—. Pues vas a tener que esperar un buen rato, preciosa. Garfio no anda por aquí.

Rizos inclina la cabeza.

—Estuvo antes.

—Sí, antes. —La mujer me enseña todos los dientes en una amplia sonrisa—. Me llamó para que le diera una buena despedida antes de marcharse.

Sé que intenta provocarme, así que no le doy esa satisfacción, pero eso no impide que sus palabras se me claven en el pecho, echen raíces y dispersen semillas.

—Moira.

Una sombra aparece junto a ella y James sale a la luz del bar. Los ojos le brillan; tiene el pelo negro revuelto como si se lo hubiera enmarañado con los dedos. O tal vez haya sido Moira.

—No deberías mentirles a mis invitados.

Moira se pone rígida, inmóvil, con el paño y la copa en las manos.

—Garfio —dice muy despacio—. Has vuelto.

Un relámpago de satisfacción dispersa la nube de la duda. Lo ha llamado Garfio. No James.

—No me había ido.

Se dirige hacia ella e inclina la cabeza hacia un lado. Le quita la copa de la mano y la levanta hacia la luz como para comprobar si hay manchas. El ambiente es tenso. Las voces de los pocos clientes que quedan y la música de los altavoces se escuchan de fondo. Pero ninguno de nosotros se mueve ni dice nada.

—Mmm. —Chasquea la lengua y deja la copa en la barra—. Me temo que tu trabajo deja mucho que desear.

—Garfio, no… —empieza Moira.

Se gira hacia ella y el movimiento es tan repentino que se me corta la respiración. Nunca había visto esta faceta suya. Me pone tensa y, al mismo tiempo, noto un calor en lo más profundo del vientre. Es excitación.

—¿En algún momento te he dado la impresión de que quería que hablaras de mí a mis espaldas? —le pregunta.

La mujer abre mucho los ojos.

—No, yo…

—No. Claro.

Me lanza una mirada y sus ojos se suavizan cuando se posan en mí. Mueve el cuello para relajar la tensión. Se pasa una mano por el traje y señala las copas:

—Están mal. Empieza otra vez. Si queda alguna mancha, no te molestes en volver mañana.

—¿Qué? —dice, incrédula.

Pero da igual, porque ya no le está prestando atención. Se ha concentrado en mí y se me acerca con el rostro iluminado por una sonrisa.

Mi mente es un torbellino, la escena que acabo de ver se me repite en la cabeza. Estoy dividida entre lo que debería sentir y lo que siento de verdad. Cuando su mano cálida me toca la espalda, un escalofrío me recorre la columna.

Su aliento me acaricia el rostro. Los labios de James me presionan la mejilla.

—Querida, estás tan apetecible… Siento haber desperdiciado la noche en reuniones en vez de demostrarte cuánto me gustas con ese color.

La sangre me fluye hacia las mejillas, me calienta desde dentro.

Seguro que soy mezquina y vengativa, pero no puedo evitar mirar a Moira. Me satisface que vea que me toca a mí, que me habla a mí al oído.

—Hola —le digo con una sonrisa.

—¿Lista para salir?

Me presiona el labio inferior con el pulgar.

—¿Contigo?

—Como si fuera a permitir que te fueras con otro.

Pese a todo lo que no nos hemos dicho, pese a todo lo que necesito saber sobre él, dejo que me guíe hacia la puerta.

CAPÍTULO 20

James

La gente hace lo que digo. No es noticia. De hecho, lo raro es cuando no lo hacen. Pero la razón de que se plieguen a mis deseos suele ser el miedo o el respeto.

Así que, cuando veo a Wendy entrar en el bar con el mismo vestido azul celeste que llevaba la primera noche que la vi, siento algo. Un placer que me acaricia por dentro, porque sé que lo ha hecho solo para complacerme. Como un perrito bueno.

Me ha resultado difícil quedarme en el despacho vigilándola a través de la cámara de seguridad para ver si esperaba tanto como fuera necesario. Pero, cuando la he visto interactuar con Moira, me he dado cuenta de que era hora de poner fin al experimento. No puedo permitir que una camarera estúpida tire por tierra mis planes espantando a la chica.

Aunque no parece que sea fácil asustarla. La prensa siempre la ha presentado como el orgullo de Peter, como su ser más querido, pero ha sucumbido ante mí con mucha facilidad. Casi como si estuviera desesperada por recibir atención.

Si pudiera sentir las cosas como las personas normales, su afecto me provocaría una cierta compasión. Doy por hecho que un apego tan rápido solo puede ser fruto de algún trauma. Pero mi corazón ya no late como debería. Aún tengo la sangre roja, pero el alma, si alguna vez la tuve, se me ha consumido en el ácido que me corre por las venas.

Hasta cuando era niño me atraía la oscuridad que sentía incluso en los seres más luminosos. Me gustaba sacarla a la superficie hasta que los desbordaba y me cubría, hasta que me quemaba la piel como la brea en un día caluroso.

Tal vez por eso me resulta tan refrescante Wendy. Es muy fácil perderse en ella. Es la única persona a la que mi enfermedad no ha engullido por completo.

Todavía no.

—¿Dónde está Smee? —pregunta mientras se acomoda en el sofá de mi sala.

Me siento a su lado, le doy un vaso de agua y cruzo las piernas.

—No lo sé. —Miro a mi alrededor—. Su tiempo libre es cosa suya. No me meto en su vida personal y espero lo mismo de él. Ya aparecerá en algún momento.

Asiente, bebe un sorbo de agua y deja el vaso sobre la mesa.

—Eso está muy bien. Pareces un buen jefe.

Sonrío y le pongo la mano sobre la piel desnuda del muslo.

—Pronto verás que soy excelente dando instrucciones.

Se echa a reír.

—Además de modesto.

Sonrío y juego con el dobladillo del vestido. Se estremece bajo mi mano y se me endurece el miembro ante lo sensible que es a mi toque.

—Yo… —Traga saliva y niega con la cabeza—. Quiero hacerte unas preguntas.

Siento un atisbo de irritación, pero me aparto y arqueo las cejas.

—Adelante.

Se retuerce las manos y se mira el regazo. Me he fijado en que lo hace cuando está nerviosa.

—¿A qué te dedicas?

La pregunta me sorprende. Como un idiota, había dado por hecho que, si no lo había preguntado hasta ahora, ya no lo iba a hacer. Me echo hacia atrás y abro los brazos para ponerlos sobre el respaldo del sofá.

—A los negocios.

Pone los ojos en blanco.

—Sí, sí, igual que mi padre. Pero ¿qué haces?

La mención de su padre enciende una chispa en mi interior. De pronto, tengo la desesperada necesidad de verlo con sus ojos.

—¿Tu padre?

—Uf. —Se da un palmetazo en la cara—. No quería hablar de él. Pero sí. Se dedica a los negocios.

—Ah. —Me paso la lengua por los dientes—. Puede que haya trabajado alguna vez con él.

Se encoge de hombros.

—Tal vez. Es bastante conocido.

—¿Cómo se llama? —Hago un verdadero esfuerzo por mantener la voz baja y firme, aunque siento los nervios bajo la piel.

—Peter Michaels.

Me paso los dedos por el pelo y suspiro.

—No me suena de nada.

Abre mucho los ojos, pero no se me escapa que los hombros se le relajan como si le hubiera quitado un peso de encima.

—¿De verdad? Pues… me sorprende.

Me froto la mandíbula.

—¿En serio? Lo siento. Se ve que ignoro muchas cosas.

Su sonrisa sube un grado y se inclina hacia mí.

—Me encanta que no lo conozcas. Casi me daba miedo decírtelo, la verdad. No quería que cambiaras la opinión que tienes sobre mí.

Salto sobre ella, la agarro por la cintura y tiro con fuerza de ella hacia mí. Se le escapa el aliento cuando su cuerpo queda contra el mío.

—Querida, nadie en este mundo puede hacer que cambie de opinión sobre ti. Está grabada en piedra.

Alza la cabeza. Sus labios están a unos centímetros de los míos.

—¿Y cuál es?

—¿Mi opinión? —Le recorro el cuello con la boca, le meto los dedos entre el pelo sedoso—. Si quieres te la puedo demostrar ahora mismo.

Se le entrecorta el aliento. La agarro con más fuerza y tiro para dejar al descubierto más superficie del cuello. Le beso el hueco de la garganta, subo poco a poco hacia los labios. Su sabor me invade los sentidos y la necesidad crece dentro de mí y me caldea la sangre.

Gime, presiona las caderas contra mi miembro a través de la tela fina de los pantalones y la fricción me clava alfileres de placer por toda la espalda. Le libero la boca y me tiendo para que sea ella quien marque el ritmo. Me está tentando, me está torturando. Dios, menuda visión. Tiene el vestido azul recogido alrededor de las caderas, los labios rosados le hacen juego con las mejillas y entorna los ojos cuando me mira desde arriba.

Le suelto el pelo y le rodeo la cintura con el brazo. Cuando me incorporo, nuestros cuerpos encajan. Nuestros rostros se rozan cuando embisto contra sus bragas. Respiro su aliento, me adueño de él, presiono los labios contra los suyos. Gime y me echa los brazos al cuello. Noto una punzada en la boca y todo me sabe a cobre. Me echo hacia atrás bruscamente y me paso un dedo por el labio inferior, entonces veo el rojo. Me ha mordido.

Por lo general, ver mi propia sangre me da náuseas, pero esto me excita, no sé por qué. La estrecho con más fuerza por la cintura y me aprieto más contra ella, mis labios se amoldan a los suyos y el sabor de mi sangre se mezcla con su saliva. Me sorbe como si quisiera engullirme entero. Se me escapa un gemido y la tiendo contra el sofá, con las caderas entre los muslos.

Me aparto de su boca y acerco los labios a su oreja. Le pongo la palma de la mano en el cuello y aprieto.

—¿Me vas a dejar ver ese coñito precioso?

Se muerde el labio inferior y presiona las caderas contra las mías. Mis dedos le bajan por el cuello y por el torso hacia su centro. Pongo la palma entera contra las braguitas de algodón. Se las arranco de un tirón. Su respiración es un quejido audible que hace que me palpite la polla. Estoy desesperado por sentirla dentro.

Tiro a un lado la prenda desgarrada, le separo los muslos y paso la nariz por su sexo húmedo. Un gemido me ruge en la garganta. Tiene un olor delicioso, a almizcle, a mujer, a todo lo que es puro, como si sus feromonas estuvieran diseñadas para mí. Se me hace la boca agua con la necesidad de saborearla mientras se desmorona debajo de mí.

Me inclino sobre su sexo, recojo con la lengua la humedad que mana de ella, me cubro la lengua de su sabor.

Se ríe y me agarra el pelo.

—Me haces cosquillas, James.

Sonrío y le presiono el vientre con fuerza contra el sofá.

—No te muevas, nena.

La penetro con los dedos al tiempo que rodeo con los labios el clítoris hinchado y lo noto palpitar en la lengua. Es como si le dieran una sacudida eléctrica. La sujeto con más fuerza y presiono las caderas contra el sofá para aliviar la tensión de mi miembro.

Es muy estrecha. Incluso me brotan las primeras perlas de semen al imaginar cómo será sentir esa estrechez cuando me rodee todo el grosor del miembro en vez de los dedos. Empiezo a sospechar que es virgen y la idea de ser el primer hombre que la posea, el que la dejará inútil para todos los demás, me hace ansiar más el momento de destruir su cuerpo, su mente, su alma.

Sigo metiéndole los dedos, sin dejar de moverlos dentro de ella, y la humedad de su sexo me cubre la mano. Levanto el brazo con el que la sujetaba contra el sofá y le rodeo el cuello con los dedos. Noto en las yemas el latido de su corazón.

Libero el clítoris y la miro. Tiene las mejillas enrojecidas y su pecho se mueve con la respiración bajo el vestido azul.

—Coge aire y no lo sueltes hasta que veas las estrellas, nena.

Obedece de inmediato y se le tensa la garganta al contener la respiración. Le aprieto del cuello y vuelvo a sumergirme en su coño mientras, poco a poco, incremento la presión en la tráquea y la succión del clítoris.

Sus manos me agarran el pelo, los muslos le tiemblan al apretarme la cabeza. Curvo los dedos dentro de ella para acariciar la zona esponjosa de las paredes internas. La miro desde entre sus piernas. Tiene los ojos en blanco, los labios entreabiertos. Me encargo de que no pueda respirar, aunque quiera.

Me palpita la polla al imaginar que se le ponen los labios azules, al ver su cuerpo al borde del abismo, a punto de ceder, justo antes de permitir que se corra y el aire le llene los pulmones para devolverle la vida.

Arquea la espalda sobre el sofá al estallar. Casi me arranca el pelo y el dolor hace que se me tensen los testículos mientras un calor abrasador se me enrosca en la base de la columna.

Le suelto la garganta y disfruto con cada bocanada de aire, sin dejar de lamerla para acompañarla en la curva descendente.

Al final, le libero el clítoris y le saco los dedos del coño empapado con un sonido audible. Mis ojos se encuentran con los suyos y me paso la lengua por los labios para limpiarme de su sabor.

Noto el pecho tenso y las entrañas se me retuercen al mirarla y comprender que jamás había tenido una belleza así en las manos.

En este momento pienso que no sé cómo voy a prescindir de ella.

CAPÍTULO 21

Wendy

Nadie me había hecho nunca nada así. A medida que mi cuerpo flota de vuelta a la tierra, los últimos estremecimientos del orgasmo dejan paso a una tensión en los músculos, a una necesidad de darle placer, el mismo que él me ha dado a mí.

Nunca me había sentido tan querida, tan atractiva, tan sexual. Tan... libre.

Cierto, aún no hemos hablado, aún no hemos mantenido las conversaciones importantes que siempre imaginé que tendría con la persona con la que lo hiciera por primera vez. Pero, no sé por qué, me parece que ya es suficiente. Me parece que ya me conoce sin necesidad de hablar. Es posible que esté cometiendo un error. Tal vez mañana me despierte y lamente lo que he hecho, pero ahora mismo tengo una seguridad absoluta.

Por un momento, aunque solo sea por un momento, quiero dejarme llevar.

Para ser sincera, en lo más profundo de mi mente, en los compartimientos más oscuros de mi corazón, hay una parte de mí que espera que, una vez pierda la virginidad, desaparecerá también esa capa de inocencia de la que no puedo librarme.

Es agotador que todo el mundo te trate como si fueras un objeto frágil. A punto de romperse. Inferior.

Las palabras que me dijo Moira esta misma noche, sus bromas hirientes, me vuelven a la cabeza. Todo el mundo me ve como una niña, una jovencita sin experiencia en el mundo. Ya llevo demasiado tiempo tolerando estos insultos apenas velados, estos cumplidos que no lo son. Demasiado tiempo permitiendo que asuman que, como mis rasgos son delicados y nunca interrumpo a nadie, tienen razón sobre mí.

Pero ya estoy harta.

Y James me hace sentir como una mujer. Como su igual. Como si tuviera opciones y él las respetara.

Se incorpora entre mis piernas y se pasa la lengua por los labios mientras me mira. La excitación me araña por dentro. Su mirada hace que flote.

Me levanto con las entrañas cálidas y la cabeza nebulosa. James me ha guiado por el borde de la inconsciencia, con la negrura en la periferia de la visión y la euforia corriéndome al galope por las venas. La presión me ha recorrido por dentro al ritmo de la palma de su mano hasta que las endorfinas han estallado como fuegos artificiales. Y sigo en lo más alto de esa curva. Me arrastro hacia él. Noto los cojines del sofá bajo las rodillas y rezo para no parecer demasiado ridícula. No tengo ni idea de lo que estoy haciendo, pero por primera vez he abierto la compuerta tras la que mantenía prisioneras mis necesidades y hago lo que me proporciona placer.

Le paso la mano por la pierna, noto bajo los dedos la tela suave del pantalón. Me sigue con los ojos, con las aletas de la nariz dilatadas.

Sigo el viaje hacia arriba. El estómago se me contrae como en una montaña rusa cuando encuentro con la mano el grosor entre sus piernas. Tiene una rigidez sorprendente, no es como esperaba, y el calor me sube por dentro. Me muero por saber cómo es sentirla en la palma de la mano.

—¿Te puedo tocar? —pregunto.

Sus ojos azules centellean, sube la mano para cogerme la mejilla. El roce es tan tierno que se me para un instante el corazón y la calidez me inunda el pecho como si fuera miel. Me aprieto contra su mano, quiero bañarme en las sensaciones que me produce.

—No tienes que pedirme permiso para tocarme, querida.

Se adelanta hacia mí. Entonces, presiona la boca contra la mía y me lame el labio inferior antes de apartarse de nuevo.

—Soy tan tuyo como tú eres mía.

Las palabras me recorren el cuerpo como una llamarada y lo empujo contra el sofá. Le busco el cinturón y le bajo la cremallera. Alza las caderas para ayudarme a desnudarlo de cintura para abajo, hasta que su miembro queda libre, duro.

Me siento sobre los talones. El corazón me va a estallar contra las costillas y los nervios me chisporrotean bajo la piel y me humedecen las manos.

Es más grande de lo que me imaginaba. Y grueso, con una vena larga que lo recorre. Me paso la lengua por los labios. Tengo un nudo en las entrañas.

James baja la mano y cierra los dedos en torno al miembro, se lo acaricia con sensualidad. El estómago me da un vuelco y la entrepierna me empieza a latir cuando el clítoris, ya sensible, se me hincha al verlo darse placer.

Se está pasando la otra mano por el pelo, se lo revuelve aún más. Verlo tan despeinado, tan diferente a cómo es ante todos los demás, me resulta fascinante.

Es embriagador saber que soy yo quien lo ha puesto así.

—Desnúdate. —Su voz me araña por dentro como la grava.

Siento un escalofrío por todo el cuerpo y me dejo llevar por el confort de sus instrucciones. La ansiedad se disuelve: él me dirá lo que quiere.

—Vale.

Me paso las yemas de los dedos por la barbilla y, muy despacio, las deslizo a lo largo del cuello dolorido hasta llegar al tirante del vestido y aflojarlo sobre el hombro.

En ningún momento aparto los ojos de James, que se acaricia muy despacio, con la vista fija en mis dedos, que juegan con el tejido.

—He dicho que te desnudes, nena, no que me tortures hasta la muerte.

Sus palabras me impregnan la piel y se me funden con la médula de los huesos para hacerme sentir poderosa. Para darme la sensación de que, si puedo hacer suplicar a este hombre, puedo hacer lo que sea.

Me deslizo un tirante por el hombro. Luego, el otro. Se muerde el labio y se aprieta con la mano la cabeza del miembro. Tiene los testículos muy tensos y solo con verlo me contraigo por dentro.

Me pongo la mano contra el pecho para mantenerlo cubierto y me permito una leve sonrisa.

—Pídelo por favor.

Se le dilatan las fosas nasales.

—Estás jugando a un juego muy peligroso.

Levanto un hombro.

—No, solo quiero que tengas buenos modales, querido.

Rápido como el rayo, se levanta del sofá y me hace caer de nuevo sobre los codos. Cojo aire. Mis ojos van de su rostro a su mano, con la que aún se envuelve la erección. De la punta rezuma líquido cuando mueve la palma de arriba abajo, se está masturbando delante de mí. Aprieto las piernas para aliviar el dolor que me palpita entre ellas.

—¿Te gusta mirarme? —susurra—. ¿Te gusta saber que estoy así de desesperado por ti?

Se suelta el miembro y me coge por la cintura. Un enjambre de mariposas me aletea en el estómago cuando sube las manos por mi torso, hacia los pechos.

Mete los dedos bajo el cuello del vestido, da tironcitos tentadores y, con cada uno, las chispas de excitación se prenden y avivan en mis entrañas.

Se detiene con el tejido agarrado entre los dedos.

—Yo no suplico —dice—. Nunca.

Se me corta la respiración. Él sonríe.

Y da un tirón.

Con fuerza.

Caigo hacia delante mientras me arranca el vestido. El tejido se desgarra y me arde la piel. Lanzo un grito cuando la adrenalina y la excitación se mezclan en mis venas como un cóctel letal y el deseo me invade, vertiginoso.

Me envuelve un pecho con la mano, manipula la carne con los dedos.

—Qué belleza.

Se suelta, vuelve a su sitio en la otra punta del sofá y se tumba de nuevo.

—Ahora, desnúdate.

Me levanto pese al temblor de las piernas y me paso las manos de los hombros a los pezones. Los cojo entre los dedos y los retuerzo con delicadeza. Con cada movimiento siento una descarga eléctrica, y no paro, cierro los ojos para perderme en las sensaciones.

—Joder —susurra.

Abro los ojos de golpe. Es la primera vez que lo oigo decir una palabrota y me ha provocado palpitaciones en el sexo.

Vuelve a bajarse la mano por el abdomen y se coge la polla dura.

—Siempre eres una visión, querida. Pero, cuando te tocas, eres devastadora.

Me siento como una diosa ante su mirada. Cuando me quito el resto del vestido y camino hacia él, permito que la confianza recién hallada me corra por la piel y me rebose por los poros. Vuelvo al sofá y me deslizo entre sus piernas. Le recorro los muslos con las manos, siguiendo la línea de los músculos, hasta llegar a la base de su miembro, que queda a unos pocos centímetros de mi cara.

Los nervios me cosquillean y dejo escapar un jadeo tembloroso. Muy despacio, deslizo la palma hacia arriba, hasta rodear con los dedos la base. Dejo la mano ahí un momento para apreciar la sensación. Es más maleable de lo que esperaba y, cuando lo aprieto con los dedos, se estremece. Se me escapa una risa.

La risa lo sacude a él también y los dientes le brillan bajo la sonrisa.

—Te aseguro que, cuando tienes la cara contra el regazo de un hombre, lo que menos quiere oír es cómo te ríes.

Niego con la cabeza.

—No, lo siento. Es que... Yo nunca he... —Muevo la mano tentativa, la deslizo por toda su longitud y paso los dedos por la punta—. ¿Me enseñas cómo te gusta?

Cierra la mano en torno a la mía para que lo agarre con más fuerza e inicia un movimiento al unísono: hacia arriba, gira en la punta y baja otra vez. Respiro hondo. Mi centro mismo es un espasmo.

Se incorpora y me toma la mejilla con la mano libre como si supiera que necesito que me reafirme.

—Me encanta que no lo hayas hecho nunca. Y no hay nada que puedas hacerme que no me guste. ¿Entendido?

Asiento.

—Muy bien. —Vuelve a recostarse—. Ahora, utiliza la boca.

El pecho se me llena con la alabanza, y la necesidad de complacerlo es abrumadora. Me inclino hacia delante y separo los labios, me lo deslizo dentro, abriendo la boca todo lo que puedo para acomodarlo.

Me revuelve el pelo con una mano.

Muevo la lengua en torno a la carne. Me sorprende el sabor y, cuando la lengua roza el borde de la punta, deja escapar un gemido y me presiona contra él.

Abro mucho los ojos, pero no me resisto, dejo que me entre más hondo.

Me recorre la cara con una mano, del pelo a la mandíbula, me masajea los músculos que quiere que relaje.

—Eres perfecta —arrulla.

El orgullo me atraviesa como una bala y redoblo los esfuerzos, mientras su miembro me entra hasta la garganta. Se me llenan los ojos de lágrimas y un ligero dolor me asalta la articulación de la mandíbula.

«¿Cómo voy a seguir haciendo esto?».

La vena de su miembro me palpita contra la lengua y dejo escapar un gemido mientras me invade una oleada de deseo. Nunca me he sentido tan poderosa como en este momento, inclinada sobre un hombre que rezuma poder y que se está deshaciendo en mis manos.

Me mueve la cabeza hacia atrás y me saca el miembro de la boca. La bocanada de aire me llena los pulmones, se me caen las lágrimas ante el cambio repentino.

—¿No he…? —Tomo aliento—. ¿No lo he hecho bien?

Sonríe, pero no dice nada. Se adelanta, me rodea con los brazos y me alza. Me lleva por el pasillo, hasta su dormitorio, y me deja caer sobre la cama, encima del colchón blando y las sábanas de seda.

—Lo has hecho de maravilla, nena. —Me recorre la pierna con los labios y me cubre el cuerpo de besos—. Demasiado bien.

Se alza por encima de mí, con las rodillas entre mis muslos. Su cuerpo proyecta una sombra que cubre el mío. Tiendo la mano hacia los botones de su camisa, pero me la aparta y niega con la cabeza, con la mandíbula tensa.

El rechazo me hiere y quito la mano de golpe al tiempo que me pongo roja. Espero la explicación, pero no me la da, y no voy a estropear el momento con preguntas.

Me acaricia el cuerpo entero con su piel al descender sobre mí para mordisquearme la línea de la barbilla. La humedad me rebosa y moja las sábanas.

Empuja las caderas hacia arriba y la punta de su miembro se desliza contra mi clítoris hinchado. El placer se me enrosca en el abdomen.

—Dime que eres mía.

El centro de mi ser se tensa, las entrañas se me retuercen.

—Soy tuya.

—Demuéstralo.

Mueve la punta hasta la entrada de mi sexo. La cumbre húmeda se mueve entre los labios. Pero se detiene. Aguarda.

—Hazlo, James. —Sus ojos se concentran en los míos durante unos largos segundos. Alzo la mano y le acaricio la mandíbula con los dedos—. Confío en ti.

Un relámpago extraño le ilumina la mirada.

—No deberías.

No me da tiempo a pensar en sus palabras, porque entra dentro de mí y una punzada aguda me recorre el cuerpo. Cojo aire y me tenso. Todos mis instintos me gritan que luche contra la intrusión.

Aprieta los dientes.

—Si no te relajas, no puedo entrar.

Me muerdo el labio y asiento. El miedo a fallarle es más grande que el miedo al dolor.

Me pone la mano en la nuca y me acerca el rostro al suyo.

—Yo cuidaré de ti, querida. Respira hondo, dolerá menos.

Deja escapar el aire por la boca y yo lo inhalo mientras se me cae una lágrima por la comisura del ojo. Seré idiota… Levanto una mano para secarla, pero me la aparta. Me recorre la mandíbula con sus besos hasta llegar al reguero de humedad y lo lame.

Empuja con las caderas, se detiene al encontrar resistencia, y luego, de un solo impulso, rompe el obstáculo. Le echo los brazos a los hombros y le clavo las uñas tan fuerte que estoy segura de que le he hecho sangre.

Nuestro aliento se mezcla. Cuando vuelve a moverse, me roza los labios con los suyos en cada embestida. Al dolor se ha unido una palpitación intensa, como una magulladura en lo más hondo, pero elijo concentrarme en la sensación de plenitud.

—¿Te gusta? —pregunto.

Empuja más con las caderas.

—Es increíble.

Se sigue moviendo y el dolor deja paso a un delicioso entumecimiento que me permite concentrarme en los ángulos duros de su rostro. En la manera en que sus ojos beben de los míos como si yo fuera el sol y necesitara mis rayos.

La molestia persiste, pero también hay ahora un tentáculo de placer que se desenrosca en mi interior cuando siento a James dentro de mí. Cuando sé que soy la que hace que se sienta así, que soy la única por la que ha bajado la guardia.

Alzo el torso en la cama, con los pechos contra la tela de su camisa.

—¿Te vas a correr dentro de mí? —le susurro al oído.

Me sonrojo entera ante las palabras que salen de mi boca. Ni siquiera sé cómo he reunido valor para pronunciarlas, pero cuando estoy con él, hago cosas que no me imaginaba que podía hacer.

Se detiene un momento. Me agarra los brazos, me los pone por encima de la cabeza y me sujeta por las muñecas.

—¿Quieres? —dice—. ¿Quieres que te abra entera, que me corra tan dentro de ti que lo vas a notar durante días?

Se me escapa un gemido. Se me tensan los músculos del abdomen y me tiemblan las piernas.

—Sí.

Mueve las caderas, empuja más, se hunde hasta el fondo de mí y me aprieta tan fuerte las muñecas que las manos me hormiguean. Y se tensa, sus movimientos son espasmódicos, ya no puede entrar más.

Lo siento palpitar, siento sus oleadas en las entrañas, oigo el gruñido gutural que hace que mis paredes internas se tensen para estrecharlo con fuerza.

Se derrumba encima de mí, me suelta las muñecas, y juro por Dios que nunca me he sentido tan cerca de alguien como de él en este momento.

De este hombre al que solo conozco desde hace unos días, pero que me trata como si fuera la joya más valiosa.

Como si fuera suya.

Tiene la respiración entrecortada y la cara contra mi cuello. Le pongo las manos en la cabeza y le acaricio el pelo y los hombros. Mi roce lo hace estremecer. Sonrío con el corazón henchido.

Me preocupaba arrepentirme de permitir que me quitara la virginidad, pero lo único que siento es alivio por haberla perdido.

James ha tomado a la niña frágil y la ha tirado a un lugar donde nunca más la veré. Al menos por el momento, su ausencia me llena de vida.

CAPÍTULO 22

James

Hacía años que mi mente no estaba en calma. Y más tiempo aún desde que había podido relajarme en la comodidad de mi propio hogar. Pero anoche me quedé profundamente dormido y desperté abrazado a las curvas de Wendy.

No había planeado correrme dentro de ella, pero la idea de que llevara a mi hijo dentro y su padre lo supiera justo antes de que le cortara el cuello me hizo eyacular antes incluso de que redondeara la fantasía.

Wendy me trastorna de una manera que no acabo de comprender, pero disfruto de la noche de sueño profundo y de la calma que me proporciona al despertar.

Me inclino sobre ella, inhalo su olor y la sangre me fluye hacia el miembro, que tengo pegado contra su espalda. Se mueve, murmura algo y abre los ojos.

Siento una tensión en el pecho.

—Buenos días, querida.

Sonríe con los ojos todavía llenos de sueño y se despereza estirando los brazos. El movimiento presiona su cuerpo contra el mío y provoca que más sangre me fluya hacia la entrepierna.

Quiero tomarla de nuevo.

Y más duro.

Pero me contengo, porque sé que debe de estar dolorida. Es sorprendente, pero no me excita imaginar su dolor.

—¿Buenos días? —Se incorpora de golpe y se pasa la mano por el pelo revuelto—. ¿Qué hora es?

—No lo sé.

—¿No tienes reloj? —Frunce el ceño.

—No se me ha ocurrido mirar la hora. Tengo algo más interesante en la cama.

Sus movimientos frenéticos cesan de golpe y se sonroja.

—Oh —susurra.

Me inclino hacia ella y le doy un beso en los labios.

—Exacto. Oh.

Su cuerpo se funde contra el mío mientras me mira entre las pestañas largas.

—Tengo que irme. Le prometí a mi hermano que lo llevaría al nuevo colegio.

A su hermano.

Sé que tiene un hermano, claro, pero caigo en la cuenta de que Wendy no sabe que lo sé. Por eso arqueo las cejas y finjo una cierta sorpresa al tiempo que inclino la cabeza a un lado.

—¿Tu hermano?

—Sí. —Se echa a reír y sacude la cabeza—. A veces me cuesta recordar que casi no nos conocemos.

Le rodeo la cintura con los brazos y la atraigo contra mi pecho.

—Pues yo creo que anoche nos conocimos bastante bien. —Le mordisqueo la oreja y se ríe.

—Ya sabes lo que quiero decir. —Se vuelve entre mis brazos para mirarme—. ¿Tú tienes hermanos?

El hielo me corre por las venas y me arrebata cualquier rastro de calidez.

—No tengo familia. Soy solo yo.

Me mira a los ojos, luego a los labios y a los ojos otra vez.

—Vaya. Lo siento.

Desecho su preocupación con un ademán.

—No lo sientas, querida. No soy familiar.

Hace una mueca, pero no insiste. Se lo agradezco. No quiero tener que inventar una historia elaborada sobre personas amadas y perdidas, cuando la verdad es que su familia me robó a la mía.

—Mi hermano tiene dieciséis años y hoy empieza en un colegio nuevo.

—¿Qué colegio?

Frunce el ceño.

—Es un internado, en las afueras de la ciudad. Dice que le parece bien, pero… —Suspira y se vuelve a pasar los dedos por el pelo—. No tiene buenas experiencias con otros niños. Y no me gusta pensar que se verá obligado a vivir en un lugar del que no puede escapar si lo atormentan.

Se le humedecen los ojos. Le seco una lágrima con un dedo.

—Uf, lo siento. No paro de llorar contigo. —Se frota las mejillas—. Te juro que no soy siempre así.

—No te disculpes. Quiero que acudas a mí cuando las cosas se pongan difíciles.

Sus ojos tienen un brillo extraño, pero se inclina hacia mí y me besa. Un simple beso en los labios que hace que se me anude todo por dentro.

—De acuerdo.

—¿Quieres que vaya contigo? —Las palabras me salen sin pensarlo y me contengo para no hacer una mueca. ¿Por qué le he ofrecido semejante cosa?

Los ojos se le iluminan como con fuegos artificiales. Me roza la camisa con los dedos.

—¿Te importa? No... —Traga saliva—. Sería genial. Además, así conocerías a Jon.

Me obligo a sonreír al tiempo que me fustigo por ofrecerme a hacer algo que no tengo tiempo para hacer, pero ya no puedo retroceder. Sin embargo, si esto le proporciona un poco de apoyo y consuelo, cosa que su padre no le está dando, lo haré.

Estoy en medio de la casa de Peter Michaels.

Wendy ha subido a cambiarse. Ha tenido que venir vestida con mi ropa porque hice jirones su vestido. Y me ha dejado a solas.

Porque confía en mí.

Camino por el salón y la sangre me hierve en las venas al ver en los marcos los rostros sonrientes de una familia feliz creando recuerdos mientras yo vivía pesadillas.

Recorro el largo pasillo y veo diferentes habitaciones. Al final, llego al despacho.

Se me cierra el estómago al entrar y el corazón me palpita en la garganta. Es una estancia cálida, decorada con muebles de cedro y roble, pero no parece que se use mucho. Dudo que haya estado aquí muy a menudo.

Pero tener este acceso me resulta... emocionante.

—¿Tú quién coño eres?

Me vuelvo al momento y me encuentro cara a cara con un chico alto y flaco. Lleva unas gafas de montura gruesa y un polo granate con el emblema de una sirena.

Reconocería ese emblema en cualquier parte. Rockford Prep.

Me viene a la mente el recuerdo de la primera vez que lo vi: en un folleto que mi tío tenía sobre el escritorio. Yo tenía catorce años y lo miré lleno de esperanza, preguntándome si mi tío se habría cansado por fin de hacerme daño. De recordarme cuánto detestaba a mi padre, de decirme que yo pagaría por sus pecados.

Me lo metí en el bolsillo y acudí a Ru.

—¿Crees que mi tío me quiere mandar ahí?

No puedo evitar albergar esperanzas y se me nota en la voz.

Ru suelta un bufido y le da una calada al puro.

—¿Para qué quieres ir a la Roca de los Abandonados?

—¿A dónde?

Señala el folleto.

—A Rockford Prep. Es un internado que hay en un islote, junto a la costa. Solo se llega en bote y tienen fama de… —titubea.

Entrecierro los ojos.

—¿De qué?

—De enderezar a los chicos problemáticos. Y se dice que sus métodos no son precisamente amables.

El estómago se me retuerce, pero aprieto los dientes.

—Da igual, quiero ir.

Ru suelta una risotada y me mira divertido.

—¿De verdad? Bueno, te irían bien unos cuantos palos para quitarte ese acento inglés.

La irritación ante la burla se mezcla con la vergüenza que se me ha grabado en el alma y me hace estallar.

—Me han hecho cosas mucho peores y durante mucho más tiempo. —Me levanto y voy hacia Ru. El traje me queda grande. Tengo catorce años—. Haría lo que fuera por escapar de él —digo.

A Ru se le hiela la sonrisa. La silla cruje cuando se echa hacia delante.

—¿Qué cojones te está haciendo, muchacho?

No fui a Rockford Prep. Aquel día le confesé a Ru algunos de mis secretos más oscuros. La desesperación me soltó la lengua. Necesitaba que alguien hiciera algo por mí. Que alguien se diera cuenta por fin y me comprendiera.

Y Ru lo hizo.

No sé qué paso, pero después de aquella noche, lo peor se acabó. Siguió dándome palizas, claro, hasta que tuve edad y tamaño para defenderme y responder, pero mi tío no volvió a colarse en mi habitación.

Y Ru jamás dijo una palabra, pero sé que fue cosa suya.

Me obligo a volver al presente y sonrío. Me meto las manos en los bolsillos y me balanceo sobre los talones.

—Debes de ser Jon.

Me sorprende lo poco que se parece a Wendy. El chico alza la cabeza, desconfiado.

—¿Y tú quién eres?

Vuelvo a sonreír. Me gusta el muchacho.

—Soy James, un amigo de tu hermana. He venido con ella.

Entorna los ojos, pero al final asiente. Se me acerca y me tiende la mano.

—Bien. Le hace falta un amigo.

Nos estrechamos la mano y siento una cierta admiración hacia este chico. Respeto la lealtad que muestra hacia su hermana. No rompe el contacto visual en ningún momento y el apretón es firme y seguro.

—Vaya —dice Wendy desde la entrada del despacho—. Ya os habéis conocido. Bien. —Mira a su alrededor—. ¿Qué hacéis aquí?

Voy a responder, pero Jon se me adelanta.

—Le estaba enseñando la casa —dice.

Arqueo las cejas, sorprendido. Wendy sonríe.

—Muy bien. ¿Estás preparado?

Los ojos de Jon se nublan. Se sube las gafas sobre el puente de la nariz.

—Claro. Vamos.

Llegamos a mi Audi y el teléfono me vibra en el bolsillo. Lo saco. El nombre de Ru se ilumina en la pantalla.

Le paso una mano por el pelo a Wendy y le abro la puerta del copiloto.

—Tengo que cogerlo. Solo tardaré un momento.

Asiente. Jon y ella suben al coche mientras yo me alejo unos pasos.

—Dime, Roofus.

—¿Dónde estás, muchacho? Esta noche tenemos una reunión de negocios. Le voy a decir que no aceptamos. Nos ha fallado otra inversión y no me fío ni un pelo de ese tipo.

Me da un vuelco el estómago y miro a Wendy y a Jon. Wendy se está riendo, con la cabeza echada hacia atrás.

—Ahora mismo estoy en medio de una cosa, pero terminaré a tiempo. ¿Dónde hemos quedado?

—En el mismo lugar que la otra vez. Salgo en unas horas, pero me llevaré a uno de los muchachos, no te preocupes.

Aprieto los dientes tan fuerte que casi me parece que me los voy a romper. Estoy indeciso. No quiero que Ru vaya sin mí, pero le he prometido algo a Wendy. Si ahora doy marcha atrás, perderé todo el terreno que he ganado.

Resoplo. Siento náuseas.

—Me reuniré allí contigo en cuanto pueda.

—Muy bien. Y no hagas planes para esta noche. Estoy harto de juegos. Tenemos trabajo.

Cuelga y me quedo mirando el teléfono, repasando todas las alternativas para llegar a tiempo. Rockford Prep está a una hora de ida y otra de vuelta. Luego hay treinta minutos más hasta la cueva del Caníbal, pero es factible, si me doy prisa.

Me vuelvo a guardar el teléfono en el bolsillo y voy hacia el coche. La inquietud me corroe las entrañas.

Primero, me encargaré de Wendy.

Y luego, de su padre.

CAPÍTULO 23

Wendy

No había caído en que el colegio estaba en una isla. Llevo días preocupada y ni siquiera se me ocurrió buscarlo en Google.

Mientras cargaban el coche en el ferry, estaba tan nerviosa que no podía ni concentrarme en la charla intrascendente que mantenían James y Jon, que parecían amigos de toda la vida. Pero una vez en tierra, me fijo en ellos. Siento una calidez en el corazón cuando veo a James prestarle atención a mi hermano como me gustaría que hubiera hecho nuestro padre. Sé que en algún momento voy a tener que renunciar a la visión ingenua que tengo de él. Tendré que dejar de recordarlo como el padre que me llevaba sobre los hombros, el que me dijo que lo ayudaría a dirigir el mundo, y empezar a verlo como el desconocido que me prefiere insignificante e inútil.

No es fácil olvidar a alguien, dejar que se aleje de ti hasta que solo quede su recuerdo. Cuando lo haga, tendré que reconocer que tal vez nunca existió.

—¿Estás bien, querida?

La voz de James me arranca de mis pensamientos. El coche está entrando en el aparcamiento de Rockford Prep.

Me obligo a sonreír. No quiero pensar en la ausencia de mi padre; prefiero pensar en que James está aquí y ahora. Además, gracias a eso, Jon y yo no tenemos que enfrentarnos a esto solos.

El edificio de la escuela es grande e imponente, como un castillo con torres de aguja y ventanas en forma de arco. El aire que lo rodea es denso y asfixiante. Desecho la sensación, seguro que solo son las emociones, que me ofrecen una imagen distorsionada.

Puede que a Jon le guste esto.

—Es bonito —digo con la esperanza de que mi voz suene animada.

Jon, de pie a mi lado, está contemplando el edificio.

James me pone la mano en la parte baja de la espalda.

—Parece un tanto sombrío, ¿no?

Jon le sonríe.

—Lo busqué antes de venir. Ya sabía qué esperar.

Me sorprende y me afecta un poco la facilidad con la que comparte con James algo que no me ha dicho a mí.

Cuando entramos, una garra de melancolía me atenaza los pulmones. No quiero dejar a Jon aquí, aunque solo sea porque lo voy a echar de menos. La familia siempre ha sido lo más importante para mí y ahora mismo me siento como si estuviera en medio de una marejada, viendo cómo desaparece todo y yo tengo que luchar contra la corriente.

En las oficinas, el mismísimo aire parece detenerme y solo me enderezo cuando noto la mano de James en la espalda. Su contacto me devuelve un poco de confianza. Me apoyo en él.

Hay una mujer ante el mostrador de la entrada. Tiene el pelo gris recogido en un moño prieto y las gafas le cuelgan de una cinta de cuentas por delante de la camisa.

—Hola —saludo—. Vengo a traer a mi hermano. Empieza hoy.

Frunce los labios al mirarme, luego mira a Jon, y por último al hombre que me acompaña.

—El director Dixon los recibirá enseguida —dice—. Mientras, pueden sentarse. Los avisaré.

—Muy bien, gracias.

Voy a darme la vuelta para marcharme, pero la mano firme de James en mi espalda me lo impide.

—Disculpe, señorita…

Se inclina sobre el escritorio.

La mujer abre mucho los ojos y esboza una sonrisa.

—Señora Henderson.

—Ya. Claro, señora —susurra—. Qué pena.

—Venga, venga.

Baja la vista y se sonroja. Yo sonrío para mis adentros al ver cómo la seduce.

—Comprendo que el director Dixon y usted son personas muy ocupadas —sigue—, pero tenemos bastante prisa.

Arqueo las cejas. ¿Tenemos prisa?

—Me haría un favor inmenso si le dijera que nos recibiera ya.

La sonrisa de la mujer se esfuma y no me extraña: James habla como un caballero, pero en su voz hay un matiz imperioso que no deja lugar a discusión.

Asiente, coge el teléfono, dice unas palabras y cuelga. Vuelve a sonreír.

—Los acompaño —dice.

—Excelente. —James aplaude.

Jon y yo intercambiamos una mirada. James vuelve a ponerme la mano en la parte baja de la espalda y me dirige hacia el pasillo.

El director Dixon es un hombre bajo y corpulento. Saca pecho y sonríe abriendo tanto la boca que se le ven las muelas del juicio. Nos explica el programa y promete que Jon estará en buenas manos, sobre todo por ser el hijo de Peter Michaels, ya que nos recuerda por lo menos treinta veces que es amigo de mi padre. Pero por mucho que lo intente, no puede dominar una estancia como James solo por el hecho de estar en ella. Y la voz se le tensa cada vez más con cada pregunta que le hace James.

—¿Alguna otra duda antes de marcharse? —dice Dixon—. Llamaré a alguno de los chicos mayores para que acompañe a Jon a su habitación.

Se me hace un nudo en la garganta. No quiero despedirme de Jon. Le doy la mano a James sin pensarlo. Él me la aprieta, se la lleva a los labios y me da un beso en el dorso. Las mariposas me revolotean por el estómago.

—Esperadme un momento en el vestíbulo —dice—. Voy a hablar un momento con el director.

Inclino la cabeza hacia un lado.

—¿De qué?

—Querida. —Me coloca un mechón de pelo detrás de la oreja—. Quiero cuidar de ti, y, por tanto, de tu hermano. Solo voy a asegurarme de que no haya malentendidos.

Una gratitud cálida y melosa me llena el pecho. Porque está aquí. Porque va a asegurarse de que Jon tenga lo que necesite.

Porque le importa. Me pongo de puntillas para darle un beso en los labios.

—Gracias.

Me guiña un ojo, me hace volverme y me da un empujoncito hacia el pasillo. Giro la cabeza por última vez a tiempo de ver cómo cierra la puerta, y me fijo en que el director ha abierto mucho los ojos.

—¿Qué está haciendo? —pregunta Jon cuando ya estamos en la sala de la entrada.

Me encojo de hombros.

—Ni idea. Cosas de negocios.

Asiente.

—Me cae bien.

Sonrío y lo miro.

—A mí también.

—Oye, no pasa nada si estás triste porque me voy.

Se me hace un nudo en la garganta y miro hacia el techo para contener las lágrimas. En los dos últimos días, he llorado más que nunca desde la muerte de mi madre. Empiezo a estar harta. No soporto sentirme tan débil.

—Estoy triste —reconozco, y le sonrío—. Pero no vas a estar lejos y siempre nos queda el teléfono.

Asiente de nuevo.

—Yo también te voy a echar de menos.

Me rodea con los brazos y cierro los ojos. El nudo de la garganta se ha tensado tanto que me quema.

—Te quiero mucho, Wendy.

Los ojos me escuecen de tanto aguantarme las lágrimas y lo estrecho con fuerza.

—Yo también te quiero mucho. Siento que papá no esté aquí.

Se aparta y aprieta los dientes.

—No lo necesitamos.

Momentos más tarde, James se acerca por el pasillo y le da un papel a Jon.

—Guarda este número de teléfono en tu móvil. Si alguna vez necesitas algo, lo que sea, llámame.

El corazón me da un vuelco en el pecho al ver ese gesto.

Jon tiene un ligero temblor en la mandíbula y las fosas nasales dilatadas.

—Todo irá bien.

—Estoy seguro —responde James.

Le aprieta el hombro y se inclina hacia él para hablarle al oído. Me acerco para tratar de escuchar lo que le dice.

—Cuando todo te parezca sombrío, recuerda que no hay situación que no sea temporal. Lo que determina tu valor no son las circunstancias, sino cómo te levantas de las cenizas después de que todo arda.

CAPÍTULO 24

James

Dejo a Wendy en su casa y me despido a toda prisa. La impaciencia me corroe las tripas por cada segundo que he perdido.

El viaje a Rockford Prep nos ha llevado más de lo que esperaba, pero me pareció importante que el director supiera lo que espero de su personal en todo lo que tenga que ver con Jonathan Michaels. No sé bien por qué siento esta afinidad con él. Tal vez porque es el hermano de Wendy y, como ella es mía, él también es mío por efecto transitivo. O tal vez porque me veo reflejado en él. He notado que tensa los músculos cuando se defiende de una agresión que sabe que no puede controlar.

Sea como sea, solo con mirar a Wendy a los ojos, sé que hoy ha sido un día difícil. Lo podría haber hecho sola, sin duda. He estado con ella poco tiempo, pero es obvio que, aunque sea dócil y cortés la mayor parte del tiempo, también es voluntariosa y muy leal. Quiere a su hermano y, no sé por qué, ese tipo de relación familiar me afecta. Me hace querer garantizar la felicidad de las personas a las que ama.

Media hora más tarde, los neumáticos aplastan la gravilla del camino que lleva a la cueva del Caníbal. El sol se está poniendo y baña el paisaje con una luz rosada y azul. Es escasa, pero aún permite ver.

Me aproximo al lugar habitual para las reuniones y se me para el corazón al ver que no hay más coches. Llego tarde, pero no tanto. Un escalofrío me recorre la espalda y todos los instintos me alertan de que algo pasa. Aparco sin parar el motor y examino el entorno.

No hay nada.

Noto el peso de la navaja en el bolsillo. Abro la guantera, saco unos guantes y la pistola HK USP de calibre 40. Por lo general, prefiero las armas blancas, son más «íntimas», pero la intuición no me ha fallado nunca. Sería una estupidez ir armado con una navaja a lo que tal vez sea una pelea a tiros.

Me pongo los guantes, dedo a dedo, e inclino el cuello para crujirme las vértebras. Salgo del coche y me coloco la pistola en el cinturón, por atrás, antes de echar a andar. Voy despacio. No quiero perturbar el silencio. Escucho con atención, con la esperanza de oír en cualquier momento la risa estrepitosa de Ru o tal vez alguna de sus frases cortantes. Pero reina el silencio. Solo se oye a las chicharras en los árboles y el crujido de las hojas agitadas por la brisa. El cielo se oscurece a medida que el sol se pone en el horizonte y me dificulta la visión al dirigirme hacia la entrada de la cueva. Por lo general, nos quedamos en la entrada, pero quizá esta vez Ru haya querido ir adentro por cualquier motivo.

El corazón me palpita con un ritmo pausado. Hace mucho que aprendí a controlarlo, cuando mi tío me dijo cuánto disfrutaba al sentir en las manos cómo se me aceleraba.

Algo va mal.

Hay demasiado silencio. Piso algo duro y me detengo. Miro hacia el suelo al tiempo que levanto el zapato.

Un destello de color.

Me quedo sin aliento. Mi corazón pierde el ritmo.

Me agacho, aparto las hojas secas y las ramitas, y dejo al descubierto una chispa roja.

Rubíes.

Se me cierra el estómago.

No.

Me pongo de pie y saco la pistola con un nudo en el estómago y el encendedor de Ru en la mano. Me acerco a la entrada de la cueva y, entonces, me detengo en seco.

El zumbido en los oídos es tal que apenas oigo el ruido sordo de la pistola al chocar con el suelo.

Porque tengo a Ru ante mí. Atado a un árbol, con clavos en las manos y en los pies, y el torso abierto de arriba abajo.

Me corre hielo por las venas. Las descargas en el sistema nervioso son como la estática en un aparato de televisión. Me aproximo con cautela, con pies de plomo. Lo que más quiero es correr en dirección contraria, dar marcha atrás al tiempo para deshacer este error.

Respiro hondo por la nariz, trago saliva a pesar del nudo en la garganta y levanto la cabeza para examinar lo que le han hecho.

Tiene los ojos inyectados en sangre, los mismos que me mostraron amabilidad cuando yo no era más que un niño acostumbrado a ver solo odio.

Tiene la boca abierta, la misma que me enseñó a no rendirme nunca. A no ceder nunca. La que me dijo que era como un hijo para él.

Siento una convulsión tan violenta que me entran arcadas. Me doblo por la cintura y caigo sobre manos y rodillas. Me cuesta controlar la respiración.

Me levanto poco a poco y me fijo en la carne desgarrada de sus manos, las mismas que me enseñaron a utilizar la navaja y a disparar la pistola. Las que me salvaron de años de tormento de un mal que ni yo alcanzo a comprender.

Siento otra arcada y aparto la vista para tratar de contener la oleada de recuerdos que amenaza con llegar a la superficie. Pero es demasiado tarde. La marejada de dolor se alza y me golpea como un huracán. Mi mente no es capaz de relacionar el cuerpo mutilado que tengo delante con el hombre que me enseñó todo lo que sé.

El hombre que me protegió de mis pesadillas.

Me acerco un poco más, a trompicones, con las manos temblorosas, hasta llegar al árbol. Mi zapato resbala en un charco y el líquido me salpica el dobladillo del pantalón. Me detengo en seco y contemplo la sangre, la fuerza vital del único hombre que se preocupó por mí. El fuego que siento en el pecho me llega a la garganta y me sale por los ojos. Las lágrimas me corren por la cara, por la barbilla, y el agujero inmenso que tengo en el pecho cruje y se estremece hasta que me parece que el terremoto me va a desgarrar las entrañas.

La bilis me quema la garganta cuando me llega el olor de sus entrañas, pero hago caso omiso del hedor y agarro el clavo de la mano izquierda. Está resbaladizo, lleno de sangre que ya empieza a secarse. Tenso el brazo, tiro y el sonido nauseabundo del metal al salir de la carne le volvería del revés el estómago al más fuerte.

Miro el clavo como si me lo hubieran insertado a mí. Lo miro hasta que algo oscuro y denso se cuela por las rendijas, me resbala por dentro, se me ciñe al cuello como una soga.

Me obligo a seguir hasta que su cuerpo cae del árbol al suelo. Entonces comprendo que hasta los corazones más destrozados se pueden seguir rompiendo.

Porque el mío se acaba de reducir a cenizas.

No se han limitado a matarlo.

Lo han destripado y lo han colgado para que lo devoraran los animales.

Pero yo soy peor que cualquiera de los seres salvajes que viven en estos bosques. Daré con todos y cada uno de los que hayan tomado parte en esto. Me bañaré en su sangre y disfrutaré con sus gritos cuando se arrepientan de sus pecados.

Aprieto los dientes tan fuerte que me crujen las mandíbulas y la visión se me vuelve borrosa a medida que un dolor profundo se me instala en el pecho.

«Yo podría haber evitado esto».

Pero estaba con…

Wendy.

Miro hacia el cielo y mi mente estalla en un millón de pedazos. Tal vez ella era parte del plan. Tal vez sabía que, si me distraída, su padre podría arrebatarme una vez más lo único que me importa.

«Su pequeña sombra».

Las palabras de George, el panadero, me vuelven a la cabeza, pero esta vez las oigo con otra perspectiva. Tengo la mente despejada. Ya no me nubla la lujuria por una mujer que comparte ADN con el responsable de buena parte de mi dolor.

«Era una mujer. Dijo que había un jefe nuevo en la ciudad».

La conmoción me sacude como una descarga eléctrica, choca con la ira que me hierve por dentro y, juntas, provocan una explosión de calor y de rabia que me corre por las venas y me sale por los poros.

El ácido me corroe la garganta.

Había dado por hecho que se trataba de Carla, la ayudante de Peter. Pero Wendy estaba allí aquel día. Estaba allí. Dejo escapar el aire muy despacio.

Me paso la mano enguantada por la boca. Noto el cuero áspero contra los labios secos.

—No se saldrán con la suya. —He recuperado la voz—. Los haré sufrir por cada momento de dolor que has soportado.

Acaricio con el pulgar la inscripción del encendedor que aún llevo en la palma de la mano.

«Todo recto hasta el amanecer».

Respiro hondo y lo abro. El tintineo metálico de la tapa y el susurro de la llama son los únicos sonidos que se oyen, aparte de los gritos silenciosos que me dan zarpazos en el alma.

—Descansa en paz, amigo mío.

El dolor me lacera el estómago mientras tiro el encendedor a las hojas secas. Las veo prenderse y extenderse, y el cuerpo de Ru acaba envuelto en llamas.

CAPÍTULO 25

Wendy

Hay un *cupcake* triste y solitario en la isla de la cocina, con glaseado blanco y pegajoso, y confeti de azúcar. Parece fuera de lugar, tan colorido como es en una casa gris y desierta. Han pasado tres días desde que Jon se fue y me quedé sola y, francamente, deprimida.

Me he pasado la vida centrada en la familia para que nuestras frágiles raíces no se desmoronaran tras la muerte de mi madre.

Y, ahora mismo, no veo el motivo.

—Me deseo, me deseo... cumpleaños feliz... —Suspiro y apago la vela.

Miro mi teléfono y siento un nudo en el corazón. Son casi las siete de la tarde y, aparte de un breve mensaje de texto de Angie, nadie me ha llamado en todo el día.

Ni mi padre.

Ni Jon.

Ni James.

En honor a la verdad, a James no le he dicho cuándo era mi cumpleaños. Pero ha estado desaparecido en combate desde el lunes, cuando fue conmigo a llevar a Jon a Rockford Prep.

He pedido el día libre en el Vanilla Bean, pero ahora empiezo a lamentar la decisión. Los ecos de la soledad retumban contra los techos altos y los suelos de mármol de la casa.

De pronto, suena el teléfono y la expectación me ilumina por dentro. Pero según la pantalla es mi padre y la decepción es como una nube de tormenta.

Quería que fuera James.

Me doy cuenta y es como una conmoción que me recorre: en algún momento de las últimas semanas, mi padre se ha caído del pedestal. Incluso el dolor de echarlo de menos está apagado y entumecido.

—Hola, papá.

—Feliz cumpleaños, mi pequeña sombra.

Me da un vuelco el estómago.

—Gracias. Ojalá estuvieras aquí para celebrarlo.

—Sí, ojalá.

Se me cae el alma a los pies y me siento idiota. Tenía la esperanza de que llamara para decir que estaba de camino.

—Oye —sigue—, mañana va a llegar un nuevo equipo de seguridad a la casa.

Arrugo la nariz.

—¿Qué? ¿Por qué?

Mi padre siempre ha llevado guardaespaldas, pero nuestra casa era privada.

—Unos idiotas han intentado hacerme chantaje y tengo que asegurarme de que estés protegida. De que la casa esté protegida.

Me muerdo el labio. ¿Chantaje?

—No, papá, no me... no hace falta que lleve guardaespaldas. Es ridículo. —Me echo a reír—. No me pasará nada.

—No es negociable, Wendy.

Su voz es firme y me hiere, me quita el aire de los pulmones. Me habla como si fuera una niña incapaz de cuidarme sola. Como si no tuviera inteligencia suficiente para enfrentarme a la verdad, a lo que sea que está pasando.

Chantaje. Sí, seguro.

—Papá, ya no soy una niña. Dime qué está pasando. Tal vez pueda ayudar.

Se ríe.

—No puedes hacer nada, Wendy. Limítate a obedecer, haz lo que te digo.

La ira me sube por las venas y aprieto los dientes. Hace unas semanas tal vez me habría «limitado a obedecer», pero ahora he estado con James, ahora me han tratado como a una mujer con voz propia y opiniones válidas. Así que la mera idea de volver al papel que me tiene asignado mi padre es como unos barrotes de hierro que me lastran el alma. Y no lo pienso hacer.

Pero discutir con mi padre es como hablar con la pared, así que guardo silencio y pienso en cómo puedo gestionar las cosas en cuanto cuelgue.

Tal vez James pueda ayudar.

—De acuerdo, papá. Entendido.

—Bien —dice—. Estaré en casa en unas semanas y podremos ir a cenar. Tú y yo solos, ¿vale?

Me arde la garganta.

—Ajá —consigo decir.

Una voz femenina se cuela en la llamada.

—¿A dónde me llevas esta noche, Pete? ¿Me pongo algo o nos traen la cena?

Se me encoge el corazón cuando me doy cuenta de que no está trabajando. Simplemente, va a salir con Carla el día de mi cumpleaños, en vez de venir a casa y estar conmigo. Y no pasa nada. No pasa absolutamente nada.

Cuelgo el teléfono sin despedirme porque no sé si podré contenerme y callar lo que tengo en la punta de la lengua. Y no quiero decir nada que luego vaya a lamentar.

Siento un dolor sordo en la boca del estómago, un peso verde y enfermizo que me lastra y que me da ganas de llorar.

Pero no lloro.

Subo a mi dormitorio y decido hacer la maleta y marcharme. Tengo unos miles de dólares en el banco. Sé que a mi padre no le gustará, pero tampoco puede hacer nada. No puede obligarme a quedarme.

Mi dormitorio está a oscuras. El sol se ha puesto mientras miraba el *cupcake*. Enciendo la lámpara de la mesilla y miro un instante la foto en la que estamos mi madre y yo de pequeña.

¿Estará mirándonos desde arriba, triste por no haber podido quedarse con nosotros? Tal vez, si no se hubiera ido, mi padre tampoco se habría alejado.

Niego con la cabeza para desechar los pensamientos y hago caso omiso del ardor que me irradia del pecho. Me dirijo hacia el espejo de cuerpo entero. Me paso las manos por el vestido color verde claro y estiro las arrugas que veo en el reflejo.

Cojo el cepillo del pelo que hay en el tocador y señalo a mi imagen.

—No eres una niña, Wendy. Eres una tía dura.

Me río yo sola y me paso el cepillo por el pelo al tiempo que repito la afirmación para mis adentros.

—Estoy de acuerdo. No eres una niña, en absoluto.

El estómago se me sube a la garganta y el cepillo se me cae al suelo cuando encuentro en el espejo una mirada azul hielo. Abro la boca de la sorpresa al verlo en mi habitación. Me he quedado paralizada. Se mueve a toda velocidad y presiona su cuerpo contra el mío. Me aplasta contra el cristal y la hoja de la navaja brilla cuando me la pone contra la cara mientras me tapa la boca con la mano enguantada para ahogar el grito antes de que se me ocurra escapar.

—Eh, eh, Wendy querida. Nada de eso.

El corazón se me acelera en el pecho y la confusión es como una telaraña que me rodea. Quiero pensar que es una broma muy elaborada, pero me sujeta con la fuerza de la amenaza. Lo veo en el reflejo, con los mechones de pelo negro que le caen sobre la frente, con el abrigo negro y los guantes de cuero que hacen que parezca el ángel de la muerte. La hoja centellea en el reflejo del espejo y el metal frío del filo en forma de garfio me presiona la piel.

Garfio.

Se me agarrota el estómago. Ahora sé de dónde viene su sobrenombre.

Con la mano libre me agarra el pelo. Me obliga a inclinar la cabeza hacia un lado y me pasa la nariz por todo el cuello.

—¿Sabías que el miedo tiene un olor muy especial?

Tengo las fosas nasales dilatadas, intento respirar mientras el terror me palpita dentro al ritmo acelerado de mi corazón. Siento el tirón del pelo y me concentro en el dolor para asirme a algo.

—No, ya me imagino que no. —Hace una mueca—. Es cosa de las feromonas. El miedo provoca una reacción en la amígdala y en el hipotálamo. Es una señal de alerta, pero el ser humano ya ni la reconoce.

Se inclina hacia mí e inhala. Las puntas de su pelo me rozan la piel.

Trato de mantener firme la mirada, aunque todo el cuerpo me tiembla con la adrenalina que me corre por las venas. La mente me va a toda velocidad, pensando en cómo salir de esta situación.

«¿Va a matarme?».

Todo se me anuda por dentro y me arden los ojos al comprender que lo que creía saber de él era mentira. El pánico me atenaza los pulmones, las manos me tiemblan contra el espejo.

—Tu miedo huele de maravilla —me susurra.

La palma de su mano me recorre la parte delantera del vestido y se cierra entre mis piernas. El cuero del guante es basto contra mi piel sensible. El terror me corre por las venas como un veneno, me hiela la sangre y se me acumula en el corazón.

—Dime, querida… —La voz es un rugido quedo en su pecho, me vibra en la espalda y me eriza el vello—. ¿El engaño estaba planeado desde el principio?

Se me tensa el estómago y las lágrimas me corren por las mejillas, por el dorso de su mano y se funden con el cuero sin caer al suelo. Niego con la cabeza, con el pelo contra su abrigo. Intento respirar, ansío que me suelte la boca para poder preguntarle de qué demonios está hablando.

—Me parece que no te creo. —Me presiona la entrepierna con la palma de la mano y mi clítoris me traiciona y se hincha contra él—. Al fin y al cabo, siempre has sido tan buena chica… Se te da tan bien seguir instrucciones… —Me deja un beso delicado en el cuello antes de apoyar la barbilla sobre mi hombro y sonreír al reflejo en el espejo—. Tan bella… —sigue.

Desliza la hoja de la navaja por mi mejilla hasta que la punta me roza los labios.

Todo tiene una extraña sensualidad y se me entrecorta la respiración al tratar de mantener la pretensión de calma pese a la dicotomía entre sus acciones y la delicadeza de su tacto.

¿Quién es este hombre?

—Qué pena. —Suspira, me aparta el cuchillo de la cara y su mirada se clava en la mía en el espejo—. Solo te dolerá un momento.

Frunzo el ceño y contengo la respiración al ver la jeringuilla que se saca del bolsillo. Mi cuerpo entero entra en modo de lucha o huida. Siento que el corazón me va a estallar en el pecho, alzo las manos para agarrarme a sus brazos y entonces…

Nada.

CAPÍTULO 26

Wendy

Me despierta el dolor palpitante en la cabeza. Entreabro los ojos y un aguijón de agonía se me clava entre ellos. Voy a llevarme la mano a la frente para aliviarlo, pero algo me interrumpe el movimiento. Se oye un tintineo metálico cuando me muevo.

Tiro de nuevo y mi cuerpo se tensa adelante antes de caer hacia atrás contra algo duro. El cerebro me funciona muy despacio, como si saliera de una tormenta para encontrarse en medio de la niebla más espesa, pero empiezo a despertar y comprendo que no estoy tumbada. Y que algo me retiene los brazos.

La sola idea de abrir del todo los ojos me revuelve el estómago, pero separo los párpados. Primero uno, luego otro, con el rostro contraído a la espera del golpe de la luz.

Consigo enfocar la mirada y me doy cuenta de que estoy en medio de la oscuridad.

Una oscuridad absoluta.

Voy recuperando el conocimiento y el corazón se me acelera contra las costillas.

Entorno los ojos, intento ver dónde me encuentro, pero me cuesta enfocar la mirada. Es difícil pensar.

Trago saliva y hago una mueca. Tengo la garganta seca como la lija y la lengua pegada al paladar. Intento mover las manos otra vez, pero no llego muy lejos: el sonido metálico vuelve a retumbar en mis oídos y en las paredes. Miro hacia abajo y a duras penas alcanzo a distinguir los grilletes de metal grueso que me rodean las muñecas. Se me revuelve el estómago y el pánico se apodera de mí. Extiendo los dedos. Estoy sobre algo frío y duro.

«Tranquila, Wendy. Todo saldrá bien».

El corazón me va a toda velocidad y parpadeo para que se me acostumbren los ojos a la oscuridad. Pero es inútil. Los tentáculos gélidos del miedo me suben por la espalda y se me enroscan al cuerpo, me aprietan más cada vez que me lleno los pulmones. Vuelvo a tirar de las cadenas, más fuerte, con lo que un dolor agudo me sube por el brazo cuando me hiero las muñecas. Cierro los ojos y apoyo la cabeza contra la pared fría para tratar de controlar la respiración.

El pánico no me va a servir de nada.

¿Qué ha pasado?

Mi cumpleaños.

Luego, James.

Garfio.

El recuerdo vuelve como si se tratara de una estampida y rebasa la barrera mental del aturdimiento para partirme el pecho en dos.

Se oye un clic al otro lado de la habitación y giro la cabeza en dirección al ruido. Entrecierro los ojos cuando se abre una puerta y entra la luz del pasillo.

—Bien. Estás despierta.

Me tiembla todo el cuerpo al ver entrar a Rizos. Cierra la puerta, aunque deja una rendija entreabierta para que llegue algo de luz.

—¿Qué…?

Hago una mueca. La sequedad en la garganta hace que me resulte difícil hablar.

Sus pasos resuenan contra el suelo cuando se acerca. Intento enroscarme sobre mí misma para esconderme de él, aunque no hay a dónde ir.

Rizos se detiene delante de mí y la comisura derecha de su boca se eleva.

—Hola, preciosa.

Lo miro durante unos largos segundos, mientras la repugnancia me sube por las entrañas y me atenaza por dentro. Siempre ha sido tan amable… Llegué a pensar que podíamos ser amigos, pero ahí está, mirándome con una sonrisa mientras yo estoy encadenada.

—Vete a la… —Se me traba la voz, pero consigo hablar pese al dolor—. Mierda.

Se acuclilla delante de mí. Sujeta un plato de plástico.

—Qué antipática. Como si hubiera sido yo quien te ha metido aquí.

La ira me hierve en las tripas.

—Te he traído comida. —Coge lo que parece un trozo de pan—. Abre la boca.

Aprieto los labios y giro la cabeza a un lado. Rizos suspira.

—No me lo pongas más difícil de lo necesario.

Algo se me rompe por dentro. Entrecierro los ojos y me vuelvo hacia él en un movimiento brusco. El olor del pan hace que consiga reunir un poco de saliva en la boca. La recojo en la punta de la lengua y le escupo a la cara.

El sonido del plato contra el suelo es lo único que se oye en la habitación, aparte de los latidos de mi corazón y el sonido de nuestras respiraciones.

La sonrisa se le borra de la cara y se le enfrían los ojos. Se limpia la humedad de la mejilla.

—Muy bien. —Se inclina hacia delante—. Como si te mueres de hambre.

Recoge el plato del suelo y va hacia la puerta. La abre, la cierra y vuelvo a estar a solas en la oscuridad.

El estómago se me retuerce. Una bola de algo denso y afilado me empieza a crecer por dentro y me sacude hasta que me cuesta respirar. El corazón me late tan deprisa que me parece que voy a tener un infarto.

El tiempo transcurre de otra manera cuando estás encadenada en una estancia vacía. Aún tengo el cerebro nebuloso y tirito tan fuerte que noto las sacudidas en los huesos. Caigo en un sueño inquieto e intermitente, por mucho que intento seguir despierta e idear un plan.

Vuelvo a abrir los ojos tras otro momento de inconsciencia. Me deben de haber drogado.

No sé cuántas horas han pasado o si han sido días, pero los ojos se me han acostumbrado a la oscuridad. Ahora veo con claridad una mesa larga contra la pared del fondo de la estancia, con un pequeño montón de algo que parecen polvos en un extremo.

Entorno los ojos para poder ver mejor. Tal vez sea algo que me sirva de ayuda.

Pero sé que es inútil. No puedo hacer nada. No tengo armas y, aunque las tuviera, tampoco sabría utilizarlas. Y estoy encadenada a la pared, así que tampoco podría llegar a ellas.

Lo único que me queda es la fe.

La confianza.

—Polvo de hadas.

El corazón se me detiene un instante al escuchar ese acento sedoso. El estómago me sube y me baja como en una montaña rusa. Vuelvo la cabeza hacia la derecha y, por primera vez desde que he despertado, veo que hay una silla a poca distancia. Y James está sentado en ella, con las rodillas separadas. Me mira. Tiene los guantes puestos y una navaja en el regazo.

Hace un ademán hacia la mesa que estoy mirando.

—Eso de allí. Es polvo de hadas.

Me da un vuelco el corazón cuando se levanta y camina hacia mí. Es tan hermoso que se me eriza la piel. La reacción de mi cuerpo ante él me da náuseas. También porque recuerdo que se lo di todo, solo para descubrir que es un canalla.

El sonido de sus pasos retumba en las paredes y la vibración se me clava por dentro y me desgarra. El dolor me derrumba. Se detiene delante de mí, con los zapatos negros relucientes contra mis pies descalzos.

Aprieto los dientes. El dolor agudo me vibra en las mandíbulas.

—Tienes que comer.

—Vete a la mierda —le espeto.

—¿Qué te dicho de esas palabrotas?

Inclino la cabeza y lo miro.

—Me has dicho muchas cosas, Garfio. Pero da la casualidad de que ninguna me importa una mierda.

Me siento extraña al decir palabrotas, pero en este momento no tengo otra cosa. Sé que le molestan y, como no puedo soltarme y sacarle los ojos con las uñas, me conformo con lo único que me queda.

Sus labios se curvan en una sonrisa apretada que me produce escalofríos. Me señala con la navaja.

—No soy yo quien ha mentido, querida. Es mejor que dejes de buscar la paja en el ojo ajeno.

—¡No tengo ni idea de qué está pasando!

Sacudo el cuerpo, fuerzo las cadenas, golpeo el suelo, pero no sirve de nada.

Me mira a la cara, luego a las cadenas incrustadas en la pared, y se le borra la sonrisa.

—No te hagas la víctima. No resulta nada atractivo.

Tiene la voz átona y su sonido vacío me atenaza el corazón. El tono cálido que conocía ha desaparecido por completo.

La incredulidad ha hecho presa en mí y suelto el aliento contenido.

—Me has encadenado a la pared —digo.

Asiente.

—Te aseguro que es una táctica temporal.

Entrecierro los ojos. La rabia me hierve por dentro.

—Me has drogado.

Le da vueltas a la navaja entre los dedos con un movimiento tan practicado, tan fluido, que de pronto siento una punzada de miedo.

—¿Habrías venido por tu propia voluntad? —pregunta, y arquea las cejas.

Se me hace un nudo en la garganta y se me rompe el corazón del esfuerzo que me cuesta contener las lágrimas.

—Te habría seguido al fin del mundo. —Se me quiebra la voz—. Por favor, no…

Pierdo la batalla contra mis emociones y las lágrimas me corren por la cara, ardientes contra la piel helada.

Se acuclilla ante mí con la navaja entre las piernas. Su mirada me desnuda, me abrasa.

—Tu padre me ha quitado algo. —Hace una pausa, cierra un instante los ojos—. Algo irreemplazable.

Se me para un instante el corazón. Sorbo por la nariz para evitar moquear.

—¿Mi padre? No…

Se levanta bruscamente y vuelve a la silla de dos zancadas. Agarra el respaldo y la lanza contra mí. Se me paralizan los pulmones cuando la madera se estrella contra la pared junto a mi cabeza. La fuerza del impacto hace que se me vuele el pelo sobre la cara. Se adelanta de nuevo y me agarra la barbilla con fuerza.

—No te hagas la inocente, niñata estúpida.

El corazón se me retuerce. Los sollozos me impiden respirar mientras sus insultos y las astillas me cortan la piel. Lo miro a los ojos en busca de algún jirón del hombre al que creía conocer. El hombre al que se lo di todo.

Pero ha desaparecido.

O puede que nunca existiera.

Tiene razón. Soy una niñata estúpida.

Me humedezco los labios resecos y agrietados con la lengua. Hablo en voz baja y muy lenta. Este hombre, Garfio, es un desconocido, y algo me dice que tengo que ir con mucho cuidado. Que tengo que hacer lo que haga falta para seguir con vida.

Mi padre vendrá a buscarme. Tiene que venir.

—James —digo muy despacio—. Si mi padre... Si te ha hecho algo...

Suelta una carcajada seca y me aprieta la mandíbula tanto que los dientes se me clavan en la piel.

—Apareces en mi bar de repente —sisea—. Me distraes justo cuando más me necesitaban.

Trato de negar con la cabeza, pero su mano parece de hierro. Tiene los ojos enloquecidos clavados en los míos. Lanza una mirada a las cadenas.

Tengo las entrañas retorcidas, los nervios al descubierto. Este desconocido me mira con el fuego de mil soles. Me mira como si quisiera matarme.

Apoyo los dedos en el suelo, a los lados. El corazón me palpita en la garganta. Él inclina la cabeza hacia un lado y cierra los ojos solo un instante. Cuando vuelve a abrirlos, el fuego está sofocado.

Es una pizarra en blanco. Me mira desde dos pozos vacíos, bordeados de azul.

Afloja la presión en la mandíbula y me acaricia la piel con los dedos enguantados, como un amante, antes de mirar de nuevo las cadenas en la pared.

Respiro hondo y aguanto el aliento. Me da miedo hacer el menor movimiento por si vuelvo a provocarlo.

Se levanta y se saca algo del bolsillo.

Me encojo cuando se acerca a mí. Está muy cerca y su olor especiado me invade. Me odio a mí misma por cómo reacciono siempre a él. Siento un tirón en la muñeca y oigo un clic. Luego, noto unos alfilerazos de dolor por todo el brazo a medida que la sangre me vuelve a la mano.

Me está soltando las cadenas.

—Me parece muy erótico tenerte encadenada a la pared —dice al tiempo que pasa al otro lado—. Pero herida no me sirves de nada.

Me cruzo los brazos sobre el pecho y me froto la piel lacerada de la muñeca.

—Al menos, de momento.

De pronto, su rostro está a unos centímetros del mío. Lo repentino del movimiento me paraliza.

—Si haces algo, habrá represalias.

El dolor del corazón me atenaza por dentro y me llena la garganta de amargura.

—¿Qué me vas a hacer que no me hayas hecho ya?

Sus ojos me recorren el rostro como si estuviera memorizando cada línea. El cambio repentino de actitud me hace temblar. Se inclina hacia delante y presiona los labios contra los míos. Abro mucho los ojos, paralizada.

Me acaricia la mejilla con el pulgar.

—Comerás. Beberás el agua que te proporcionemos. —Me pasa los dedos de la nuca al cuello y aprieta un poco—. Y no harás ninguna tontería o te encadenaré al techo y dejaré que te desangres.

La traición se me clava más con cada palabra hasta que me rebosa por los poros y me tiñe la sangre.

—Te detesto —susurro.

Hace una mueca burlona y me lanza contra el suelo. Detengo la caída con los brazos y los codos contra la piedra.

Se pone de pie y se estira el traje con las manos enguantadas.

—No cometas el error de pensar que puedes faltarme al respeto.

Siento arcadas.

Lo miro desde el suelo mientras se dirige hacia la mesa, recoge el polvo de hadas y va hacia la puerta. En el umbral, se vuelve y me mira.

—Trata de comportarte, querida. No me gustaría tener que castigarte.

Me da la espalda y, una vez más, me quedo sola.

CAPÍTULO 27

James

Hace tres días que me llevé a Wendy de su casa y la encerré en el sótano del JR. En ese tiempo, he sentido más emociones que en los quince años anteriores juntos. Me paso las noches inquieto como nunca lo he estado. Sueño con que Ru sale de la tumba y me dice que le he fallado, y eso me impide dormir.

Tiene gracia. Primero acabó con mis pesadillas y ahora se ha convertido en la causa de ellas. Las vueltas que da la vida.

Eso, junto con la desaparición constante de nuestras mercancías, me tiene con los nervios en tensión, electrizados, a punto de saltar.

Y Wendy...

Bueno, es una lástima que las cosas hayan llegado a este punto, pero ya no tiene remedio. La utilizaré tal como había planeado, solo que al final, en lugar de liberarla, haré que vea cómo mato a su padre.

Y luego la mataré a ella.

La idea me provoca un dolor punzante en el pecho, pero bebo otro sorbo de coñac y el licor lo entumece. El vaso tintinea contra la mesa cuando lo deposito en ella y me acomodo en la silla. Miro a Wendy en las cámaras y le doy vueltas entre los dedos a la invitación para la gala benéfica de esta noche.

Está sentada en el centro de la habitación, con las piernas cruzadas, los ojos cerrados y las manos sobre las piernas, como si meditara.

Starkey está sentado al otro lado del escritorio. Me inclino hacia delante y apoyo los codos sobre la mesa.

—Explícamelo otra vez —pido muy despacio—. ¿Quién fue con Ru a la reunión?

Starkey tiene los dientes apretados. Se pasa los dedos por el pelo castaño claro para peinarse.

—Nadie.

—Nadie —repito.

Alzo un hombro.

—Ni siquiera dijo a dónde iba.

La irritación me hace saltar y arrugo el papel que tengo entre los dedos.

—¿Estás seguro?

Starkey da pataditas contra el suelo y no puedo evitar seguir el movimiento de la pierna con los ojos. La rabia me invade como si alguien se hubiera dejado el grifo abierto y me muerdo la mejilla por dentro hasta que noto el sabor a cobre en la boca.

—S-sí, jefe, estoy seguro.

Noto que la sangre me palpita ante los ojos y me pellizco el puente de la nariz.

—Fuera de mi vista.

—Pero si todavía tenemos que…

Me levanto bruscamente, cojo la navaja y la lanzo. Se clava en la pared.

—He dicho que fuera. —Los nudillos me duelen cuando presiono las manos contra el escritorio. Bajo la vista y respiro hondo para controlar el genio—. O la próxima vez apuntaré mejor.

En apenas unos segundos, oigo que se cierra la puerta y relajo los hombros.

El latido de la sangre en los oídos y el rechinar de mis dientes es un coro de sonidos que acompaña al tornado de frustración que ruge en mi interior. Es tan fuerte que no puedo calmarlo.

Ha pasado una semana desde que asesinaron a Ru y sigo sin tener respuestas.

Se están perdiendo envíos. Peter Michaels se está apoderando de mis calles y ahora tengo que ocupar el lugar de Ru de manera oficial. Ahora sí soy el jefe.

Es un título que nunca he querido.

Si sumamos a eso la presencia de esa mujer irritante en mi sótano, es normal que me sienta como si estuviera ante un rompecabezas en blanco con un millón de piezas desordenadas.

Alguien llama a la puerta del despacho. Contengo el aliento.

—Adelante.

Rizos entra y hace un ademán con la barbilla a modo de saludo.

—¿Alguna novedad? —pregunto.

Niega con la cabeza y se acerca a la pantalla en la que se ve a Wendy.

—Nada. Se pasa el tiempo así.

Examino la invitación que tengo en la mano y le empiezo a dar forma a una idea. Al fin y al cabo, sé dónde va a estar Peter.

Es el invitado de honor. Y es la primera vez que vuelve a Massachusetts desde la noche de la muerte de Ru.

Es hora de que le enseñe las consecuencias de subestimar a un monstruo. Siento que una descarga eléctrica me recorre las venas. Por fin voy a poner en marcha mi plan.

Y Wendy me va a ayudar. Tanto si quiere como si no.

—¿Me echabas de menos, querida? —pregunto al entrar en la habitación a oscuras.

Wendy sigue sentada en el centro, con los ojos cerrados y las piernas cruzadas.

—Tanto como tener un agujero en la cabeza —replica.

Querría reírme, pero me contengo.

Me apoyo contra la pared y la miro. Se me hace un nudo en el pecho al verle las muñecas magulladas y los mechones de pelo sucio.

Se aventura a abrir un ojo y lo cierra de golpe al encontrarse con mi mirada.

—Alguien se va a dar cuenta de mi ausencia.

Asiento y me meto las manos en los bolsillos.

—Cuento con ello.

Abre los ojos al oírme y me mira. Eso me provoca una oleada de calor en el vientre.

—Mi padre vendrá a buscarme.

Inclino la cabeza hacia un lado.

—¿Estás segura?

Titubea, aprieta los dientes y aparta la mirada.

—Por supuesto.

—Claro. —Me aparto de la pared y voy hacia ella—. En cualquier caso, no hará falta. Vamos a ir nosotros a verlo.

Gira la cabeza hacia mí y se pone de pie.

Sigo avanzando hacia ella. Se tensa y retrocede como si pudiera escapar. Se pega contra la pared y me adelanto hasta su cuerpo. Mis caderas presionan las suyas; mis brazos son una jaula en torno a ella.

—¿A dónde crees que vas, Wendy querida? —Aparto la mano de la pared y le rodeo el cuello con los dedos, sin apretar—. Aunque escaparas de esta habitación, no hay lugar en el mundo donde puedas esconderte de mí.

Aprieta los dientes, tiene el aliento entrecortado.

—Quítame las manos de encima.

Alza el brazo bruscamente con la palma abierta hacia mi rostro. El estómago me da un vuelco y la agarro por la muñeca. Se la retuerzo y la obligo a girar. Gruñe cuando presiono el torso con fuerza contra ella, y con la mano libre le presiono la nuca sin dudar, hasta que tiene la mejilla aplastada contra la pared y el brazo retorcido a la espalda, interponiéndose entre nosotros dos.

Me inclino hacia ella y apoyo la barbilla en su hombro.

—No me gusta repetirme, así que presta atención. —Trata de liberarse, su codo me araña el estómago, y la agarro con más fuerza—. Te voy a llevar a mi casa, donde dejaré que te duches y te pongas decente.

—Eres repugnante.

Me da un vuelco el estómago.

—Es posible. Pero hasta que decida lo contrario, también soy tu señor.

Bufa y se retuerce contra mí, pero lo único que consigue es que la sangre me fluya hacia la entrepierna y noto que se me mueve la polla. Sonrío.

—Sigue así, cariño. Me gusta mucho cuando forcejeas.

Se queda rígida.

La suelto y se da la vuelta con los ojos entornados. Se sujeta la muñeca, frotándose las marcas rojas que le he dejado. Siento una punzada de preocupación, pero la desecho enseguida. Unas magulladuras no son nada comparadas con las heridas que ella ha causado. Y, cuando esté muerta, no tendrán importancia.

—Esta noche voy a una fiesta —digo—. Y quiero que me acompañes.

Ahoga una risa, pero luego abre mucho los ojos.

—¿Lo dices en serio?

—Desde luego.

—Vete al infierno —me escupe.

—Muy bien.

Saco el teléfono del bolsillo y me lo llevo a la oreja.

—¿Qué vas a…?

Alzo un dedo para mandarla callar.

—Hola, señorita Henderson. Me alegro de oír su voz. Soy James Barrie.

El gemido que se le escapa a Wendy me provoca una oleada de satisfacción.

Sonrío y le guiño un ojo.

—¿Le importa decirle al director Dixon que voy a ir a recoger a Jonathan Michaels?

—Hijo de puta.

La voz de Wendy es tensa. La miro a los ojos y siento un peso en el pecho. Tapo el auricular con la mano y arqueo las cejas.

—Disculpa, querida, ¿decías algo? —Señalo el teléfono—. Estoy con un tema importante.

—He dicho que eres un hijo de puta —sisea. Se cubre los ojos con la mano, asiente con la cabeza—. Haré lo que quieras. Pero por favor…

El nudo que siento en el estómago se afloja cuando accede a mis órdenes y asiento.

—Vaya, perdone, señorita Henderson. Ha habido un cambio de planes. Déjelo. ¡Buenos días!

Cuelgo, me guardo el teléfono en el bolsillo y voy hacia ella. No me detengo hasta que no tengo las punteras de los zapatos contra los dedos de sus pies descalzos. La obligo a levantar la barbilla.

—Siento que hayamos llegado a esto. No tendría que haber sido así. Pero a todos nos llega en la vida el momento de elegir bando.

Frunce el ceño.

—¿De qué me…?

Le paso un dedo por la barbilla.

—Y tú, por desgracia, has elegido mal. —Le suelto la cara y voy hacia la puerta—. Volveré pronto. Y más te vale recordar lo que está en juego.

CAPÍTULO 28

Wendy

Vuelvo a tener las muñecas encadenadas, pero esta vez con esposas, no con grilletes. Contemplo el metal mientras muevo los dedos en el regazo y luego miro a Rizos, en el asiento del conductor.

—No hacía falta que me esposaras. No me voy a escapar.

Rizos permanece impasible, como si no me oyera.

Ha estado así desde que le escupí a la cara. Pero no me arrepiento y tampoco tengo interés en decirle nada más. No tengo nada que decirle a ninguno de ellos.

Cierro los ojos y apoyo la cabeza contra la ventanilla para que los rayos de sol que entran a través del cristal me acaricien la piel. Llevo un peso constante en mi interior, pero en este momento me aferro al pequeño alivio de salir por fin a la luz. No tengo ni idea de cuánto tiempo ha pasado, pero cuando estás en la oscuridad, sin nada aparte de tus pensamientos, cada segundo parece un siglo.

Mi cerebro era un caos y el aislamiento suponía una tortura. Solo me acompañaban mis pensamientos y mis emociones, por eso decidí sentarme en el centro de la habitación y probar a meditar. No sé si lo he estado haciendo bien, pero me ha ayudado a calmar el pánico y a que el tiempo pasara sin que sintiera que estaba perdiendo la cordura.

Durante esos momentos de introspección, me he dado cuenta de que parte del dolor no es nuevo. Solo son arañazos recientes sobre cicatrices viejas. James... No, no es James. Garfio es una persona más en la lista de gente que cree que puede decirme lo que debo hacer. Una más de las que me humillan con palabras, me tratan como a un perrito y esperan que saque la lengua y sonría. Y con razón, porque es lo que he hecho toda mi vida. Nunca he alzado la voz, nunca me he defendido, me he tragado los insultos de los «amigos» y los menosprecios de mi padre como si tuviera que cargar con esa cruz.

Pero estoy harta de que me traten así.

El coche entra en el puerto deportivo y se me hace un nudo en el estómago al recordar la última vez que estuve aquí. Fue hace solo unos días, pero a la vez parece que entonces era una persona muy diferente, una que aún creía que el mundo era bueno, que la gente era buena.

Ahora me han arrancado las gafas de color rosa y lo veo todo en sombras de gris.

Rizos aparca, sale, me abre la puerta y me levanta por un brazo antes de quitarme las esposas.

—No hagas ninguna tontería.

Como si fuera tan idiota como para poner en peligro a mi hermano.

Voy detrás de él hacia los amarraderos, hasta el ostentoso Tigrilla que se encuentra al final del puerto. Smee está fregando la cubierta de paseo mientras tres pájaros blancos vuelan por encima de él.

El sol brilla y el agua es un cristal azul centelleante.

Todo es normal. Incluso bonito. Como si mi mundo entero no se hubiera vuelto del revés, como si no estuviera retorcido y distorsionado. Como si no me hubieran seducido, drogado, secuestrado y retenido en un sótano de piedra. La desesperación me invade al darme cuenta de que estoy a merced de los caprichos de Garfio.

Dijo que era mi «señor».

Y lo es, al menos hasta que se me ocurra un plan para proteger a mi familia.

—Venga, preciosa, muévete.

Rizos me empuja por el hombro y, aunque siento que tengo las piernas de plomo, consigo moverme y subir al barco. No me acompaña, sino que se queda mirando desde la pasarela, con los brazos cruzados y los ojos entrecerrados. Tal vez se imagina que voy a hacer alguna locura, como saltar por la borda para intentar escapar.

Tal vez debería hacerlo.

Pero, aunque me crie en Florida, no nado bien. Ni tampoco soy tan idiota como para pensar que lo conseguiría.

Smee me saluda con la mano. Veo su rostro aniñado y la gorra color rojo vivo, y me parece la viva imagen de la inocencia. Aprieto los labios. No sé cuánto sabe, pero se acabó lo de confiar en quien no se lo ha ganado. Tengo el estómago hecho un manojo de nervios y las manos me tiemblan al abrir la puerta, entrar en la sala y mirar a mi alrededor.

No hay nadie.

Camino muy despacio hasta la isla de la cocina, a pocos pasos de donde están los cuchillos, junto a la tabla de cortar. El cerebro me va a toda velocidad. Me muero por coger uno, pero tengo que actuar con inteligencia y se me hiela la sangre solo de pensar en lo que pasará si Garfio me ve con un arma. Me pasan ante los ojos imágenes aterradoras de lo que me haría.

—Yo que tú no lo intentaría.

La voz hace que me dé un vuelco el estómago. Cuando me vuelvo, me encuentro frente a frente con un demonio de ojos azules.

—Garfio.

Inclina la cabeza.

—Si quieres, me puedes seguir llamando James.

Aprieto los dientes y me cruzo de brazos.

—No quiero.

Asiente.

—Como prefieras. Por aquí.

Me pone la mano en la base de la espalda y siento un estremecimiento, mezclado con repugnancia, por las reacciones de mi cuerpo ante su contacto. Recorremos el pasillo y abre la puerta del dormitorio, me deja pasar a mí primero antes de seguirme. Veo la enorme cama con sábanas de seda y la manta color granate, y el dolor de dormir en el duro suelo de piedra, siempre temiendo por mi vida, se me clava en los huesos.

—Hay toallas limpias en el baño y he hecho que te traigan un vestido.

Aprieto los labios y lo miro de reojo.

—¿Cómo sabes mi talla?

Sonríe, burlón.

—Tengo una memoria táctil muy buena.

Me sonrojo, asqueada. Perdí la virginidad con este hombre.

Le permití que me estrangulara hasta casi matarme. Le confié mi vida.

«Eres patética, Wendy».

—¿Qué quieres de mí? —pregunto—. ¿Qué he hecho para merecer esto? No sé…

Las palabras se me ahogan en el nudo que tengo en la garganta. Me cubro la boca con la mano.

Sus ojos no delatan nada cuando se dirige hacia mí. Retrocedo por instinto, choco de espaldas contra el borde de la cama y caigo en ella. Me incorporo a toda prisa sobre los codos y lo miro.

Está sobre mí, pero no como un amante sensual. Es intimidante. Su energía chisporrotea como los relámpagos de una tormenta, hace que se me erice el vello.

Está tan cerca que puedo saborear su aliento como si fuera el mío.

—Lo que quiero —susurra contra mis labios— es que dejes de tomarme por idiota. —Me presiona todavía más. Tiene una extraña emoción en los ojos—. Lo que quiero es traer de vuelta las almas de los muertos para que se regocijen con los gritos de tu padre. —Me pasa la nariz por el cuello. Contengo el aliento. El corazón me late tan deprisa que la cabeza me da vueltas—. ¿Puedes darme alguna de esas cosas, Wendy querida?

Siento un dolor tenso en el vientre. ¿Cómo he podido olvidarme? Esto no tiene nada que ver conmigo. Tiene que ver con mi padre.

—¿Sabías quién era mi padre? ¿Desde el principio…?

Aprieta los labios y retrocede. El fuego de sus ojos desaparece tan deprisa como ha llegado.

—¿Sabías quién era yo? —La pregunta me abrasa la garganta y las lágrimas me nublan los ojos.

—Por supuesto. —Se quita del traje una pelusa invisible—. Supe quién eras desde que entraste en mi bar.

Mi corazón ya agrietado se rompe en mil pedazos con la presión repentina que siento en el pecho.

Claro que lo sabía.

Asiento. Una aceptación sombría se me instala en las venas. Es una sensación espesa y húmeda, como el lodo. Sé que, cuanto más me resista, más me hundiré.

—Voy a ducharme.

Arquea las cejas y señala hacia el baño con un ademán.

Me levanto, entro en el baño y cierro la puerta. Me agarro al pestillo y apoyo la cabeza contra la madera fría del marco. Aguanto la respiración hasta que los pulmones me piden aire a gritos y ni siquiera entonces respiro por miedo a gritar. Estoy confusa. Las emociones tiran de mí en un millar de direcciones diferentes. No sé si soy una estúpida por no tratar de huir o muy lista por intentar idear un plan. No sé si esta noche volverá a encerrarme en la oscuridad de la habitación fría de piedra o si me va a matar de una vez.

Eso, sin duda, le transmitiría el mensaje a mi padre.

También está la culpa, que es el sentimiento más fuerte. Me desgarra el estómago, me sube por el pecho, se me abre camino a zarpazos por las entrañas para aferrarse a mi garganta. Porque, maldita sea, es un verdadero alivio estar aquí. Ducharme y respirar aire fresco. Interactuar con un humano, aunque sea con el responsable de todo. ¿Qué clase de persona soy si estoy agradecida a quien amenaza a todo lo que amo?

«Todo irá bien».

Me llega el recuerdo de la despedida de Jon en Rockford Prep y las palabras de Garfio, aunque entonces para mí era James, me resuenan por dentro una y otra vez.

«Cuando todo te parezca sombrío, recuerda que no hay situación que no sea temporal. Lo que determina tu valor no son las circunstancias, sino cómo te levantas de las cenizas después de que todo arda».

CAPÍTULO 29

James

—¿La señorita se va a quedar esta noche, señor? Si quiere, le preparo la habitación de invitados.

Miro a Smee, que está de pie en la cocina bebiéndose una taza de té.

Inclino la cabeza hacia un lado y yo también bebo un sorbo. El líquido me abrasa la lengua.

—¿Y por qué supones que no va a dormir en mi cama?

Abre los ojos un poco más y siento una repentina curiosidad ante su interés.

—Por nada. Solo por si quería. —Va hacia el fregadero, deja la taza dentro y se vuelve para apoyarse contra la encimera—. No voy a estar aquí esta noche y he pensado dejarlo todo organizado. A usted le gusta tener su espacio personal.

Levanto la barbilla y me fijo en su actitud peculiar. Parece nervioso, casi como si estuviera incómodo por la presencia de Wendy.

—¿Tienes planes?

Nunca me he interesado por la vida personal de Smee y la verdad es que sigue sin importarme. Pero hablar con él me distrae unos momentos de la chica que está encerrada en mi habitación, y cualquier alivio de la rabia que siento cada vez que le veo la cara o pienso en su nombre es bienvenido.

Smee sonríe y se pasa la mano por el pelo. Las luces de la cocina le brillan sobre los mechones castaños.

—Algo así.

—Pues te agradezco la amabilidad, pero no hace falta.

Estoy indeciso, no sé qué hacer con ella después de la gala. Una parte de mí quiere meterla de nuevo en el sótano del JR hasta que se pudra. No se merece otra cosa. Otra parte quiere atarla a mi cama y utilizar métodos diferentes para arrancarle la verdad. Me enfurece que siga haciéndose la inocente, como si no supiera lo que ha hecho.

No importa. Cuando vea cómo interactúa con su padre esta noche, sabré más. He enviado a los gemelos antes para que se aseguren de que estemos en la mesa del invitado de honor. Me muero por ver el menú.

Suenan unos golpes en la puerta al final del pasillo y sonrío, apuro la taza de té y la pongo en la encimera.

Smee ha abierto mucho los ojos, se vuelve hacia el sonido y luego me mira a mí.

—¿Se ha quedado encerrada?

Me levanto, me abrocho la chaqueta del esmoquin y voy hacia el dormitorio. Al pasar junto a él, le aprieto el hombro y noto cómo el músculo se tensa bajo mi mano.

—Lo que haga con mis juguetes no es asunto tuyo, Smee.

Inclina la cabeza con ojos inexpresivos.

—Mil perdones, jefe.

Hago un ademán con la mano y sonrío.

—Ya está olvidado.

Me meto la mano en el bolsillo, saco la llave maestra y voy hacia la puerta del dormitorio. Los golpes de Wendy son tan fuertes que la madera se estremece contra las bisagras. Meto el metal en la cerradura y la puerta se abre, y el rostro congestionado de Wendy me recibe. Tiene el puño ya en el aire.

Alzo una comisura de la boca.

—¿Va todo bien? Pareces muy impaciente.

El rubor de sus mejillas hace que me pase por la mente su imagen debajo de mí, y la excitación me atraviesa como una lanza. Desecho la idea y miro su cuerpo. El vestido que le dije a Moira que le eligiera se amolda a cada una de sus curvas.

Está arrebatadora. Es la viva imagen de la elegancia y el aplomo. El tejido es azul celeste, con escote corazón y la espalda al aire. Es lo bastante sofisticada como para ir de mi brazo, y tan deslumbrante como para que todos los demás me envidien.

Mi juguete perfecto.

Aprieta los dientes.

—Me has encerrado.

—Es una medida de precaución.

La miro unos instantes, me la bebo como si fuera un buen vino y recuerdo cómo fue estar dentro de ella. La sangre se me concentra en la polla y noto como se me mueve contra la pierna.

Deja caer los brazos a los lados.

—¿Tengo tu aprobación?

La frustración se me acumula en el pecho. ¿Cómo puedo sentirme tan atraído hacia una mujer tan manipuladora? Me quito la idea de la cabeza y la sustituyo por la masa negra en la que he estado quemando los restos de mi alma desde la muerte de Ru.

Una muerte en la que ella participó. Estoy seguro.

Entrecierro los ojos mientras los tentáculos de la ira me trepan como hiedra por los músculos.

—Es aceptable —digo. Suelta un bufido y le doy la espalda—. Sígueme. No vamos a llegar tarde.

Oigo el sonido de sus tacones contra la madera pulida del suelo detrás de mí, y me contengo para no mirar hacia atrás, para no olvidar en ningún momento que es una traidora. Si cree que me voy a tragar su pretensión de obediencia, está loca. Siempre es un error subestimarme y creer que voy a picar con trucos tan tontos. Por eso tuve que meter en esto a su hermano Jonathan. No me gusta utilizar a un niño como cebo, aunque no tengo la menor intención de hacerle daño. La llamada de teléfono no fue real. Pero la ruta más directa hacia la obediencia es golpear en el punto vulnerable de cada persona y, en el caso de Wendy, es su familia.

No hablamos en todo el viaje hasta el centro de convenciones. Wendy se retuerce las manos sobre el regazo mientras mira por la ventanilla con el rostro tenso y hosco. Voy sentado frente a ella en la limusina. El odio y el deseo son un cóctel volátil, y las chispas me saltan por todo el cuerpo, me hacen vibrar con una energía tal que me siento al borde de la combustión.

Me irrita esta incapacidad para controlar las reacciones de mi cuerpo ante ella. Ya la primera vez que la vi me cegó la lujuria, tanto hacia ella como por la idea de llenarle la boca de semen a la hija de mi enemigo.

A decir verdad, la idea aún me atrae, pero ahora tengo los ojos bien abiertos y no los volveré a cerrar. Dejé que se me acercara demasiado, me relajé demasiado en muy poco tiempo.

Sobre todo, porque nunca imaginé que Wendy fuera una amenaza.

—No hace falta que te recuerde lo que pasará si no te comportas esta noche —digo cuando la limusina se detiene junto a la acera.

Entorna los ojos.

—Llevo asistiendo a este tipo de actos desde que aprendí a andar. No necesito instrucciones.

La ira es palpable a través de la distancia que nos separa en el vehículo y solo sirve para atizar las llamas.

—Es posible —replico, y me inclino hacia delante—, pero ahora yo sujeto la correa, nena. Así que no me obligues a hacer nada.

Me levanto para ir a sentarme junto a ella, me meto la mano en el bolsillo y saco una fina cajita de terciopelo. Se encoge contra la puerta de la limusina como si hasta mi proximidad fuera demasiado para ella.

Le paso los dedos por el cuello y le aparto a un lado el pelo sedoso.

—No intentarás escapar. No harás ni dirás nada que cause alarma.

Abro el estuche y se queda sin aliento al ver la gargantilla con incrustaciones de diamantes. La saco, noto las gemas frías contra la mano, y me inclino hacia delante para ponérsela en torno al cuello. Mis dedos le rozan la piel al abrochársela. Le miro los labios, la base del cuello, y el deseo se me acumula en la parte baja del vientre.

—Ya está. —Rozo de nuevo los diamantes y luego bajo hasta la hendidura del escote. Noto en la mano su respiración acelerada—. Toda perra debe llevar collar.

Aparta la cabeza de golpe y mira por la ventanilla.

La cojo por la barbilla para obligarla a mirarme.

—Bajo ninguna circunstancia te quitarás esta gargantilla. ¿Entendido?

Aprieta los dientes.

—Entendido.

—Excelente.

Le indico al conductor que ya estamos preparados y la puerta se abre. Salgo de la limusina, me doy la vuelta y tiendo la mano hacia el coche. Los dedos de Wendy me rozan la palma cuando pone la mano sobre la mía. La ayudo a bajar al tiempo que los flashes de las cámaras que bordean la alfombra roja lo iluminan todo.

Le rodeo la cintura con un brazo y la atraigo hacia mí. Entonces, se transforma ante mis ojos: su rostro se ilumina, una sonrisa de un megavatio le aflora a los labios y me mira a los ojos con calidez. El corazón se me para un instante y al momento me invade la repugnancia. De nuevo, cuando se trata de ella, pierdo el control de mi cuerpo.

Me inclino hacia ella y me lleno con el olor de su pelo.

—Pórtate bien y puede que te deje dormir en una cama, en lugar de en el suelo de piedra.

Se pone muy rígida y me sonríe, pero en sus ojos hay algo frío y oscuro.

—Te sigo…, señor.

Entramos en el edificio mientras noto el nudo de la expectación en el estómago y en las venas.

Estoy tan cerca que casi noto el sabor en la lengua. Y sabe a venganza.

CAPÍTULO 30

Wendy

Las palabras de Garfio hacen que las entrañas se me sequen. Todo lo que ha hecho me parece despreciable, pero sus insultos me siguen afectando como una tortura especial. Me cortan las venas como navajas. Me desangran, me dejan seca y quebradiza por dentro.

Me rozo la gargantilla con los dedos. ¿Por qué me ha dicho que no me la quite? Es preciosa, pero no me imagino que tenga más importancia que la que le da su valor. Sin embargo, saber que ni siquiera tengo control sobre lo que llevo puesto es una nueva herida en mi recién hallado orgullo.

El calor de la palma de Garfio me quema en la cadera cuando entramos en el salón de baile. Es muy hermoso, como pasa siempre con estos eventos: arañas de cristal en el techo, mesas dignas de reyes… Pero nada me impresiona. No he mentido al decir que he estado en un millar de galas como esta. Mi padre es generoso, y por eso lo invitan a muchas fiestas de beneficencia.

Puede que esté en esta. La idea me pasa a toda velocidad por la cabeza, pero me aferro a ella. Por primera vez en varios días, me atrevo a albergar esperanzas.

Avanzamos entre los trajes de etiqueta y los vestidos de noche hasta llegar a la barra. Garfio pide un whisky para él y una copa de champán para mí. Bebo un sorbo y disfruto con las burbujas que me estallan en la lengua. Por lo general, no me gusta beber alcohol, pero voy a necesitar ayuda para mantener esta sonrisa falsa.

—Por cierto, feliz cumpleaños. —Choca el vaso contra mi copa—. Disculpa por el retraso. He estado ocupado estos días.

Una punzada de ira me atraviesa el pecho.

—¿Cómo lo sabes?

Sonríe y deja el vaso en la barra.

—Te sorprenderían las cosas que sé.

—¿Qué significa eso?

—Significa lo que yo quiera que signifique. —Se inclina hacia mí con los ojos helados—. Sé qué día naciste, Wendy Michaels. —Me presiona los labios contra el cuello—. Y sabré qué día morirás.

El corazón se me encoge, se me desploma en el pecho.

—¿Es una amenaza?

Suspira y retrocede un paso.

—Las amenazas me parecen un desperdicio. Yo solo hablo de lo que pienso hacer.

La ira contra toda esta situación me consume por dentro.

—Si vas a matarme de todos modos, ¿por qué voy a molestarme en ser una perra obediente?

Me doy cuenta demasiado tarde de que he hablado muy alto y la sala tiene una acústica excelente.

Mueve la mano a toda prisa, me agarra por el cuello y me atrae hacia él. A ojos de los demás debemos de parecer unos enamorados que se abrazan, pero lo único que siento es el pánico que me revuelve el estómago y me sube hasta la garganta.

—Mucho cuidado con lo que dices ahora. —Afloja la presa—. Eres demasiado sentimental, querida. No es tu vida la que debería preocuparte.

Se me encoge el corazón y aprieto tanto los dientes que me parece que me voy a romper una muela.

Se vuelve un poco y sonríe a una pareja que se acerca hacia nosotros.

—Pon buena cara, querida. Empieza el espectáculo —me susurra—. Me alegro de verte, comisario —dice en voz más alta. Su voz se derrite en el aire como el chocolate, denso, pecaminoso, tentador—. Y a tu preciosa esposa. Hola de nuevo, Linda. Siempre es un placer. —Le da un beso en la mejilla a la mujer y luego me coge por la cintura—. Esta es mi acompañante, Wendy Michaels.

Asiento y luzco una sonrisa tan amplia que me duelen las mejillas.

El hombre de la pareja me devuelve la sonrisa bajo el bigote rubio.

—¿Wendy Michaels, la hija de Peter? —Se vuelve hacia Garfio con una risita—. ¿Cómo la has conseguido? Está fuera de tu presupuesto.

El insulto es como un golpe.

Linda esconde una risita.

—Pero, cariño, no seas grosero.

Imagino que Garfio se va a reír, pero no. Se pone tenso e inclina la cabeza a un lado.

—Lo siento, Reginald, no lo entiendo bien. ¿Estás insinuando algo sobre mí? —Se señala—. ¿O sobre la persona a la que decido llevar del brazo?

El ambiente es tenso y al comisario se le borra la sonrisa. Garfio lo mira sin pestañear.

—Un caballero sabe cuándo tiene que disculparse por haber insultado a una dama.

Arquea las cejas. El corazón me late a toda velocidad, los ojos me van como flechas del uno al otro. Reginald carraspea para aclararse la garganta y por fin me mira.

—Le pido perdón, señorita Michaels. No era mi intención faltarle al respeto.

Abro mucho los ojos y me da un vuelco el estómago al comprender cuánto poder tiene Garfio. Si puede hablarle así al comisario de policía, ¿cómo voy a escapar de él?

El comisario cambia el peso de un pie al otro.

—Veo que Ru sigue evitando estos actos como si fueran la peste.

Garfio de repente se pone rígido. Me agarra la cintura con más fuerza hasta que me muevo y se me escapa un gemido. Baja la vista y entonces me acaricia el punto donde me ha hecho daño.

—Ru se ha tomado unas vacaciones permanentes —dice cortante. Tiene los músculos del cuello tensos, como si le costara pronunciar las palabras.

Linda deja escapar un suspiro.

—Es maravilloso. Hace tiempo que le estoy diciendo a Reginald que se retire.

El comisario mira a Garfio con el ceño fruncido.

—Pues es una pena —dice muy despacio—. Teníamos acordada una reunión la semana que viene, acerca de un posible donativo.

Garfio sonríe con los labios apretados. La nuez le sube y le baja en el cuello.

—Vas a tener que concertarla conmigo

El comisario asiente y se pasa la lengua por los dientes.

—Bueno, siempre he contado con Ru para...

Oigo un zumbido mientras los dedos de Garfio me masajean la curva de la cadera y me atrae más hacia él con el brazo. Lo miro. No sé si se da cuenta de lo que está haciendo. Tiene la mandíbula tensa y un tic en un músculo de la cara, pero no aparta la vista de Reginald y de su mujer.

No sé por qué lo hago, y estoy segura de que lo voy a lamentar cuando acabe la velada, cuando se vuelva a imponer la realidad de mi situación, pero le apoyo una mano en el brazo y lo acaricio.

—Cariño, los pies me están matando. ¿Vamos a sentarnos?

Garfio me mira con las cejas arqueadas. Hay amabilidad en sus ojos. Me coge la mano y se lleva el dorso a los labios.

—Claro, cielo.

Un escalofrío me recorre el brazo al tiempo que las mariposas traicioneras me revolotean en el estómago. ¿Estoy loca o qué me pasa?

Se despide de la pareja con un ademán.

—Comisario, Linda, si nos disculpáis...

Noto un nudo en el estómago cuando nos alejamos. Me tiemblan las piernas. Tal vez se ha enfadado porque he interrumpido la conversación. ¿Cómo se me ha ocurrido?

—Lo siento —susurro cuando llegamos a la mesa—. Es que... parecías muy incómodo, y ese nombre no paraba y...

Garfio aparta la silla para que me siente y me pone un dedo en los labios.

—Calla.

Cierro la boca. La inquietud me corroe como la carcoma. Nunca en mi vida había sentido tanta ansiedad como cuando estoy con él. La mayor parte del tiempo, su personalidad es como el agua tranquila: serena, centelleante y clara como el cristal. Pero una sola gota provoca cambios en toda la superficie y nunca se sabe cuándo va a llover.

Miro a mi alrededor, a las otras personas que se van sentado a la mesa. En otros tiempos, habría conocido a casi todo el mundo. Pero estoy en Massachusetts, no en Florida, así que todos son desconocidos. De cualquier manera, nadie me presta atención a mí. Tienen los ojos clavados en él y lo comprendo. Aun sabiendo de lo que es capaz, aun sabiendo lo que me ha hecho, ir del brazo del hombre más poderoso de la sala es toda una sensación. Daría cualquier cosa por no notarla, pero ahí está, me guste o no. No puedo ignorarla, igual que me pasó con su conversación con el comisario. Nunca había visto a Garfio así. Aquello le estaba afectando. Trato de no pensar en ello. No debería importarme lo más mínimo.

Pero me importa.

Antes de que me mostrara su verdadero rostro, me estaba enamorando de él. O mejor dicho, de la versión de él que me había mostrado. Y los sentimientos no desaparecen así, sin más. Solo mutan, cambian cuando te rompen el corazón, se amoldan a las grietas. Lo que siento por Garfio es una maraña irreconocible, pero no ha desaparecido.

—Me presentaste a Ru, ¿no? —pregunto sin poder contenerme.

Los dedos con los que estaba tamborileando la mesa se detienen en seco.

—Sí.

—Me alegro de que se haya retirado.

Garfio me mira fijamente. Veloz como una serpiente, agarra mi silla por abajo y la mueve por el suelo con estrépito. Contengo un grito y el aire frío me entra por la garganta y choca con la oleada de calor de la vergüenza que me sube por el pecho.

Me roza la nariz con la suya. La intensidad de su mirada me paraliza.

—No sé a qué estás jugando —susurra—, pero para ahora mismo. No me pongas a prueba.

El corazón me late a toda prisa.

—N-no estoy jugando a nada.

Respira hondo con los ojos clavados en los míos, luego en mi boca, y la energía chisporrotea y llena el espacio que nos separa. Luego, mira a mi espalda, y su actitud cambia por completo.

Me sobresalto cuando me pone la mano en el muslo por debajo de la mesa y aprieta hasta hacerme daño.

—No olvides lo que hay en juego.

Resoplo. La ira me hierve por dentro.

—Como si pudiera olvidarme. No...

—¿Wendy?

CAPÍTULO 31

James

Wendy se vuelve en el asiento y queda cara a cara con Peter.

—¿Papá? —se atraganta.

Empieza a levantarse de la silla, pero mi mano en el muslo la detiene. Se vuelve hacia mí y me mira, y yo inclino la cabeza y le devuelvo la mirada.

El momento en que lo comprende es evidente. Se le nublan los ojos y se le ponen blancos los labios. Me mira a mí, luego a su padre. Luego a Carla, que nos observa ataviada con un vestido verde con ribetes dorados.

El rostro de Peter es la viva imagen de la confusión. Tiene el ceño fruncido y nos mira a ambos. He apartado la mano del muslo de Wendy para ponerla en el respaldo de su silla. Este es el momento en que entenderá que su plan no ha funcionado. Que, aunque me hayan quitado a Ru, aún la tengo a ella. Ella no ha escapado.

—Peter —saludo—. Qué grata sorpresa.

Aprieta los labios.

—Garfio.

—Os presentaría, pero me parece que ya os conocéis.

Se queda quieto, con el rostro paralizado, hasta que tiene que moverse porque llegan los camareros con la ensalada. Carraspea para aclararse la garganta y pone una mano en la espalda a Carla para ir a sus asientos.

Wendy se encorva. La miro con una amplia sonrisa. «Exacto, nena. Se acabó el juego». Nadie apuesta contra mí y gana.

Los camareros nos ponen delante los platos con la ensalada. Cojo el tenedor. La excitación me late en las venas. Pincho un tomatito y me deleito en la incomodidad de Wendy y en la mirada de Peter.

Me inclino hacia ella, todavía con el brazo en el respaldo de la silla, y le pongo el tenedor delante de la boca.

—¿Tienes hambre?

Wendy aprieta los labios y niega con la cabeza. Me lo meto en la boca y siento la explosión del sabor en la lengua.

—Mmm —digo—. Me encanta ser el primero en hincarle el diente.

Sonrío a Peter. Bajo el brazo del respaldo de la silla de Wendy para ponérselo en los hombros y recorrerle con los dedos la piel desnuda. Se pone rígida bajo mi mano y clava la vista en el plato. Está muy callada. La joven audaz de mi sótano se ha esfumado en presencia de su padre.

Eso me molesta más de lo que debería.

—Wendy —suspira Peter—, ¿qué haces aquí? ¿No deberías estar en la mansión?

Observa al resto de los comensales. Todo el mundo nos está mirando y me resulta delicioso saber que quiere montar una escena, pero no puede. Esa es la diferencia entre Peter y yo. Él tiene que actuar dentro de los límites que marca la sociedad, mientras que yo les lleno los bolsillos y hago lo que quiero.

Al oír la pregunta, Wendy gira la cabeza como un resorte y agarra el tenedor con tanta fuerza que se le ponen blancos los nudillos.

—¿Cómo que en la mansión?

Carla le pone una mano en el brazo a Peter, lo que hace que Wendy apriete los dientes.

Qué interesante.

—Lo que tu padre quiere decir —empieza Carla— es que no esperábamos verte aquí. —Me lanza una mirada—. Ni en esta compañía.

Abro la boca para responder, pero Wendy se me adelanta. Le quito la mano del hombro cuando se inclina hacia delante. Echa fuego por los ojos.

—¿Y por qué no esperabais verme aquí? ¿Por qué no se me ha autorizado expresamente?

Peter carraspea.

—Mi pequeña sombra…

Wendy le clava una mirada tan incendiaria que no puedo evitar excitarme.

—Igual no lo recuerdas, papá, pero solía asistir a estos actos contigo.

Peter mira a su alrededor. Todos los ojos están clavados en su hija.

—Y, para que conste —sigue Wendy, que ya empieza a tener las mejillas rojas—, no me importa la opinión de Carla sobre nada, y menos aún sobre dónde espera verme o no.

Carla abre la boca.

Sonrío ante la explosión de Wendy. La ira la vuelve tan atractiva que siento una oleada de calor por todo el cuerpo.

—¿No te preocupaste cuando el nuevo equipo de seguridad no dio conmigo?

Pongo la mano en la parte trasera de la gargantilla y deslizo los dedos por debajo del broche para dar un tironcito y recordarle que tenga cuidado con lo que dice.

Peter arquea las cejas.

—¿Se trata de eso? ¿Te escapaste porque no te gustó que intentara protegerte?

Wendy suelta un sonoro bufido y apuñala la lechuga con el tenedor.

—Controla a tu acompañante —me sisea Carla.

Sonrío y me apoyo contra el respaldo.

—¿Por qué iba a hacer semejante cosa?

Es un giro delicioso de los acontecimientos. No me esperaba que estuviera tan furiosa con él.

—Wendy, no es el momento ni el lugar. —Peter habla con tono firme, como si reprendiera a una niña—. ¿Quieres que vayamos a discutirlo en privado?

Ella me mira un instante. No me muevo. Quiero saber qué elige cuando tiene la oportunidad.

Alza la barbilla, respira hondo y niega con la cabeza.

—No. No hay nada más que discutir.

Me complace su obediencia, pero tengo que recordarme que es una traidora. No se merece una recompensa por portarse bien.

Aunque la interacción con su padre es extraña. Es como si no tuvieran una buena relación.

Peter la mira a los ojos. Hay entre ellos una comunicación sin palabras hasta que Carla los interrumpe.

—Bueno, ¿cómo os conocisteis? —Nos señala a Wendy y a mí con la copa de champán.

Bebo un sorbo de whisky.

«Porque vosotros la mandasteis a mi bar, cerdos».

—Ya os lo ha dicho, ¿no? —Wendy inclina la cabeza a un lado—. Me hincó el diente.

Se oyen murmullos contenidos en toda la mesa. Me atraganto con la bebida y me llevo la mano al pecho para contener la tos.

—Wendy —sisea Peter.

Ella le sonríe.

—¿Qué ocurre, papá? ¿De repente te vuelvo a importar?

Estoy cada vez más confuso.

Comprendo que Wendy esté furiosa porque Peter no ha notado su ausencia. La verdad, es un poco extraño. Pero no entiendo qué saca de esto. Actuaron juntos para acabar conmigo. No les debería sorprender que nos conozcamos.

A menos que no tuvieran la menor idea.

Se me hace un nudo en el estómago y el corazón magullado me da un vuelco ante esa idea.

—Yo tengo otra pregunta y es más importante —sigue Wendy—. ¿Cómo os conocisteis vosotros? —Apunta con el tenedor, primero a su padre y luego a mí.

Peter junta las manos y se acomoda en la silla.

—Nada importante. En una reunión de negocios. Muy breve.

Dejo escapar una risita y le acaricio el cuello a Wendy, paso los dedos por la gargantilla. Mi marca de propiedad. Y un localizador GPS, pero eso es aparte.

—Vamos, vamos, Peter, no seas modesto —me burlo de él—. Fue mucho más que una reunión. De hecho, llegaste a conocer muy bien a gente muy cercana a mí. Es justo que te devuelva el favor.

Peter entorna los ojos y entreabre los labios para mostrar los dientes blancos y deslumbrantes.

—Sí, muy cierto. ¿Dónde está esa gente, por cierto?

Me pongo rígido y la rabia me sube por dentro como un tornado. Wendy gira la cabeza hacia mí. Me mira y luego mira a su padre con los ojos entrecerrados. Suelta el tenedor y el sonido del metal me estalla en los tímpanos. Me pone una mano en el pecho y la sube hasta la barbilla. La sorpresa de que me toque basta para despejar la neblina roja que tengo ante los ojos.

Se inclina hacia mí y me besa en la mejilla.

—Respira hondo. Nos están mirando —susurra.

Me lleno de aire los pulmones y recupero el control.

Wendy endereza la espalda y clava la mirada en su padre.

—¿Qué has querido decir con eso?

Todo se me tensa por dentro al oírla. Si Wendy hubiera participado en el plan de Peter, lo sabría perfectamente.

—Era una simple pregunta, Wendy —dice Peter con un suspiro.

—Cierto, no pasa nada. —Sonrío y atraigo a Wendy hacia mí, y le paso una mano por el pelo—. He encontrado una acompañante mucho más atractiva.

Peter aprieta los dientes y mira a su hija con ojos suplicantes.

—No tienes ni idea de con quién estás.

Ella también se tensa.

—Sé perfectamente quién es. De ti no estoy tan segura.

Se me para el corazón un instante: su frase acaba de confirmar lo que ya intuyo desde hace unos minutos.

No sabe lo que ha hecho su padre.

Y eso quiere decir que no me traicionó.

CAPÍTULO 32

Wendy

El resto de la cena es una sucesión de miradas tensas. Solo se oye el sonido de los cubiertos contra los platos y las palabras de los que hablan en el escenario, que buscan acabar con las injusticias del mundo con fiestas millonarias y menús de mil dólares.

Pero, por dentro, me hierve la rabia.

«¿No deberías estar en la mansión?».

Ni siquiera ha notado que he desaparecido. Me han secuestrado y no se ha dado cuenta.

Hace meses que me digo que tengo que reconocer de una vez que no es el hombre que recordaba, pero es en este momento cuando el fragmento de mi alma que aún se aferraba a él se rompe en mil pedazos.

No se ha dado cuenta de mi ausencia.

Pero no le ha faltado tiempo para venir aquí.

Su imagen, eso es lo único que le importa. Su imagen pública. Porque es obvio que la imagen que tenga yo le da exactamente igual.

Y ha pasado algo con Ru, el amigo de Garfio. La conversación con el comisario, el hecho de que la mención de su nombre sea una provocación, la burla de mi padre sobre su ausencia... Todo eso me ha puesto en alerta.

Sé para qué me retiene Garfio, eso es evidente, pero lo que no entiendo es por qué mi padre se burla de él.

O por qué tiene tratos con alguien como Garfio.

A menos que no sea quien finge ser.

Y eso es lo que me hace sentir la persona más idiota del planeta. Porque, ¿cómo puedes vivir con alguien, respirar el mismo aire durante años, adorar hasta su más mínimo movimiento, quererlo con toda el alma y no saber quién es en realidad?

Es como si se viniera abajo la puerta tras la que están todas las cosas que no he dicho y todas las veces que he querido responder, pero en lugar de eso he asentido y he sonreído. Sé que Garfio me hará pagar lo que he dicho, pero no me importa. Decir lo que siento por fin me resulta liberador. Y Garfio me lo permite, es más, lo alienta.

Por retorcido que sea, es como si me diera su apoyo.

Me aventuro a lanzarle una mirada y lo veo asentir a algo que dice el hombre sentado a su lado. Siento una punzada en el estómago ante lo caótico de mis emociones. ¿Cómo es posible que este hombre, que hace una hora me amenazó con matarme, que me ha tenido encadenada a la pared de un sótano, sea el único que me trata como si fuera válida?

Obligó al comisario a pedir perdón por insultarme, me acarició el cuello cuando me enfrenté a mi padre y a la zorra de su ayudante. Ese no parece Garfio.

Parece James.

Muevo la cabeza para recordarme que está fingiendo. Si me trata como me trata no es por mí, y más me vale no olvidarlo.

Veo que se nos acerca uno de los gemelos. Se inclina y le dice algo al oído a Garfio, que estaba acariciándome el muslo con los dedos. Se detiene en seco y se pone tenso. Me aprieta la pierna y pone la servilleta sobre la mesa.

—Van a tener que perdonarme un momento, tengo un asunto urgente. —Se levanta, mira a mi padre y luego me da un beso en la mejilla, al tiempo que se enrosca un mechón de mi pelo en un dedo—. Pórtate bien —me susurra—. No hay lugar donde puedas esconderte para que no te siga.

La ansiedad me corre por las venas cuando se aleja y la indecisión me atenaza el estómago. Mi padre está sentado ahí mismo. Es el único hombre del mundo que podría salvarme. Pero ¿a qué precio?

No haré nada a menos que sepa que Jon estará a salvo. Y mi padre ha demostrado una y otra vez que para él Jon no es una prioridad.

Pero no. ¿Qué estoy pensando? No dejaría que le hicieran daño. Al fin y al cabo, Jon es su hijo.

Casi siento arcadas ante lo rápido que he pasado de creer en la bondad de las personas a considerar qué asesinatos les parecerían aceptables. Unos cuantos días entre criminales han bastado para que lo asuma como algo normal.

Y me afecta que no me afecte tanto como debería.

—Wendy, quiero hablar contigo, por favor. —Mi padre se limpia la boca con la servilleta y la deja sobre la mesa—. En privado.

El corazón se me para un instante. Sé que Garfio no querría que lo hiciera, pero no está aquí. Y me merezco unas cuantas respuestas. Asiento, echo la silla hacia atrás y miro a mi alrededor, casi temo que alguien me salte encima para detenerme.

Atravesamos la sala de baile hasta llegar a las puertas de la terraza. Mi padre me hace pasar por delante de él. No hay nadie más, y la brisa fresca se provoca escalofríos.

—Te está utilizando para vengarse de mí.

Las palabras son tan inesperadas que me estremezco y me llevo una mano al pecho. No sé bien qué esperaba oír. Tal vez una disculpa por no darse cuenta de que había desaparecido o por estar en condiciones de asistir a este acto mientras que nunca aparece cuando yo lo espero.

Es evidente que no sé nada de mi padre, y la verdad me llena de amargura.

Niego con la cabeza y me echo a reír.

—¿De verdad no te has dado cuenta de que había desaparecido?

—Wendy, por favor, sé razonable. Si lo que quieres es que te preste atención…

—Responde a la pregunta. —Aprieto los puños.

Suspira y se pasa la mano por la frente.

—El equipo de seguridad me dijo que no estabas en la casa y me imaginé que habías cogido una rabieta.

Sus palabras me estallan en el pecho como una bomba y me abrasan las entrañas. Una rabieta. Como si fuera una niña.

—Si hubiera sabido que estabas tonteando con un criminal psicópata, habría registrado cielo y tierra para dar contigo.

Me lo quedo mirando.

—¿Cómo lo sabes?

—¿El qué?

243

—Que es un criminal psicópata. —Me hierven las entrañas—. ¿Cómo es que lo sabes?

—¿Cómo es que no lo sabes tú? —Baja los brazos—. Estás jugando a un juego muy peligroso, Wendy. Un juego del que no sabes nada.

El fuego se desboca y me abrasa la garganta.

—¡No me menosprecies! —Se me queda mirando. Doy un paso hacia él, me paso los dedos por el pelo. El corazón me late enloquecido—. Estoy harta de que todos me tratéis como a una muñeca de porcelana que solo tiene que cerrar la boca y ser bonita. Mi opinión también importa.

Su mirada se suaviza.

—Claro que importa, mi pequeña sombra. —Se adelanta hacia mí—. Estoy intentando hablar contigo.

Suelto un bufido.

—No lo has intentado desde que murió mamá.

Aprieta los dientes.

—No sabes nada de tu madre.

—Entonces debe de ser que soy idiota. No sé quién es Garfio. No sé nada de mi madre. Y desde luego no sé nada de mi padre.

—¿Te ha obligado a venir aquí? —Se acerca más, habla con voz cuidada, como si tratara de atraer a un animal para que entre en una jaula—. ¿Te ha... te ha hecho daño?

Trago saliva y aprieto los dientes para contener la necesidad de decírselo, de gritárselo.

—¿Cómo está Jon? —le pregunto.

Se detiene.

—¿Qué?

—Que como está Jon. Ya sabes, tu hijo.

—¿Qué tiene que ver con lo que estamos hablando? —Arquea las cejas.

—Mucho. Todo.

Todavía tengo la esperanza de que me diga que ha ido a visitarlo. Que acaba de hablar con él por teléfono y se está adaptando bien.

Se pasa la mano por la cara.

—Seguro que está bien.

La decepción es como un ladrillo que me aplasta por dentro y se me instala en la garganta. Ni siquiera lo ha llamado. Y si no puede ni coger el teléfono, ¿cómo voy a confiar en que lo proteja de Garfio?

El sentimiento de culpa se apodera de mí. Jon ha estado solo. Aclimatándose sin ayuda de nadie.

Cierro los ojos, suelto el aliento que he estado conteniendo y noto una sensación enfermiza en las tripas. Es la aceptación de la situación en la que estoy.

—No me ha obligado a nada —digo muy despacio.

—Te está utilizando contra mí —repite.

No se equivoca. Sin llegar a decirlo, Garfio ha dejado bien claro que todo esto va de mi padre. Pero hasta ahora no me había dado cuenta de lo que me dolía eso. Aunque los días previos me habían dejado entumecida ante el dolor, la herida de saber que Garfio se había abierto camino hasta mi corazón solo para utilizarme es insoportable.

Detrás de mí, se oye el sonido quedo de la puerta, pero no me doy la vuelta. Sé quién es.

Cuando entra en un sitio es imposible no darse cuenta.

—Vaya, vaya. —La brisa me trae su acento, que me rodea el cuello como una soga—. Qué escena tan bonita.

El calor me cubre la espalda. El brazo de Garfio me atrae hacia él y el corazón me da un vuelco en el pecho. La cena se me sube a la garganta y tengo que ponerme una mano en la boca.

—¿Qué pasa, Peter? ¿Quieres robarme a mi chica? ¿O solo piensas utilizarla para tu próxima aventura?

Mi padre lo mira directamente a los ojos.

—Sea lo que sea lo que intentas, no te saldrá bien…, muchacho.

Garfio se pone rígido y me presiona el vientre con la mano. Alzo las manos para agarrarle el brazo. Entonces, a la velocidad del rayo, me fuerza el cuello hacia un lado hasta que los tendones se me tensan tanto que duelen. Dejo escapar un gemido y le clavo las uñas.

—¿Qué pasa? ¿Quieres que la mate?

Se me para el corazón, abro mucho los ojos y miro a mi padre.

Pero mi padre se limita a sonreír, burlón, y me devuelve la mirada.

—Ya te lo he dicho, mi pequeña sombra. No está interesado en ti.

Me abraso por dentro.

Una carcajada ronca retumba en el pecho de Garfio, me vibra en los huesos y le prende fuego a mis nervios. Se inclina hacia mí, presiona los labios contra el hueco de mi cuello y me lame la piel.

El calor me corre por la entrepierna seguido de inmediato por el asco. ¿Cómo es posible que mi cuerpo se excite en esta situación?

—No cometas el error de pensar que soy como los otros hombres con los que has tratado. —Garfio me suelta la cabeza y me aparta con delicadeza antes de avanzar hacia mi padre—. A mí no me importa mi reputación. No me importan ni el dinero ni el negocio, como a ti.

Mi padre aprieta los labios. La cabeza me da vueltas, no entiendo de qué está hablando.

—De hecho, no me puedes quitar nada que no me hayas quitado ya. —Da un paso más hasta quedar junto a mi padre, lo domina con su altura—. Estas son mis calles —sigue—. He esperado con mucha paciencia a que vinieras a jugar.

Se mete la mano en el bolsillo y el mango marrón de su navaja me provoca una descarga de terror. El corazón se me acelera, mis pies se mueven sin que pueda controlarlos. Corro, me pongo entre ellos, y mi padre retrocede un paso.

—No —suplico—. Te lo pido por favor, no… No le hagas daño.

Garfio abre más los ojos, pero se queda inmóvil mientras una sonrisa pausada le ilumina la cara. Extiende la mano para acariciarme la barbilla.

—Cuánta lealtad. —Mira a mi padre, detrás de mí—. ¿Tú no suplicas, Peter? —Arquea las cejas—. ¿O prefieres que derrame su sangre para ocultar tus pecados?

Silencio.

Un silencio ensordecedor. Un silencio que me rompe el corazón.

Garfio me mira a los ojos y le aguanto la mirada, con la respiración entrecortada, al ritmo del pulso, mientras el dolor que siento en el pecho me desgarra por dentro.

Suelta el aire, se cruje las vértebras para relajar el cuello, asiente y me tiende la mano.

Un gran alivio se apodera de mí y tiemblo al poner mi mano en la suya. Le pongo los dedos contra el pecho y él me rodea por la cintura. Su boca se acerca a mi oreja.

—Quiero que recuerdes siempre este momento, querida. Recuerda lo que se siente al darte cuenta de que tu padre estaba dispuesto a dejarte morir para salvarse.

Sin más, me saca de allí mientras mi alma salta en mil pedazos.

CAPÍTULO 33

Wendy

Garfio guarda silencio durante todo el trayecto en la limusina, pero noto la rabia que le sale por los poros e impregna el ambiente. Es densa y sofocante. Lo miro y luego me centro en las calles que pasan al otro lado de la ventanilla mientras me pregunto si está enfadado conmigo y por qué me importa.

El coche dobla una esquina y me quedo helada al ver una zona conocida. Conozco esta calle. Y no lleva al puerto deportivo.

—Dijiste que no me traerías aquí —se me escapa en medio del pánico.

—Y tú dijiste que te portarías bien. —Se quita una pelusa invisible de la chaqueta.

Me quedo boquiabierta.

—¡Y me he portado bien! ¡He hecho todo lo que me has pedido!

—¿Te había pedido que fueras corriendo detrás de tu padre? —me espeta.

Se me hace un nudo en el estómago.

—Eso fue... —Trago saliva—. Eso no tuvo nada que ver contigo.

Hago una mueca ante lo patética que he sonado. Él suelta una risita.

—Querida, si piensas que me lo voy a creer, es que eres una chiquilla estúpida.

Aprieto los dientes y cierro los puños.

—No soy una chiquilla.

Inclina la cabeza a un lado.

—¿Solo estúpida?

Respiro hondo por la nariz y trato de calmar la tempestad en las entrañas que me provoca imaginarme otra vez en esa mazmorra oscura.

—Por favor, no quiero ir al sótano otra vez.

Suspira y se frota la mandíbula con los dedos.

—No vas a ir.

Se me sueltan los músculos con la oleada de alivio.

—¿No?

El coche se detiene bruscamente entre las luces rojas y azules que se cuelan por la ventana y se me reflejan en la piel.

¿Qué demonios...?

La puerta se abre, Garfio sale del coche y me ofrece la mano. Me da un vuelco el corazón cuando pongo la palma sobre la suya y me ayuda a salir del coche. Es una dicotomía: en un momento me amenaza de muerte y al siguiente es un caballero. Es aterradora la perfección con que hace ambas cosas, como si fueran parte integral de su ser y coexistieran sin problemas. Tira por tierra todo lo que creía saber sobre el bien y el mal. Mi mente es un caos.

Salir del coche es una conmoción, y me quedo sin aliento.

Huele a quemado y el olor me cosquillea la nariz. Hay coches de bomberos y ambulancias, también unos cuantos coches de policía. Y el JR ha desaparecido. Se ha quemado hasta los cimientos. Solo quedan escombros.

Me llevo una mano a la boca.

—Dios mío. ¿Qué ha pasado?

Garfio parece impasible mientras supervisa los daños.

—Al parecer, tu padre.

—No. —La defensa se me escapa y ni siquiera pienso lo que digo antes de hablar—: Estaba con nosotros esta noche. No ha podido...

Garfio me mira y las palabras se me ahogan en la garganta cuando recuerdo todo lo que ha pasado esa noche. Me cuesta tragar saliva con el nudo de tristeza que se me ha formado en la garganta y se me extiende por todo el cuerpo.

Se oye un alarido agudo en la acera y me vuelvo a tiempo de ver a la camarera del JR que corre hacia Garfio y le echa los brazos al cuello.

Se me encoge el corazón al verlos abrazarse, pero me aparto para darles espacio. ¿Qué me importa a mí si se consuelan entre ellos?

Garfio se separa de ella con delicadeza.

—Moira.

—Es espantoso, Garfio. No sé... —solloza—. No tengo ni idea de qué ha pasado. Todo iba bien y un momento después... —Se tapa la boca y vuelve a deshacerse en sollozos.

Miro a mi alrededor, con la esperanza de que nadie haya resultado herido. Pero al mismo tiempo siento alivio: si no existe el JR, tampoco hay un sótano con cadenas y grilletes.

No nos quedamos mucho tiempo. Volvemos a la limusina y vamos al yate de Garfio.

Sin saber cómo, acabamos tumbados en su cama, aún con la ropa de la fiesta, sin hablar y casi sin movernos. Los últimos días me pasan por la mente una y otra vez, mientras me pregunto si Garfio dice la verdad.

Si mi padre es el responsable de todos estos daños.

El estómago se me encoge y el corazón se me acelera.

—¿De verdad vas a matarme? —pregunto con la vista clavada en el techo.

Él tiene los dedos entrelazados sobre el abdomen. Sus manos suben y bajan al ritmo de la respiración pausada.

—Aún no lo he decidido.

Se me hace un nudo en el pecho.

—¿De verdad crees que ha sido mi padre?

Suspira, se frota la frente y cierra los ojos.

—Querida, tanta pregunta empieza a resultarme tediosa.

Me muerdo la mejilla por dentro hasta notar el sabor de la sangre y me callo lo que quiero decir. Lo miro de reojo. Hay tristeza en sus rasgos. Es sutil, pero ahí está, en el rabillo de los ojos, en la manera en que el silencio se le pega a la piel. Es un aura de melancolía, como si estuviera en medio de un duelo.

—Siento lo de tu bar —susurro.

—No era mío.

Arqueo las cejas, sorprendida.

—Ah, di por hecho que…

—Era de Ru.

Me muerdo el labio y asiento.

—¿Y… dónde está Ru?

Vuelve la cabeza hacia mí, con el pelo contra la almohada, y sus ojos me abrasan la piel. Me quedo inmóvil, esperando a que encuentre lo que busca.

Se pasa la lengua por el labio inferior.

—Muerto.

Era lo que temía oír, pero la palabra me golpea como un martillo y las conversaciones de la velada encajan como las piezas de un rompecabezas. Ru está muerto. Y mi padre preguntó por él con una sonrisa burlona.

La ira y la incredulidad luchan en mi interior, chocan en una explosión catastrófica de pesar. Por el hombre con el que crecí. Por el padre que he perdido.

No le doy el pésame por la muerte de Ru. Algo me dice que Garfio no agradecería mis palabras, que inclinarían la balanza de la rabia hacia mí, y lo último que quiero es que se disguste todavía más. Justo ahora que hemos encontrado un extraño equilibrio, una tregua temporal.

—Cuando era pequeña, mi padre solía traerme bellotas —digo sin saber muy bien por qué.

A mi lado, Garfio se pone tenso. Hago una pausa, pero no dice nada y me arriesgo a continuar.

—Era una tontería. Yo tenía cinco años y adoraba a mi padre, aunque siempre estaba de viaje. —Un nudo me atenaza por dentro—. Pero cuando volvía a casa, entraba en mi cuarto y me apartaba el pelo de la cara para darme un beso de buenas noches en la frente. —Las lágrimas me nublan los ojos. Los cierro con fuerza y las noto ardientes en las mejillas—. Yo me hacía la dormida. Tenía miedo de que, si se daba cuenta de que estaba despierta, ya no entraría más.

Tengo la garganta cerrada de la emoción. No sé si puedo seguir hablando.

—¿Y las bellotas?

La voz de Garfio es baja, ronca. Sigue con la vista fija en el techo. Sonrío.

—Cada vez que se iba, yo lloraba. Tenía miedo de que no volviera nunca. Una noche, cuando se estaba despidiendo, entró algo por la ventana abierta. Cuando me desperté, me lo había puesto sobre la mesilla de noche con una nota en la que prometía volver. —Me echo a reír y muevo la cabeza—. Era una bellota, nada más, pero… no sé. —Me encojo de hombros y me seco una lágrima—. Yo era una cría idiota. Daba valor sentimental a cosas que seguramente no lo tenían. Pero desde aquella noche, cada vez que se iba me dejaba una bellota sobre la mesilla para prometerme que iba a volver. —El dolor me desgarra el corazón y me llega a lo más profundo del alma—. Y yo coleccionaba aquellas bellotas como si fueran besos.

—¿Por qué me cuentas eso? —pregunta.

Me vuelvo hacia él y apoyo lo mejilla húmeda contra la mano, sobre la almohada.

—No lo sé. Tal vez para demostrarte que no siempre fue tan malo. Hubo un momento, en un tiempo muy lejano, en que me quiso.

Se me escapa un sollozo y me pongo la mano sobre la boca para contenerlo.

Garfio se vuelve para mirarme. Me pone la mano bajo la cara y me seca las lágrimas con el pulgar.

—Es imposible no quererte, Wendy. Si no fuera por eso, ya estarías muerta.

Lo absurdo de la situación, la manera de consolarme de este hombre que me tiene prisionera, su capacidad de decir algo espantoso y que me parezca dulce hacen que se me escape la risa.

—¿Eso quería ser romántico? —pregunto entre risas.

Él también sonríe.

—Quería ser la verdad.

Dejo de reírme. Nos quedamos mirándonos mientras los sentimientos contradictorios se debaten en mi interior y me laceran el corazón. Sé que debería detestar a este hombre.

Pero ahora mismo soy incapaz.

—En fin —digo al final con un suspiro. Rompo el contacto visual para aplacar el fuego que me arde en las venas—. Cuando mi madre murió, desaparecieron las bellotas. Y mi padre con ellas.

No dice nada y yo también me callo. Al final se levanta, va hacia una cómoda y me pasa unos pantalones cortos y una camiseta negra. Es ropa con la que no me lo imagino, aunque lo intente. La acepto sin protestar, me la pongo y me meto en la cama. Sé que no tengo otra opción.

—Garfio —susurro en la oscuridad.

—Wendy.

—No quiero morir.

Suspira.

—Duérmete, querida. Por esta noche estás a salvo.

—Vale.

Me llevo las manos al cuello y jugueteo con la gargantilla de diamantes. Me ha dado miedo quitármela. Me dijo que me la dejara puesta, y no sé si se refiere a todo el tiempo, incluso ahora, en su casa. Pero no quiero destruir la calma que hemos creado. Ya he sido el blanco de su ira y no quiero volver a serlo.

—Garfio —digo de nuevo.

No hay respuesta.

Siento un peso en el vientre, pero sé que tengo que decirlo ahora o tal vez no tenga otra ocasión.

—Te miro, ¿sabes? Cuando crees que nadie te ve. —Retuerzo las manos bajo las mantas—. Si mi padre tiene algo que ver con lo que te pone tan triste… —Muevo la mano hasta que rozo la suya—. Te veo. Solo quería que lo supieras.

No responde, pero tampoco aparta la mano. Y así es como nos quedamos dormidos.

CAPÍTULO 34

James

Me quedo tumbado en la cama y veo como sube y baja el pecho de Wendy, lo tranquila que duerme hasta cuando gime en sueños.

Yo no voy a poder dormir.

Todos mis planes relativos a Peter se han ido al traste. La rabia me corre por dentro, me exprime las células, me pesa en el corazón.

El JR ya no existe.

Se ha quemado hasta los cimientos. Solo quedan cenizas y escombros. No ha habido víctimas, pero tampoco se ha podido recuperar nada.

No es que tuviera allí nada importante. Cuando uno trabaja en los márgenes de la ley, aprende enseguida que no es buena idea tener las cosas donde los demás esperan que las tengas.

Pero el JR era nuestra fuente principal de dinero legal y al final llegó a tener un valor más personal. Es el lugar donde crecí, donde aprendí a ser Garfio, y no un monstruo criado en una jaula. Tenemos otros locales, claro, unos cuantos clubes de estriptis en las afueras y un club nocturno en el centro, pero el JR era mi hogar.

A eso se suma que ya no sé qué hacer con Wendy. He sobre-estimado la relación que tenía con su padre. Me creí como un idiota lo que decían los periódicos, toda la poesía sobre lo unidos que estaban. Pero ningún hombre con un mínimo de amor hacia su hija permitiría que esta se interpusiera entre un asesino y él.

Fue patético.

Ahora sé que Wendy no me traicionó. Pero. No sé por qué, no quiero dejar que se vaya.

No obstante, si Peter Michaels cree que puede venir a mi ciudad, robarme los cargamentos de droga, quemar mi negocio y matar a mi gente sin sufrir las consecuencias, se va a llevar una sorpresa muy desagradable.

Bajo de la cama, salgo de la habitación y cierro la puerta con llave antes de ir a la cocina. Me detengo en seco al ver a Smee ante la isla con una taza de té en la mano.

—¿No dijiste que ibas a estar fuera toda la noche?

Smee se vuelve hacia mí y se le cae la gorra roja. Me sonríe.

—He terminado antes de lo que pensaba. ¿Le preparo algo? —Alza la taza—. ¿Un té?

Niego con la cabeza.

—No, tengo que hacer cosas. Oye, Wendy está aquí. No quiero que salga del barco, ¿entendido?

Smee mira hacia el final del pasillo y luego me mira a mí.

—¿Va todo bien, jefe?

Asiento.

—Si da algún problema, llámame de inmediato. No la toques bajo ningún concepto.

Bebe otro sorbo de té.

—Entendido.

Sonrío.

—Así me gusta.

Estoy a punto de salir de la cocina cuando lo oigo.

Tic.

Tic.

Tic.

El corazón se me encoge en el pecho y me empieza a latir tan deprisa que creo que las venas me van a estallar. Me doy la vuelta muy despacio, concentrado solo en Smee, que juega con algo sobre la encimera de la cocina.

—Smee —digo. Me tiemblan las manos—. ¿Qué es ese ruido?

Smee alza la vista, sonriente.

—¿Eh?

Doy un paso tambaleante hacia él. El nudo que siento en el estómago es tan violento que me parte en dos. Cuando llego a la isla, respiro hondo y trato de recuperar el control.

—Ah, ¿esto? —Me muestra un reloj que parece viejo, tiene una cadena de oro que cuelga de la encimera—. Lo vi en una casa de empeños y me encantó. —Limpia el cristal con el pulgar—. Suena un poco fuerte, pero…

La vista se me nubla y el esfuerzo para no destrozarle todos los huesos de la mano con tal de detener ese ruido incesante es intolerable.

—¿Está bien, jefe?

—Por favor —consigo decir con los dientes apretados—, saca eso de mi casa.

—No he…

Barro la encimera con el brazo. Golpeo la taza, el líquido se derrama y la porcelana se hace añicos contra el suelo de madera.

—¡Que saques eso de aquí!

Abre mucho los ojos y retrocede.

—¡Voy, voy!

Sale corriendo a la cubierta, corre hacia la borda y lo tira al mar.

Cierro los ojos y me concentro en el delicioso silencio. Respiro hondo mientras la neblina roja se aleja y vuelvo a recuperar el control.

Smee regresa, me mira a mí y luego a la taza destrozada en el suelo.

Inclino el cuello para relajar los músculos y dejo escapar un suspiro tenso.

—No vuelvas a traer un reloj a este yate. ¿Entendido?

Traga saliva y asiente.

Me doy media vuelta y salgo por la puerta mientras me libro de los últimos restos de ira. Con cada paso que doy, noto como voy recuperando el control.

Lo primero que hago es convocar una reunión de emergencia en el Laguna, un club de estriptis que tenemos en las afueras de la ciudad. No suelo ir por allí, pero necesito un lugar temporal y este tiene el mejor despacho.

Luego llamo a Moira y la cito allí. Tendría que haber hablado con ella de inmediato, o haberle dicho a uno de los muchachos que la acompañara hasta que tuviera un momento libre, pero estaba demasiado centrado en Wendy y en mi conflicto de emociones para pensar con claridad. Ha sido un descuido.

Pero ahora que sé que la tengo encerrada en mi dormitorio, puedo pensar con claridad y concentrarme en otras cosas.

Los muchachos reciben órdenes y se van. Media hora más tarde, Moira entra en el despacho contoneándose, con los ojos brillantes y los labios pintados de ese rojo atroz.

—Garfio —ronronea—. Hacía tiempo.

—He estado ocupado. —Va a adelantarse a mi lado del escritorio, pero la detengo con un ademán—. No te he llamado para eso.

Se le borra la sonrisa y frunce el ceño.

—Ah.

—Cuéntame lo que pasó anoche. —Junto los dedos ante los labios.

Suspira, se pasa una mano por el pelo y se sienta frente a mí.

—Ya le he dicho a Starkey todo lo que sé.

Sonrío. Se me está agotando la paciencia.

—Dímelo a mí.

—No vi nada, ¿vale? —suelta—. Todo iba como siempre y de pronto… ¡bum! —Junta las manos—. Una explosión o algo así. La verdad, me centré en que saliera todo el mundo y ni me paré a pensar en lo que estaba pasando.

Me froto la barbilla sin afeitar.

—Bien.

Sonríe.

—Bien.

La señalo.

—Quédate ahí callada.

Frunce el ceño, pero hace lo que le digo. Guarda silencio, al menos al principio, así que me puedo centrar en los gastos de funcionamiento del Laguna. No es que tenga que hacerlo, pero es una manera de pasar el rato. En otros tiempos habría utilizado el cuerpo de Moira para eso, pero me doy cuenta de que la mera idea me repele.

Al final, suelta un bufido y se da una palmada contra los muslos.

—Pero ¿vamos a hacer algo o no, Garfio? Esto es muy aburrido.

Alzo la vista hacia ella.

—He dicho que estés callada.

Se levanta y se me acerca contoneándose.

—A mí se me ocurren otras cosas mejores que hacer.

La miro irritado cuando se deja caer de rodillas ante mí y me pasa las uñas rojas por los muslos, hasta poner la mano sobre mi polla y cerrar los dedos en torno a toda su longitud a través de la tela. La aparto de un manotazo, la cojo por la barbilla y la obligo a mirarme.

—¿Te he dicho que me tocaras?

Intenta negar con la cabeza. Le paso el dorso de la mano libre por la mejilla.

—¿No quieres complacerme?

Asiente.

—Sí.

Me inclino hacia ella y le rozo la nariz con la mía.

—Pues siéntate y quédate callada. Ya no necesito para nada tu boca.

Cierra los ojos y le suelto la cara. Retrocede, se frota la barbilla y vuelve a su lugar, donde se cruza de brazos y se queda mirando el suelo.

Seguimos en silencio durante una hora. De cuando en cuando, llamo a algún empleado al azar para que venga. Lo único que necesito es que me vean con Moira en este preciso momento.

Al final, llama a la puerta alguien a quien estaba esperando.

—Adelante —digo, y siento una oleada de alivio cuando entran los gemelos—. ¿Ya está?

Asienten y miran a Moira.

Me acomodo en la silla, satisfecho.

Hay una cosa que Peter no entiende. Él tiene dinero y posición social, pero yo tengo lealtad. Y la lealtad nace del respeto. Si cuidas de la gente, la gente cuida de ti. Y si algo hemos hecho Ru y yo en esta ciudad es cuidar de nuestra gente.

Bloomsburg, Massachusetts, no se parece a ningún otro lugar del mundo. Sus habitantes no encajan bien que llegue gente nueva y pegue fuego a su ciudad.

Da la casualidad de que el guardia de seguridad de Nunca-JamAir es amigo personal mío. Su hijo tuvo cáncer hace unos años y Ru pagó la quimioterapia y todos los gastos médicos.

Tendrá que desaparecer, claro. Ha puesto en bucle las cámaras de seguridad para que transmitan constantemente la misma imagen inofensiva y les ha dado acceso a mis muchachos para que peguen fuego a todos los aviones. Pero la gente hace cualquier cosa por sus seres queridos, y sabe que su esposa y sus hijos estarán bien cuidados, protegidos por los Niños Perdidos.

A veces, el amor exige sacrificios.

Cosa que Peter ignora por completo.

Miro a Moira y sonrío.

—Te puedes marchar.

Aún tiene la barbilla roja, con la marca de mis dedos. Se levanta y se da media vuelta para salir.

—Moira —digo. Se detiene en la puerta—. Puedes contarle a todo el mundo que te he dado un buen revolcón. No quiero dañar tu reputación.

Suelta un bufido y cierra de un portazo. Sonrío y me pongo de pie. La repentina urgencia de volver al barco hace que la cabeza me dé vueltas.

Justo cuando llego al coche, el teléfono me vibra en el bolsillo. El mensaje es una sola línea.

Smee: Su chica se ha ido.

CAPÍTULO 35

Wendy

Me despierto y me desperezo para que mi cuerpo salga del sueño. He dormido mejor que en mucho tiempo, mejor incluso que antes de que me encerraran en el sótano del JR. Bostezo, me froto los ojos y miro a mi alrededor, puede que con la esperanza de ver a Garfio dormido a mi lado.

Pero no lo veo, claro.

Estoy sola. Me incorporo en la cama. ¿Qué se supone que tengo que hacer? Voy al baño, me lavo la cara y utilizo el cepillo de dientes que me dejaron ahí ayer, antes de la fiesta.

Me siento rara al despertar en medio de tanto lujo y utilizar las instalaciones como si fueran mías. Me confunde, me desequilibra, hace que me resulte difícil recordar que no soy libre, que no puedo hacer lo que quiera.

Las cadenas son invisibles, pero siguen presentes.

Me miro la gargantilla en el espejo.

Bueno, casi invisibles.

Regreso al dormitorio de Garfio y miro hacia la puerta. Me imagino que estará cerrada, como anoche. Pero cuando voy hasta ella y muevo el pestillo, gira sin problema y se abre.

El yate está en silencio y me lleno de inquietud. Tengo los nervios de punta al recorrer el pasillo y entrar en la cocina.

Al llegar, me paro de repente al ver a Smee junto al fregadero.

Me llevo una mano al pecho.

—Oh, cielos. Hola.

Sonríe.

—Hola, señorita Wendy. No pretendía asustarla.

—No, debí imaginarme que habría alguien aquí. —Desecho sus disculpas con un ademán—. ¿Dónde está Garfio?

Arquea las cejas.

—¿Se refiere a James?

Inclino la cabeza hacia un lado. Es la primera vez que alguien lo llama así delante de mí, y eso hace que me pregunte hasta qué punto están unidos Smee y él. Hace unos días me dijo que no se metía en la vida personal de Smee, pero no me imaginaba que permitiera que nadie lo llamara por su nombre.

Y si están muy unidos, eso quiere decir que Smee es tan malo como los demás.

Es extraño, pero no siento la oleada de rabia ardiente que me hace querer destruir a todos los responsables de mi situación. En su lugar, me llega una aceptación total, seguida por una sensación de repugnancia ante lo deprisa que me he acostumbrado a esta nueva realidad.

—Ha ido a encargarse de unos asuntos. Me ha dicho que la haga sentir como en casa. —Sonríe—. ¿Café?

Lo miro con atención. No sé si aceptar una bebida de alguien que no conozco. El dueño de este barco me drogó, así que me temo lo mismo de cualquiera. Este es su mundo y yo solo trato de nadar en sus aguas. No sé por qué normas se rigen los criminales.

Aunque, técnicamente, Smee no es un criminal. Solo trabaja para un criminal.

Niego con la cabeza y me obligo a sonreír.

—¿Pasa algo si salgo fuera?

Me mira con atención un momento, casi como si no supiera qué responder. Aguanto la respiración. Ojalá diga que sí. Necesito con desesperación un poco de aire fresco para recordarme que no sigo encerrada en la oscuridad, a solas en una habitación, sin más compañía que mis pensamientos.

—Por favor, no me alejaré. Es que… —Entrelazo los dedos sobre la encimera—. Solo quiero que me dé un poco el sol.

Asiente.

—Claro, señorita Wendy. Vaya, vaya.

Sonrío de oreja a oreja, salgo por la puerta y voy a la cubierta de paseo.

Me tumbo en una hamaca, pero por mucho que lo intento, no puedo ponerme cómoda. Siento por dentro una extraña energía que no me deja tener quietas las piernas. Miro a mi alrededor. Smee no está por ninguna parte. La pasarela del muelle está a pocos metros y todos los músculos me piden a gritos caminar por él, tal vez meter los pies en el agua.

Voy hacia la puerta para entrar y preguntarle a Smee si puedo salir, pero me detengo en seco. ¿Qué diantres estoy haciendo? No me voy a marchar.

Cualquiera me puede ver desde el barco si sale a la cubierta de paseo y me busca. Aparto la mano de la puerta y, con el corazón acelerado, bajo del yate y piso el muelle.

Pensaba que, en cuanto saliera del barco, sentiría la necesidad irresistible de escapar, pero no es así. Voy hacia el borde del muelle mientras el sol me acaricia la piel y me doy cuenta de que no estoy desesperada por huir porque, si lo hago, no sabría a dónde ir.

No puedo ni imaginarme de nuevo en la mansión y viviendo con mi padre. Ahora sé lo que sé, y siento el dolor que siento.

No me cabe duda de que he perdido el empleo en el Vanilla Bean. Te despiden si no te presentas cuando te toca turno, y han pasado varios días.

Angie debe de estar preocupadísima, o tal vez me ha dado por perdida. Tampoco éramos amigas del alma. Nos llevábamos bien, pero solo nos conocemos desde hace un par de meses.

Y tampoco tendría a Jon.

Estaría sola. Sin trabajo, sin expectativas, sin familia.

Se me encoge el corazón.

No sé cuánto tiempo estoy sentada ahí, con los pies colgando sobre el agua, pero salgo de mis ensoñaciones cuando oigo unas pisadas detrás de mí. Me vuelvo y veo a Garfio que camina a zancadas por la pasarela de madera, con los labios apretados y los ojos entrecerrados.

Parece muy enfadado.

El estómago me da un vuelco.

Voy a saludar, pero antes de que tenga ocasión, me agarra por el brazo con fuerza y me obliga a ponerme de pie. Doy un traspiés y tengo que cogerme de su traje para no caer.

No dice ni una palabra. Se limita a arrastrarme de vuelta al Tigrilla con los dientes apretados. Apenas puedo seguirlo.

—¡Me estás haciendo daño!

Me agarra más fuerte aún y tengo que dar tres pasos por cada uno de los suyos. Miro a mi alrededor. No hay nadie más en el puerto deportivo, nadie que pueda ayudarme. Aunque lo hubiera, seguro que Garfio también lo controlaría. Parece que puede ir a donde quiera, hacer lo que sea. Es intocable.

Una vez en el yate, abre la puerta que da a la sala y me tira al sofá, entre los cojines mullidos. Los mechones de pelo me caen sobre la cara y, mientras me los aparto, la irritación me hierve en las venas.

—¿De verdad hacía falta? —Me froto el lugar por donde me ha agarrado para aliviar el dolor.

—¿Te crees que esto es una broma? —me pregunta, cortante.

Frunzo el ceño.

—¿Qué? No he…

—Debe de ser que sí —sigue—. De lo contrario, no entiendo qué te ha hecho pensar que podías salir del barco.

—No…

Da un paso hacia mí, me domina con su altura. El corazón me bombea adrenalina por las venas.

Me mira fijamente y me da un vuelco el corazón.

—No confundas mi generosidad con debilidad, Wendy. —Me presiona el labio inferior con el pulgar—. O te ataré a mi cama hasta que se te quiten las ganas de escapar.

—¡Agh! —estallo al final. La rabia ante sus cambios de humor me abrasa por dentro, es agotador—. ¡Tú estás loco, joder!

En cuanto se me escapan las palabras sé que he cometido un error. Me llevo la mano a la boca y abro mucho los ojos.

Se echa hacia atrás e inclina la cabeza.

—¿Qué me acabas de llamar?

Las palabras le salen lentas como un jarabe, controladas y peligrosamente dulces.

Me aparto la mano de la boca. Sé que debería retirar lo que he dicho, pedir perdón antes de que sea tarde, pero no. Su personalidad Jekyll y Hyde es demasiado para mí. Me incorporo sobre los codos y pego la nariz contra la suya.

—¡He dicho que estás loco!

Entreabre los labios y suelta el aliento muy despacio. Su respiración me acaricia la cara y, sin poder evitarlo, me paso la lengua por el labio inferior, como si buscara su sabor. Las manos me tiemblan.

Me coge el rostro y me besa.

Me ha pillado con la guardia baja y me quedo paralizada. Pero cuando noto su lengua en la boca, me dejo llevar. Doy rienda suelta a todas mis emociones, las vuelco sobre él.

Es una erupción volcánica. Lo agarro por la barbilla, me aferro a su cuerpo, nuestros dientes chocan cuando trato de acercarme más para saborearlo más a fondo. Gime, me mete los dedos en el pelo con una mano, y con la otra me rodea la cintura y me estrecha contra él.

El beso es cualquier cosa menos dulce. Es retorcido, es tóxico, es un veneno disfrazado de azúcar que me hace amar el sabor de la muerte.

Y no podría detenerme, aunque quisiera.

Aparta los labios de mi boca, me recorre la cara, me mordisquea la barbilla y el cuello. Echo la cabeza hacia atrás con un gemido sin soltarme de sus hombros. Me agarra la cintura con más fuerza, me suelta el pelo, me levanta y me da la vuelta. Mi pecho queda contra el respaldo del sofá e intento asirme a algo.

Me recorre los costados con las palmas de las manos mientras me presiona la erección contra el culo, con la cara contra mi cuello. Me pone una mano en el cuello y aprieta. Se me endurecen los pezones al tiempo que me recorre una oleada de calor abrasador.

Se me eriza el vello cuando su mano me llega al vientre y se desliza bajo los pantalones cortos, se cierra entre las piernas y los dedos se resbalan entre los pliegues.

Tenso los abdominales.

—¿Te parece que estoy loco? —me ruge al oído—. Tú eres la que me vuelve loco.

Me clava los dientes en el cuello al tiempo que mete los dedos hasta el centro de mi ser. Un dolor agudo me recorre y se mezcla con el placer de la plenitud.

Levanto la cabeza hacia su pecho.

—Dime que te gusta lo que te hago, nena —me exige—. Dime que lo has echado de menos.

—Lo he… oh, Dios…

Me presiona el pulgar contra el clítoris hinchado. Va dibujando círculos mientras sus dedos entran y salen de mí y, con la otra mano, controla el aire que me llega a los pulmones.

El deseo es tal que no puedo pensar. El calor se me enrosca en el vientre e irradia hacia todo mi cuerpo, me inunda hasta que estoy a punto de estallar.

—¿Sientes haber roto mis reglas?

De pronto se mueve más despacio. Subo las caderas hacia él, desesperada por su contacto, tan cerca de la liberación que no puedo pensar en otra cosa.

—Sí —jadeo.

Vuelve a meterme los dedos, los curva dentro de mí y frota un punto que me hace arquear la espalda con la boca muy abierta.

—Así me gusta —ronronea.

El placer de sus palabras me estalla dentro como una explosión de estrellas, la humedad le gotea por los dedos y le moja toda la mano.

Me aprieta más el cuello, apenas unos sorbos de aire me llegan a los pulmones. El pánico me empieza a invadir y los rincones más oscuros de mi mente me suplican que recuerde que este hombre amenazó con matarme hace menos de veinticuatro horas. Podría hacerlo ahora mismo si quisiera y la muerte me encontraría más excitada que nunca.

—Y no volverás a desobedecerme. ¿Verdad?

Me mordisquea el lóbulo de la oreja y la corriente me recorre toda la columna.

—N-no —consigo decir con un hilo de voz.

Me tiembla todo por dentro, las piernas se me deshacen, tengo el pelo pegado a la cara y el placer me hace delirar de necesidad. Sollozo al borde del abismo, mi cuerpo pide a gritos la culminación.

—Eso está muy bien —susurra contra mi piel.

Me presiona el clítoris y me aprieta el cuello hasta que me corta el oxígeno. Eso, combinado con la alabanza, hace que mi cuerpo entre en combustión y un millón de luces brillantes me cieguen al tiempo que me desmorono entre sus manos.

Respiro a bocanadas mientras las paredes internas me palpitan contra él, y vuelvo a bajar a la tierra al tiempo que recupero poco a poco la capacidad de razonar.

Mi cuerpo tiembla contra el suyo, los jadeos hacen que mi pecho suba y baje.

Saca la mano, me la acerca a la boca y me pone entre los labios los dedos empapados de mis jugos. Mi propio sabor mezclado con la sal de su piel me provoca otra oleada de placer y le chupo los dedos hasta dejárselos limpios.

—No intentes marcharte nunca más.

Quiero discutir. Quiero decirle que no iba a marcharme, que el idiota de su «primer oficial» me dijo que podía salir. Pero estoy demasiado cansada.

Así que me duermo contra su pecho. Elijo vivir en el éxtasis un poquito más, antes de que la vergüenza y el dolor vuelvan a la superficie y me devoren entera.

CAPÍTULO 36

James

Ya no sé qué quiero de Wendy. Cuando Smee me dijo que se había ido, se me pasaron por la cabeza un centenar de posibilidades. ¿Se la había llevado Peter? ¿O tal vez otro de mis enemigos?

Solo cuando volví al puerto deportivo me di cuenta de que todos mis pensamientos giraban en torno a la preocupación, no ante la posibilidad de que hubiera escapado de mí a la primera ocasión.

Y eso me pone muy furioso.

Que se marchara y que me importe.

Pero fingir que algo no importa no lleva a nada y solo causa problemas. El control absoluto llega al aceptar las emociones y luego doblegarlas, sientas lo que sientas.

El problema es que Wendy me hace perder ese control.

Y eso no me había pasado nunca.

La suelto y doy un paso atrás. Recupero el sentido común pese a que la polla me palpita contra la ropa.

Wendy se desploma en el sofá, respira jadeante mientras la miro y la conmoción me retumba en los huesos. No ha tenido miedo de mí, aunque me faltó poco para decirle que la iba a matar.

Dice que estoy loco, pero demente es cualquiera que deposite su vida en mis manos como hace ella.

Me enfureció que me preocupara.

Me pone rabioso lo que me hace sentir.

Ahora me saca de quicio la idea de que signifique algo para mí, que sea mucho más que una herramienta, más incluso que un pasatiempo.

Ha empezado a importarme.

Me doy cuenta de que ya no quiero utilizarla contra su padre. Es como un golpe que me deja sin respiración y hace que el corazón atormentado me dé un vuelco. Pero, si la dejo libre, escapará de mí.

Echa la cabeza hacia atrás, con los ojos cerrados y los labios entreabiertos para respirar. No puedo apartar los ojos de ella y el corazón se me acelera.

—Eres preciosa, ¿sabes?

Abre los ojos y se humedece el labio inferior con un gesto lento, pausado. La sangre me fluye hacia la entrepierna y la erección me palpita contra el muslo.

Esboza una ligera sonrisa.

—Eso se lo dirás a todas tus rehenes.

—Ajá. Menuda boquita. —Me dirijo hacia ella—. Me parece que ese sarcasmo ha ido a peor desde que estás bajo mi protección.

Suelta un bufido e inclina la cabeza hacia un lado. Me siento a su lado.

—¿Ahora se llama así? ¿Protección?

Me encojo de hombros.

—¿De verdad te parece que ahí afuera estarías más segura que conmigo?

Frunce el ceño.

—Garfio.

El apodo me provoca un nudo en el estómago, como siempre que me llama así. No me gusta que me conozca como Garfio. Sobre todo porque es la única persona del mundo que me hace sentir como James.

—Has amenazado con matarme. Muchas veces —dice.

Me inclino hacia ella y le aparto el pelo de la mejilla.

—Eso no ha impedido que te me corras en los dedos, niña mala. —Le dibujo una línea hasta la clavícula y disfruto del rubor que le sube por la piel—. ¿Te excita estar en peligro de muerte?

Suelta un bufido y se aparta de mí. Me relajo contra el respaldo del sofá, con una sonrisa burlona.

En ese momento me suena el teléfono. Me lo saco del bolsillo para mirar la pantalla, aunque lo que más deseo es fingir que el mundo no existe y quedarme en la burbuja de Wendy. Es Starkey.

—Sí.

—Hola, jefe. ¿Tiene tiempo para una reunión? Va a haber una entrevista en la que creo que querrá estar.

Me tenso por dentro y, una vez más, dejo de concentrarme en Wendy para enfocarme en los problemas de mi vida. Las «entrevistas» son algo muy específico: ha pasado algo y tienen a alguien a quien interrogar.

—Muy bien. ¿Dónde va a ser?

—En el Laguna.

Resoplo, cuelgo y me doy unos golpecitos en la barbilla con el teléfono mientras miro a Wendy, sin saber muy bien qué hacer con ella. Podría dejarla aquí, pero Smee ha demostrado que no es capaz de vigilarla.

Ya no quiero utilizarla para nada inicuo, pero tampoco quiero dejarla sola y correr el riesgo de que escape. Tampoco importaría mucho. Pese a su actitud mordaz, no se ha quitado la gargantilla que le puse en el cuello. Y, mientras la lleve puesta, puedo localizarla donde sea.

Pero si huye, la perderé para siempre. Y me acabo de dar cuenta de que no la quiero perder.

—¿Cómo has salido del dormitorio? —le pregunto.

Se pasa los dedos por el pelo enredado.

—¿Qué quieres decir?

—Lo que he dicho. La puerta estaba cerrada con llave. ¿Cómo has salido?

Niega con la cabeza.

—Estaba abierta.

Noto una opresión en el pecho.

—Estaba cerrada.

—Cuando moví el picaporte, se abrió. —Se encoge de hombros.

La inquietud me nada por las tripas como un tiburón en torno a su presa.

—¿Me estás mintiendo?

—¿Por qué te iba a mentir?

Arqueo una ceja.

—Se me ocurren muchos motivos. En teoría, ahora mismo no debería ser tu persona favorita en el mundo.

Entorna los ojos.

—No eres mi persona favorita. Eres mi persona menos favorita.

Me echo a reír, me pongo en pie y le tiendo una mano para ayudarla a levantarse. Pone los dedos contra mi palma, se incorpora y tiro de ella para pagarla a mi cuerpo. Le cubro la base de la espalda con la mano y le retuerzo la camiseta de algodón.

Se le entrecorta la respiración cuando le acaricio los labios con la boca.

—Tienes una manera muy rara de demostrarlo, querida. —Me echo hacia atrás para ver cómo se le dilatan los ojos, y me recorre una oleada de placer—. Tengo que hacer una cosa, pero como no se puede confiar en ti, vendrás conmigo.

Suspira.

—De acuerdo, pero… ¿quieres que vaya con esto?

Se pasa las manos por el esbelto cuerpo, enfundado en mi ropa.

Sonrío.

—Me resulta muy excitante que lleves mis cosas.

Suelta un bufido.

—Le diré a Moira que salga a nuestro encuentro y te traiga algo. —Me complace la mueca que pone al escuchar el nombre de Moira—. Tenéis la misma talla.

Entrecierra los ojos y esboza una sonrisa tensa.

—¿Y eso cómo lo sabes? ¿Por tu memoria táctil?

Le acaricio una mejilla sonrojada.

—Los celos te quedan muy bien. Es una pena que no tengamos tiempo para eso ahora.

Se cruza de brazos.

—No son celos. Es que me cae mal.

Sonrío y una sensación cálida me inunda el pecho. Tal vez siente por mí más de lo que quiere reconocer. Y tal vez lo he echado todo a perder de manera irrevocable.

En el Laguna, como en casi todos nuestros locales, hay un sótano. Se utiliza sobre todo como almacén o para guardar de manera temporal algunas cosas no estrictamente legales que pasan por nuestras manos.

Reunirnos aquí no es lo más deseable, pero ya no tenemos el JR, así que no hay otra alternativa.

Wendy está arriba, en el despacho, vigilada por Rizos, y yo aquí, rodeado de cajas y cajones, frente a frente con otro camello miserable que pensó que era buena idea traicionarme.

No sé su nombre y, siendo franco, no me importa. Lo que me importa es que me están haciendo perder el tiempo con asuntos triviales cuando me debería centrar en lo importante. Pero a los chicos no se les da tan bien como a mí sonsacarles información a los traidores. Y alguien está tratando de acabar conmigo, así que necesito toda la información posible.

—Cuéntame.

Me dirijo hacia el hombre atado y amordazado. Le arranco el trapo blanco de la boca, con lo que escupe y tose mientras respira a bocanadas. Le acaricio la mejilla con la navaja:

—¿Cómo te llamas?

—To-Tommy.

—Tommy. —Asiento—. Dime, Tommy, ¿qué pensabas ganar traicionándome?

Traga saliva y mira hacia un lado.

Lo agarro por la barbilla con los dedos enguantados y lo obligo a mirarme. Le presiono la navaja contra la boca y unas gotas de sangre resbalan por la hoja.

—No tengo tiempo para dudas, Tommy. Así que vamos a no desperdiciar estos valiosos segundos y ve al grano. No vas a salir vivo de aquí. —Le doy una palmadita en la mejilla y le suelto la cara—. Pero soy justo. —Retrocedo y me subo las mangas de la camisa—. Te voy a dejar elegir si quieres una muerte rápida o dolorosa.

Se queda en silencio.

—Dime. ¿Qué prefieres?

—Fue una mujer —dice a toda prisa—. Llegó hace unos meses, empezó a verse con nosotros, ya me entiende, empezó a… —Mira a los presentes, a los gemelos y a Starkey, que están a mi espalda. Luego se centra otra vez en mí—. Se acostó con algunos. Nos habló de su jefe, nos dijo que él nos iba a cuidar mejor. Que nos daría más de…

Titubea. Lo miro.

—¿Más de qué?

—Eh… más de lo que nos han estado dando.

Aprieto los dientes y me corroe la ira. Me vuelvo para mirar a los muchachos.

—¿No soy un jefe generoso? —Me centro otra vez en Tommy—. ¿No os doy acceso al producto y a mis calles?

Abre mucho los ojos.

—No… Sí, sí lo es, pero es que… Mire, yo quería negarme. Pero también quería ser parte de algo, tío. —Se inclina hacia delante—. Quería llevar la marca.

Eso despierta mi interés. Por fin, algo de información.

—¿Qué marca?

—Un tatuaje. Es genial, colega.

La irritación me estalla por dentro y me quita los últimos vestigios de control.

—Entiendo.

Me acerco un paso y la navaja desciende como un rayo. Le corta los tendones como si fueran mantequilla y se le hunde en el muslo.

Grita con un sonido que me araña los oídos y me raspa en las entrañas. Le tapo la boca con la mano para amortiguar el ruido y me inclino hasta que mi rostro está a pocos centímetros del suyo.

—¿Sabes lo que más me gusta de los cuchillos? —Tengo la navaja todavía en la otra mano y empiezo a girarla muy despacio, forzando el músculo—. Lo precisos que son. Mira, cinco centímetros más allá y te habría cortado la vena femoral. Te habrías desangrado a toda prisa. Habrías perdido el conocimiento y eso habría sido una muerte rápida.

Tommy gimotea y sacude todo el cuerpo contra las bridas.

—Pero visto que somos colegas, vamos a pasar un tiempo juntos. —Le sonrío—. Te voy a enseñar cuánto me gusta jugar con cosas que cortan.

Le quito la mano de la boca y miro con asco las lágrimas y los mocos que le corren por la cara.

—Es un cocodrilo —escupe—. Un cocodrilo enroscado en un reloj. Es la marca que te ponen cuando te unes.

La conmoción me golpea en el estómago y la visión que crean sus palabras hace que se me retuerzan las entrañas.

—¿Qué más? —siseo y hundo más la navaja.

—¡Nada más, tío, lo juro!

Se me contraen los dedos.

—Starkey, por favor, trae la sal.

—¡Lo llaman Cocodrilo! —aúlla Tommy—. ¡Para, por Dios, no…!

Se me escapa el mango de la mano, pero lo vuelvo a agarrar y la furia me ruge en la sangre. La oscuridad me azota por dentro como una tormenta. Arranco la navaja y vuelvo a golpear, más arriba. Rajo la carne con movimientos espasmódicos mientras aúlla de dolor.

—Mentira —siseo—. ¿Dónde has oído ese nombre?

—Es la verdad… Lo juro… —Está blanco, y la sangre se encharca en el suelo por debajo de nosotros—. Lo llaman Cocodrilo. Yo no lo he visto nunca…, pero la mujer se llama…

Suena una detonación.

CAPÍTULO 37

Wendy

Tengo el corazón en un puño allí sentada, en el despacho oscuro y húmedo de un club de estriptis, a la espera de que Garfio termine de resolver los asuntos que lo han traído aquí.

Rizos está sentado tras el escritorio y no para de jugar con su teléfono. Moira, a saber por qué, ha decidido hacernos compañía. Echa fuego por los ojos cuando me mira, y yo sonrío con la esperanza de que se dé cuenta del motivo de que Garfio me tenga aquí. Ha traído ropa, pero la he rechazado con educación, también con una chispa de placer cuando se ha fijado en lo que llevo puesto.

He tenido dos horas para asumir que soy un caos de emociones. Permitir que me toque un hombre como Garfio y disfrutarlo como lo hago es como mínimo enfermizo. Ha dejado claro una y otra vez que no es un ciudadano ejemplar. Hace cosas espantosas, la mayoría de las cuales no quiero ver nunca.

Pero pese a lo que me ha hecho, pese a lo que sé que ha hecho a otros, no puedo cambiar cómo me siento cuando estoy con él. Cuando estamos juntos, juntos de verdad, descubro lo que soy yo, lo que puedo llegar a ser.

Es irónico, pero perder la libertad me ha ayudado a encontrar mi propia voz.

Tal vez eso haga que me parezca a mi padre más de lo que quiero reconocer.

Pero todos somos un poco retorcidos, y el bien y el mal no existen. No son más que perspectivas y percepciones que cambian según el ángulo desde el que se mira.

Las personas no son inamovibles. La moral no es una constante. Somos mutables, cambiamos, nos amoldamos para ser versiones diferentes de nosotros mismos. Toda energía se puede desviar y realinear.

—¿Me dejas un momento el teléfono, por favor? —le pregunto a Rizos.

Pone los ojos en blanco.

—No, preciosa, igual que no te lo he prestado las otras veinte veces que me lo has pedido.

—Solo quiero saber cómo están mis amigos. Y mi hermano.

Moira, que se está mirando las uñas, alza la vista y me mira con curiosidad.

—¿Por qué no tienes teléfono?

Rizos se yergue y me lanza una mirada de advertencia.

—Lo he perdido —respondo para tratar de corregir el error.

—Ah. —Asiente—. Qué mala suerte. —Le brillan los ojos cuando me mira con una sonrisa—. A mí también me pasa a veces. Anoche, sin ir más lejos, creí que había perdido el teléfono, pero luego me di cuenta de que no lo había cogido. Salí con tanta prisa para ir a ver a Garfio…

Se me hace un nudo en el estómago. Está mintiendo.

—¿Anoche? —pregunto.

284

Moira me recuerda mucho a Maria y nunca tuve ocasión de hacerle frente. Estaba demasiado ocupada intentando que me aceptara. Pero ya estoy harta de ser la niña dócil que encaja insultos y carga con ellos.

—Qué interesante —digo—, porque Garfio anoche estaba conmigo.

Sonríe todavía más e inclina la cabeza a un lado.

—¿Estás segura?

—No me…

Me detengo, porque me doy cuenta de que no sé a dónde fue cuando me quedé dormida. Di por supuesto que se había despertado antes que yo, pero la duda ha entrado en mí y me corroe por dentro.

—Cierra el pico, Moira —le suelta Rizos—. A nadie le interesan tus horas extra con el jefe. Lárgate.

—Pero si…

Se levanta detrás del escritorio.

—¡Que te largues!

Moira se pone de pie de un salto, sale y da un portazo. «Buen viaje». Miro a Rizos.

—Así que vino aquí.

Me devuelve la mirada con los dientes apretados y los ojos entrecerrados, como si le diera pena. No responde.

Resoplo y me cruzo de brazos. No me importa. Me da igual con quién pase el tiempo. Lo que me repugna de verdad es pensar que ha podido estar con ella y luego me ha metido los mismos dedos a mí.

Y que yo se lo haya permitido sin resistirme. Que casi se lo haya suplicado.

La puerta se abre de golpe y Garfio entra como un huracán. Inmediatamente, la energía de la habitación se concentra en él. Pisándole los talones, entra el tipo de la primera noche, el que nos permitió entrar en el bar.

—Garfio, no…

El aludido se gira en redondo.

—No digas nada a menos que quieras morir, Starkey.

El corazón me da un vuelco. Abro mucho los ojos al observar a Garfio. Lleva puestos los guantes de cuero negro y las mangas de la camisa subidas hasta los codos. Tiene salpicaduras rojas en la piel y el pelo muy revuelto.

Starkey traga saliva, aprieta los labios y agacha la cabeza. Garfio mueve el cuello para relajarlo. Parece controlado pese a su aspecto, pero veo que le tiembla la mano y que tiene el rostro tenso. Y todo en él parece diferente. No sabría explicarlo, pero cuando su estado de ánimo cambia, cuando pasa de un extremo a otro, lo percibo. Como si me tendiera la mano, como si quisiera arrastrarme hacia él para que lo salvara de ahogarse.

Veo con claridad que está a punto de saltar.

Y, cuando lo hace, es peor para todos los que están cerca.

No sé qué me lleva a hacer lo que hago. Tal vez un impulso suicida o que me he resignado a que, si me quisiera matar, ya lo habría hecho. El caso es que me levanto del sofá y me dirijo hacia él, no me detengo hasta que lo tengo delante.

Garfio suelta el aire contenido y se quita la mano del pelo. Me mira con las fosas nasales dilatadas.

—Hola —digo.

Sus ojos son una tormenta.

—Hola.

—Puede que no sea un buen momento —intento bromear.

Casi esboza una sonrisa.

Me acercó más a él. Tiene que seguir mirándome. Si aparta la vista, lo perderé para siempre, y la chispa de James que acabo de ver desaparecerá por completo.

Le pongo las manos en el pecho y siento el ritmo de su respiración. Me pongo de puntillas.

—¿Podemos hablar a solas?

Me agarra por los costados y me clava los ojos. Su mirada me envuelve el corazón y me abraza. Juega con los dedos sobre mi cintura.

—Por favor —susurro sin apartar la vista.

—¡Marchaos! —ordena.

Tengo los sentidos embotados, estoy concentrada solo en él, pero oigo la puerta que se cierra tras nosotros.

Me recorre la espalda con las manos y me estremezco entera. De pronto, ya no es que quiera calmar la situación, sino que estoy desesperada por tenerlo para mí. Los recuerdos de lo que ha pasado vuelven y agitan el deseo hasta que me hierve en las venas.

Esta vez, soy yo la que inicia el beso.

CAPÍTULO 38

James

Jamás he consumido drogas, pero me imagino que tienen un efecto similar al de Wendy cuando me corre por las venas.

Me consume.

Me agarro a ella con fuerza y su lengua se enrosca a la mía. Quiero saborearla entera para ahogar los recuerdos que me dominan la mente. He estado a punto de perder el control. El miedo y la rabia se me mezclaron en las venas hasta que lo vi todo rojo, pero logré contenerme para escuchar el nombre de Carla Nilla en los labios de Tommy.

Y el imbécil de Starkey le metió una bala en la cabeza. La pistola se le disparó sin querer.

Hay que ser idiota para pensar que me voy a tragar esa excusa, pero ya me encargaré de él. Primero tengo que controlar a mis demonios.

Cocodrilo.

La sola mención del nombre me llena de asco y a este le sigue la vergüenza. Es imposible. Peter no sabe nada de él. Nadie sabe nada de él.

A menos que se lo arrancaran a Ru con la tortura.

Solo de pensar en mi mejor amigo contándole mis secretos más oscuros a mi enemigo mortal me genera un infierno de rabia que derramo en la boca de Wendy. Pero ella lo absorbe como si fuera agua, como si le gustara su sabor.

Me arden las entrañas, mi mente se debate entre destruir todo lo que encuentra a su paso o abrirme en canal hasta que se me borre del alma el recuerdo de mi tío.

Aparto la boca de la de Wendy. El dolor lacerante del pecho y las pesadillas de mi infancia son lo único que veo.

Wendy me agarra la mano y se la pone sobre el corazón. Me mordisquea el labio inferior.

—Dámelo a mí —susurra.

Niego con la cabeza. Estoy temblando.

—No tengo nada que dar.

Me recorre la mandíbula con los labios mientras me besa suavemente la piel.

—Pues dame toda tu nada —replica.

Sus palabras me llegan a lo más hondo y se mezclan con la ira hasta que me rompo. La sujeto con fuerza y la tumbo sobre el escritorio. Luego le sujeto los brazos por encima de la cabeza, con las dos muñecas en una mano.

—No finjas que te importo —le espeto—. Ahora, no. No lo soportaré.

El fuego que siento en la garganta me prende la voz.

Wendy me mira con los ojos muy abiertos y los labios hinchados de besos, sonrosados.

—¿Y si no estoy fingiendo? —susurra.

El corazón me da un vuelco y se me encoge ante sus palabras.

—No te he dado motivos. —Presiono el torso contra ella y las caderas contra sus muslos; los papeles del escritorio se arrugan bajo nuestro peso—. No soy una buena persona.

—Lo sé —jadea.

—He torturado. —Bajo la cabeza, le acaricio el cuello con los labios—. He matado. —Le levanto la camiseta con la mano libre, le recorro los dedos con el costado, saboreo sus clavículas, bajo los labios hacia sus pechos—. Y volveré a hacerlo, sin lamentarlo. Me gusta.

Me cierra las piernas en torno a las caderas.

Le suelto las muñecas y le cojo la cara, noto su piel suave bajo las yemas de los dedos. Tengo el corazón en un puño y siento que me va a estallar contra las costillas.

—Lo que lamento, con todas las fibras de mi ser, es cada momento que has sufrido a mis manos.

Abre mucho los ojos, esos hermosos ojos pardos.

—Eres, sin lugar a duda, lo único bueno que he conocido jamás. —Presiono la frente contra la suya, le acaricio los labios con mi aliento tembloroso y el cuello con el pulgar—. Así que no me mientas, Wendy querida. Porque mi corazón no sobreviviría a eso.

Alza la cabeza, presiona la boca contra la mía y la pasión estalla dentro de mí. Dejo escapar un gemido cuando me rodea con los brazos y las piernas, la polla se me pone dura contra ella.

Mi tempestad interior se canaliza hacia ella en lugar de contra el mundo y me dejo llevar por el momento.

Agarro el cuello de la camiseta y la desgarro para dejar al descubierto los pezones rosados, duros y maravillosos. Me llevo uno a la boca, lo acaricio con la lengua mientras le bajo los pantalones cortos.

Deja escapar un gemido y arquea la espalda contra mí. Tengo el corazón rebosante de la necesidad de que vea. De mostrarle lo que siento, porque no sé decirlo, porque nunca he sabido decir lo que importa. Quiero que me elija.

No porque se lo ordene, sino porque quiera.

Hundo los dedos en los pliegues de su coño y los deslizo en la humedad.

Le recorro el torso con la boca, con besos, con los dientes. Mi lengua le pide perdón por todo el daño que le he hecho, por todo el dolor que sé que le he causado.

Acabo con la cara entre sus muslos y respiro hondo. El aroma de su excitación me cubre la piel.

—Siempre húmeda para mí, nena. —Deslizo dos dedos dentro de ella y siento como los succiona—. Muy bien, muy bien.

Le tiemblan las piernas y las abre más, se me ofrece entera. Las alabanzas la excitan. Me enreda los dedos en el pelo y me atrae hacia ella. Me dejo llevar y le acaricio el clítoris con la lengua mientras siento su sabor como una explosión en la boca. Lanzo un gemido y entierro el rostro en ella. Quiero ahogarme en su esencia hasta que la sienta en el alma. Deslizo los dedos dentro de ella, los curvo hacia arriba y los vuelvo a estirar, luego los bajo para humedecer otro orificio con su excitación.

Me aprieta la cabeza con los muslos y me lleno de saliva la boca. Levanto un poco las manos para abrirle bien las piernas hasta que se me muestra por completo. Dejo caer la saliva sobre su coñito rosado y esta baja, le recorre la entrepierna hasta caer al escritorio.

Se estremece y sonrío. La polla me palpita ante ese espectáculo impúdico. Le recorro con un dedo la vulva hasta que llego al anillo prieto de músculos, ahora bien húmedo.

—Eres una niña muy sucia, ¿verdad? —ronroneo con las tripas agarrotadas de deseo.

Le vuelvo a succionar el clítoris y describo círculos con la lengua mientras le acaricio el ano con el dedo.

—Oh, Dios... —gime.

Mi saliva se mezcla con sus jugos, está empapada sobre el escritorio.

—No, no...

—Shhh —la tranquilizo—. Déjate llevar, nena.

Introduzco más la punta del dedo, lo suficiente lubricado para que sea placentero, no doloroso.

—¡Dios! —grita.

Vuelvo a llevármela a la boca. Voy alternando entre penetrarla con la lengua y describir círculos en torno al clítoris. Wendy deja escapar gemidos ininteligibles, se estremece y la sujeto por el vientre con la mano libre.

Cuando dejo de oír su respiración jadeante, sé que está a punto.

Está conteniendo la respiración.

Introduzco el dedo en su orificio más prieto al tiempo que le meto la lengua en el coño y trazo círculos sobre el clítoris con el pulgar.

Su cuerpo entero comienza a temblar. Alzo la vista hacia ella y se me tensa la polla al ver el rubor de su piel.

Abre la boca en un grito silencioso. Su cuerpo se arquea sobre el escritorio y los músculos internos de su trasero me apresan el dedo.

La acompaño durante todo el orgasmo, bebo sus jugos, dejo escapar un gemido gutural al saborearla. Por fin, el temblor se convierte en estremecimiento y, poco a poco, subo por su cuerpo con la lengua hasta que mis labios le llegan al oído. Me deslizo fuera de su culo hasta que solo queda la punta del dedo.

—Un día de estos, te voy a follar así —susurro—. Sentiré cómo me exprimes hasta la última gota de semen, al tiempo que te das gusto en ese coñito precioso.

Coge aliento. Tiene los ojos enloquecidos y las mejillas, sonrojadas.

—¿Te gustaría? —insisto. Y le froto la nariz contra la mejilla.

Tiende las manos y me agarra el rostro para atraerme hacia ella. Lame los jugos de mi boca con los ojos entornados. El sabor la hace gemir.

Crece la tensión en mis entrañas. Se me estremece la polla.

Me desliza la lengua entre los labios, me acaricia el torso y baja las manos hacia la hebilla del cinturón. La ayudo a quitarme los pantalones hasta que mi polla queda libre, gruesa e hinchada, goteando de necesidad por estar dentro de ella.

Me toca la camisa y me quedo paralizado. Le agarro las manos para detenerla. No quiero que vea las imperfecciones del pasado que me marcan la piel.

—Tranquilo —dice. Se incorpora para mirarme a los ojos y me pone la palma de la mano en el pecho sobre el corazón—. No estoy fingiendo.

Respiro hondo, con las emociones desatadas, lleno de miedo mientras me desabotona la camisa muy despacio. Poco a poco, hasta que mete las manos bajo las mangas y me la quita. Me quedo muy quieto, con los dientes apretados, y me preparo para su reacción ante lo que sé que va a ver.

Se me acerca, me rodea las caderas con las piernas y acomoda mi polla contra su sexo.

—James —susurra.

El nombre en sus labios me deshace por dentro y algo cálido y ansioso me estalla en el pecho. Levanto los brazos para permitir que me quite la camiseta y la tire a un lado.

Y espero.

Me recorre el torso con las uñas y yo bajo la vista. Temo ver compasión en su rostro.

Pero no es así.

Tiene los ojos muy abiertos a medida que me va rozando cada cicatriz. Muchas son de las noches en que mi tío me hacía heridas porque sabía que ver mi propia sangre me aterrorizaba y me paralizaba.

El corazón me palpita errático. La mano de Wendy me toca la cadera y la línea irregular del costado arde bajo su contacto.

—¿Esta de qué es? —pregunta.

Aprieto los dientes.

—Un accidente de aviación.

Clava los ojos en los míos, luego se inclina y besa la marca. Se me encogen los pulmones y se me hace un nudo en la garganta. Quiero decirle que su padre fue el causante de esa cicatriz y que, sin saber cómo ni por qué, su mero contacto ha aliviado el dolor.

Pero no sé cómo decírselo, así que atraigo su rostro hacia mi boca y se lo demuestro con mi cuerpo.

Me bebo su aliento y la tumbo sobre el escritorio. Tengo el miembro contra los pliegues de su coño, con una fricción que me tensa el estómago y me lanza una descarga de placer por toda la columna.

—Dilo otra vez —murmuro contra sus labios.

—¿El qué?

—Mi nombre.

Me froto contra ella, el calor me recorre todas las células. Se queda sin aliento cuando la punta de mi polla le presiona el clítoris.

—James —jadea.

Entro en ella de golpe, hasta el fondo.

Lanzamos un gemido a la vez. La sensación de estar rodeado de ella es abrumadora. Me da miedo estallar si me muevo. Quiero que esto dure para siempre.

Salgo con delicadeza antes de volver a entrar en ella. Marco con las caderas el ritmo de mis emociones, la necesidad de llegar hasta el fondo de Wendy me hace delirar.

Me inclino hacia delante para lamerle la oreja.

—Eres perfecta. Eres maravillosa.

Gime y me clava las uñas en el hombro al tiempo que mueve las caderas para ir al encuentro de las mías.

No hay un intercambio de poder, no hay exigencias de obediencia, no hay necesidad de control.

Solo hay Wendy.

Wendy, para siempre.

Wendy, que me consume entero.

El corazón roto me palpita en su jaula negra, solo por ella, con la esperanza de que me pueda amar entre tanta suciedad.

—Otra vez —exijo.

—James —gime.

Me muerdo el labio. Tengo un incendio en las entrañas y la embisto con las caderas, le golpeo el culo con los testículos en cada movimiento.

—Quiero que me digas que eres mía.

Lanza un grito cuando cambio el ritmo dentro de ella y empiezo a girar las caderas contra su clítoris...

—Soy...

La interrumpo con un beso. Necesito que comprenda lo que le pido.

—Quiero que me lo digas, pero no porque te lo pido, no porque te lo ordeno. —Le hundo la cabeza en el cuello con la respiración entrecortada, ardiente, al borde del orgasmo. Salgo de ella, vuelvo a entrar y giro las caderas—. Quiero que me lo digas porque eres mía. Porque te vas a quedar conmigo, aunque los dos sabemos que deberías irte.

Jadea, me coge el rostro con las manos y me mira a los ojos.

—Soy tuya, James.

El calor me estalla en el pecho, cojo el ritmo y las palabras se me derraman por el alma, van llenando las grietas de mi corazón.

El sonido de la piel al rozarse se mezcla con sus gemidos hasta que se pone tensa y estalla. Las paredes de su coño me estrechan con fuerza y me apremian. Tengo los músculos tan agarrotados que me duelen. El semen sale palpitante mientras mi polla se estremece dentro de ella y la lleno con mi semilla.

Me dejo caer encima de Wendy, jadeante, por fin con la mente en paz.

En ese momento sé que, por enloquecido que parezca, estoy enamorado de ella.

Y jamás en mi vida había sentido tanto miedo.

CAPÍTULO 39

Wendy

Estoy delante del espejo. La ropa que me ha comprado Moira, ya que la que llevaba está en el suelo hecha jirones, me queda demasiado grande. Empiezo a darme cuenta de que a James le encanta arrancármela. Miro su reflejo. Está tras el escritorio. Por fin se ha lavado la sangre de los brazos y se está abrochando la camisa para taparse las cicatrices que le marcan cada centímetro del torso. Se me encoge el corazón. ¿Cómo se las ha hecho? Pero… me ha permitido verlas.

Abre un cajón, saca una pistola y se la mete bajo el cinturón, a la espalda, antes de ponerse la chaqueta y abrochársela.

Solo con verlo se me tensan los músculos del vientre.

—Eres más atractivo de lo que te conviene —digo.

Levanta la cabeza bruscamente, sonríe y viene a donde estoy. Se pone detrás de mí y me empieza a besar el cuello.

—¿James? —El corazón me palpita en los oídos.

No estoy segura de mi posición ahora mismo. Una parte de mí se siente como si estuviera en un balancín, sin saber para qué lado se va a inclinar.

—¿Mmm? —murmura contra mi piel.

—¿Puedo…? —Me doy la vuelta y le pongo las manos en el pecho—. Quiero ver a mi hermano.

Asiente.

—Claro.

Me invade el alivio.

—Y… —Me muerdo el labio—. Quiero mi teléfono.

—Hecho. —Arquea las cejas—. ¿Algo más?

—Sí. Quiero que me digas que no estuviste con Moira —digo a toda prisa mientras me pongo roja.

Se detiene.

—¿Nunca?

Hago una mueca.

—No, obviamente, no. Sabría que mientes.

Me coge la barbilla con los dedos y me levanta la cara para mirarme a los ojos.

—No he estado con Moira ni con ninguna otra mujer desde la primera vez que te toqué.

Dejo escapar el aliento que había contenido, y se me suelta el nudo que se me había formado en la boca del estómago.

—Vale.

Aprieta los labios.

—De acuerdo.

—Vale —repito.

—Y vamos a dejar esto bien claro. —Me aprieta la barbilla con el pulgar—. Si alguien te toca a ti, le cortaré las manos para que no vuelva a tocar nada.

Siento un espasmo en el pecho.

—Eres muy violento.

Sonríe.

—Soy lo que soy.

—Y yo… o sea… ¿todavía estoy…?

—No estás prisionera, Wendy. Puedes hacer lo que quieras. Tu padre…

—No, no, lo sé —lo interrumpo. No quiero que hable de mi padre. La herida aún está muy reciente.

—No, no lo sabes. —Se toca el costado, donde tiene la cicatriz irregular en la piel—. El avión que se estrelló… —Se le dilatan las fosas nasales—. Era de tu padre.

Me atraganto.

—¿Qué?

Niega con la cabeza.

—No es lugar para hablar de esto, querida

Siento un ramalazo de irritación. No quiero que me deje a un lado, como me ha pasado siempre que he querido saber lo que estaba pasando. Voy a decírselo, pero me pone un dedo sobre los labios.

—Te diré todo lo que quieras. Pero no aquí.

Siento un nudo pesado en las entrañas.

—¿Lo vas a matar? —susurro.

Deja escapar un suspiro.

—Quiero que entiendas una cosa: tu padre me lo ha quitado casi todo. —Me pasa el pulgar por el labio—. Haría cualquier cosa que me pidieras, pero, por favor, no me pidas esto.

Se me encoge el corazón y la desolación me corre por las venas.

—Pero es que… —Se me llenan los ojos de lágrimas—. Es mi padre.

—Sí, bueno. —Inclina la cabeza levemente hacia un lado—. Y mató al mío.

Vuelvo a estar en el barco de James, sentada en la cubierta de paseo, en el mismo lugar donde me trajo en nuestra primera cita. Han pasado dos días desde que me folló sobre el escritorio de su club de estriptis y luego me hizo añicos la mente con las revelaciones sobre su pasado. Sobre mi padre.

La bilis me arde en la garganta cuando me imagino a James de niño, pasando por lo que pasó a manos de su tío, con el dolor de haber perdido a sus padres y viendo cómo el responsable sonreía año tras año desde las portadas de las revistas.

Me duele el alma solo con pensar en el tormento que le han dejado esas cicatrices en el corazón.

Pero no puedo reconciliarme con la idea de que mate a mi padre y yo lo acepte como si tal cosa. ¿Y cómo le voy a pedir que no lo haga sabiendo lo que mi padre ha hecho?

Pero sigo sin entender por qué. ¿Por qué mi padre mató a su socio? ¿Y por qué mató a Ru?

No tiene lógica.

Pero conocer el origen del problema mitiga el dolor de lo que me hizo James. No lo olvido, pero comprendo la rabia que sentía, al menos en parte.

Puede que sea una estúpida. Puede que siga siendo ingenua, pero James es el único que ha confiado en mí lo suficiente como para decirme la verdad. Para contarme lo que estaba pasando. Con eso ha corrido un riesgo, así que yo también puedo arriesgarme a creerlo cuando dice que signifíco algo para él.

Hace cuarenta y ocho horas que vuelvo a tener teléfono. He repasado los mensajes y las llamadas de Angie, así como los del Vanilla Bean para despedirme por faltar al trabajo. Pero no hay ni una llamada perdida de mi padre. Ni una.

Tampoco tengo llamadas ni mensajes de Jon, aunque le he mandado uno preguntándole cómo iba todo.

Se abren las puertas corredizas y Smee sale a la cubierta con un plato de verduras frescas troceadas y una sonrisa en la cara. Me lo pone delante y se sienta.

—El jefe me ha dicho que tiene usted que comer mientras él está fuera.

—Ya me habría preparado yo algo —le digo con una sonrisa.

Smee hace un ademán para descartar la idea.

—No, tranquila. Es mi trabajo.

Empuja el plato hacia mí, cojo un trozo de pimiento verde y me lo meto en la boca mientras Smee abre una cerveza y bebe un largo trago.

—¿De dónde eres, Smee? ¿Cómo acabaste trabajando para James?

Coge un trozo de zanahoria, le da un mordisco y se acomoda en la silla.

—Es una historia sin interés. Hace unos años pasé una mala racha y él me ayudó.

Se me caldea el corazón

—¿De verdad?

Asiente.

—Me sacó de las calles. Me instaló aquí y me dijo que podía quedarme todo el tiempo que quisiera, pero que tenía que aprenderlo todo sobre el mantenimiento de yates.

—¿Eres de aquí, de Bloomsburg?

No sé por qué le estoy haciendo tantas preguntas. Tal vez porque, si pienso quedarme en el barco, es mejor conocer a sus habitantes. O tal vez porque cualquier distracción me vendrá bien para no pensar en las revelaciones de James.

Smee bebe otro trago de cerveza.

—Y tanto. Llevo aquí toda la vida.

—Qué bien. ¿Tienes familia?

Se le ensombrece la mirada.

—Lo siento mucho —me apresuro a añadir al ver su cara—. Soy una chismosa.

Deja escapar una risita y se coloca bien la gorra roja.

—No, no pasa nada. Me imagino que mi madre aún andará por ahí, a la caza de la próxima dosis.

Me siento muy culpable.

—Perdona, de verdad.

Hace un ademán para tranquilizarme.

—Hace mucho que acepté lo que era mi madre. Mi padre, en cambio, era un buen tipo. Pero no supe quién era hasta pocos años antes de su muerte.

—Mi madre también murió —le confío con pena—. El dolor del tiempo perdido no se calma nunca, ¿verdad?

Aprieta los labios y agarra con más fuerza el cuello de la botella.

—Y que lo diga, señorita Wendy.

Unas pisadas me distraen. James aparece en la cubierta, impecable como siempre con su traje de tres piezas.

Smee se levanta y se sacude los pantalones cortos.

—Vuelvo a lo mío. Gracias por la charla.

Le sonrío.

—Gracias por el aperitivo.

Se cruzan, aunque James ni lo mira.

—¿No tienes calor con esa ropa? —pregunto.

Hace caso omiso de la pregunta. Se inclina sobre mí y me da un beso en los labios. Me desliza la lengua en la boca y cierro los ojos para perderme en su sabor.

—Mmm. —Se aparta y apoya la frente en la mía mientras me acaricia la mejilla con el pulgar—. Es una pena, pero tengo cosas que hacer. ¿Vas a estar bien aquí?

—Sí. Perfectamente. Además, había pensado pasar por el Vanilla Bean.

Aprieta los labios.

—James, me dijiste que podía ir a donde quisiera y ahora…

—Querida, por favor. —Suspira y me da otro beso en los labios—. Claro que puedes. Perdóname por querer que seas solo mía. Te dejo las llaves del Aston por si quieres utilizarlo.

Se me afloja el nudo del estómago.

—Gracias.

—¿Me haces un favor? No te quites la gargantilla.

Frunzo el ceño.

—¿Todavía no?

—Por favor. —Sonríe—. Me gusta saber que hay piedras preciosas sobre tu piel. —Pasa los dedos sobre los diamantes—. Vuelve a casa a la hora de cenar. Tengo una sorpresa.

—Vale. —Sonrío, con mariposas en el estómago.

«A casa».

Lo ha dicho con naturalidad, como si el barco también fuera mío, como si este fuera mi lugar. Pero aún me siento insegura. Aún pienso que todo es demasiado bueno para ser cierto, que tal vez me está utilizando para sus propios fines.

Desecho esos pensamientos y elijo hacer caso omiso de los susurros de la duda.

CAPÍTULO 40

James

Apago el canal de noticias y suspiro. No han parado de hablar de los incendios de la compañía NuncaJamAir. Cada imagen de escombros y destrucción me resulta satisfactoria, pero no puedo evitar sentirme frustrado porque no ha servido para nada.

De hecho, para ser tan popular, parece que Peter se ha esfumado. Eso me provoca una cierta incomodidad. Últimamente, todo me inquieta. Tengo un presentimiento, como si amenazara tormenta y no supiera cuándo va a estallar ni qué daños va a causar.

Tengo a los gemelos enfrente, al otro lado del escritorio. Me siento como si estuviera contemplando un rompecabezas gigante y me faltara la pieza del centro.

«¿Y dónde leches está Peter?».

Miro a los gemelos y suelto un bufido para contener la ira creciente.

—Quiero que vayáis a hacer la ronda. Hoy. Id a cada esquina y hablad con cada persona que alguna vez haya tocado nuestra mercancía. Registradlos a fondo, desnudadlos si hace falta.

Si alguno tiene un tatuaje de un cocodrilo, un reloj o algo que se le parezca, traedlo aquí y encadenadlo en el sótano, ¿entendido?

—Entendido, Garfio.

—Bien. —Inclino el cuello para relajarlo—. Ya os podéis ir, y decidle a Starkey que pase.

Salen, y me quedo con un nudo en el estómago al recordar el tatuaje. Parece sacado directamente de mis pesadillas, dibujado en tinta sobre mi piel. Pero es imposible.

Starkey entreabre la puerta y se asoma, cauteloso.

—¿Señor?

Aprieto los dientes y me levanto. Me abotono la chaqueta del traje y salgo de detrás del escritorio para ir hacia él. Se hace un largo silencio hasta que decido hablar.

—Recuérdamelo una vez más, Starkey. ¿Por qué interviniste la otra noche?

—Fue un accidente, Garfio, lo juro. —Clava la vista en el suelo—. Acepto cualquier castigo que te parezca adecuado.

Se me escapa una sonrisa, aunque tengo todos los nervios en el estómago.

—¿Y si me parece que lo adecuado es matarte? El castigo tiene que estar a la altura del crimen, ¿no te parece?

Traga saliva y se retuerce las manos. No lo pierdo de vista en ningún momento.

—Fue un accidente —repite.

Asiento y doy un paso más hacia él.

—No te pago para que tengas accidentes.

Tengo las fosas nasales dilatadas y me pican los dedos de las ganas que tengo de sacar la navaja y clavársela. Pero si lo mato ahora, sería un golpe para la moral de mi gente. Hasta ahora, Starkey nunca había dado ningún problema. Entre la muerte de Ru y los rumores de las calles, lo último que me hace falta es que mi círculo privado sienta que no está a salvo conmigo.

—Siempre has sido leal, Starkey. De los mejores. Hasta el otro día, te habría confiado mi vida. —Aprieta los dientes. Saco la navaja, la abro y lo obligo a subir la barbilla con la punta—. No vuelvas a hacer una tontería de ese calibre o la próxima vez no seré tan tolerante.

Inclina la cabeza y mira al punto donde presiono el metal contra la piel.

—Gracias —dice—. Y lo siento mucho. No quería…

Lo detengo con un ademán y me alejo de él.

—Quiero que localices a Carla Nilla, la ayudante de Peter Michael. Y quiero que me la traigas. ¿Entendido?

Traga saliva y asiente.

—Ya te puedes ir.

Starkey se marcha y a medida que pasan los minutos me voy poniendo cada vez más tenso. Tengo el cerebro como si viera la niebla de estática en una pantalla de televisión. Hay algo que se me está escapando y no sé qué es.

Vuelvo al puerto deportivo agotado, tras una parada para comprar una botella de champán y un ramo de rosas. Lo único que quiero es perderme en la presencia de Wendy.

Voy a la cocina, pongo el champán en hielo y el silencio hace que se me pare el corazón un instante. ¿Y si al final ha decidido marcharse? Me pongo una mano en el pecho. Tengo el pulso acelerado. No me gusta nada perder el control de esa manera.

—Qué romántico.

Me vuelvo de golpe. Smee acaba de entrar.

—Sí, se podría decir que estoy pasando página. —Sonrío, tenso.

Le brillan los ojos y se acerca a mí.

—Le gusta de verdad, ¿eh?

Siento una punzada en el corazón, pero asiento. No soy dado a hablar abiertamente de mis emociones, pero me imagino que lo que siento es evidente, sobre todo aquí, en mi casa. Es inútil tratar de negarlo.

—Wendy es fundamental para mi felicidad.

—Ajá. —Smee se para delante del ramo y se inclina para oler las rosas—. Bueno —suspira al tiempo que se yergue—, llevo mucho tiempo esperando a que traiga a alguien.

Arqueo las cejas.

—¿Qué?

Sonríe.

—Para verlo feliz.

Me desabrocho la chaqueta del traje, me la quito y la cuelgo en el respaldo de una silla de la cocina.

—La verdad, no sé qué pensar. —Me paso la mano por el pelo—. No es que empezáramos con buen pie.

Smee suelta una risita.

—A veces basta con tener paciencia y que las piezas vayan encajando, jefe.

Me froto la barbilla y asiento.

—¿Está aquí? —le pregunto.

Hace un ademán con la cabeza en dirección al dormitorio.

—Creo que no ha salido en todo el día.

La necesidad de verla es irresistible, así que me levanto, pero me detengo en el pasillo.

—Smee…

—Diga, señor.

—Eres un buen tipo. Y valoro todo lo que haces. Debería habértelo dicho antes.

Inclina la cabeza y me dirijo hacia la mujer que se ha convertido en el centro de mi universo.

CAPÍTULO 41

Wendy

Al final me acobardé y no fui al Vanilla Bean. No me apetecía enfrentarme a la lengua viperina de una Angie enfadada. A juzgar por sus mensajes, no está precisamente contenta con lo que cree que he hecho: largarme sin dar explicaciones porque no me hace falta el dinero. Así que he optado por la salida más fácil y le he mandado un mensaje de texto. No ha respondido.

Casi la comprendo. Desde su punto de vista, soy una irresponsable y una caprichosa que los ha dejado colgados. Quizá sea mejor que me recuerden así. No sabría qué excusa dar para justificar mi desaparición y no puedo decir la verdad. La cosa se puede poner violenta si les cuento que me han tenido como rehén, pero que no pasa nada porque me he enamorado de mi secuestrador.

Se me escapa la risa y me tumbo en la cama de James, entonces recuerdo una de las primeras charlas que tuvimos aquí. Bromeamos sobre el síndrome de Estocolmo, nada menos. Eso sí que es irónico.

Me río otra vez justo cuando James abre la puerta. Tiene la mirada atormentada.

—¿Qué te hace tanta gracia, preciosa? —pregunta.

Se sienta a mi lado en la cama y me acaricia los pómulos. Noto como si su contacto me disolviera las entrañas. Sonrío.

—Me estaba acordando de la primera vez que me desperté aquí. ¿Recuerdas?

Se inclina hacia mí y me roza los labios con los suyos.

—Recuerdo hasta el último instante que hemos estado juntos, querida.

—Tiene gracia, porque hablamos de secuestradores que te ponían sábanas de seda, y luego te pusiste en plan Garfio y me secuestraste de verdad.

Arquea las cejas. Me echo a reír otra vez.

—Ya, es una tontería. —Hago un ademán con la mano—. Si te paras a pensarlo, es divertido

Inclina la cabeza.

—¿Estás bien? —me pregunta.

Dejo escapar un suspiro y me acomodo contra las almohadas.

—Sí, sí. Solo intento poner un poco de humor en un comienzo que no ha sido precisamente ideal. Menuda historia para contar a nuestros nietos, ¿eh? —Abre mucho los ojos y, cuando me doy cuenta de lo que he dicho, el corazón me da un vuelco—. No es que vayamos a tener hijos ni que nuestros hijos vayan a tener hijos… Era una manera de hablar. Lo nuestro es demasiado reciente…, aunque en la práctica estamos viviendo juntos, ¿no?

Sonríe, se levanta, se quita el traje y se mete en la cama, luego se cierne sobre mí.

—Creo que hasta ahora no te había oído divagar, querida.

Me recuesto y el peso de su cuerpo se deja sentir sobre el mío.

—Para que quede claro. —Baja la cabeza y me hace cosquillas en el cuello con el pelo al tiempo que me besa la piel—. Te daría el mundo entero. Solo tienes que pedirlo. ¿Quieres hijos? Dalo por hecho. —Me da un beso en la barbilla y se me tensan los músculos del estómago—. ¿Quieres quedarte aquí y no volver a trabajar en la vida? —Otro beso, este justo debajo de la oreja—. Dalo por hecho.

El corazón se me acelera en el pecho y me recorre una oleada de calor.

—¿Quieres ver cómo arde el mundo?

—A ver si adivino: tú le pegas fuego.

Se ríe. El sonido reverbera dentro de mí y se me clava en los huesos.

—No, querida. Te daré la cerilla y estaré a tu lado para ver cómo te conviertes en la reina de las cenizas.

Me quedo sin aliento al oírlo, al escuchar lo que está diciendo de verdad. Y, por enloquecido que parezca, es como una explosión en el pecho que me llena de una sensación cálida con cada latido del corazón.

James me ve como su igual. Me siente digna de estar a su lado.

Sus labios se encuentran con los míos y me dejo llevar por el beso. Me entrego por completo y acepto que esto es lo que quiero.

Cada uno de sus oscuros y trastornados fragmentos. Elijo tenerlos todos y cada uno de ellos.

Lo elijo a él.

Me quita la enorme camiseta, otra de las suyas, y me pone los dedos entre las piernas. Gime al tocarme la piel. Le agarro el rostro y lo atraigo hacia el mío para mirarme en esos ojos, en las finas líneas blancas que jaspean el azul celeste de sus iris. Me acerco a él para besarlo.

Se le escapa otro gemido, se quita la ropa interior y me mete los dedos entre los pliegues.

—Tenía planeada una cena, pero me parece que me merezco una golosina.

Se me tensa el estómago. Todo el cuerpo se me vuelve etéreo de calor, de amor y de aceptación.

Ya no me voy a resistir más.

Tal vez James no sea un héroe, pero los villanos también tienen sentimientos. Y no se puede elegir a quien se quiere.

Se coge el miembro, me pasa la punta por entre los pliegues del sexo, arriba y abajo. El placer empieza a serpentearme por dentro.

—Muy bien, así me gusta, siempre lista para mi polla —me susurra ronco al oído.

Las mariposas que me revolotean en el estómago me suben hasta el pecho y alzo las caderas hacia él para obligarlo a entrar en mí, desesperada por sentir que me llena como solo él puede hacerlo.

—Por favor, James —suplico.

Traza círculos con la punta sobre mis nervios más sensibles hasta que empiezan a temblarme las piernas. Solo entonces se deja caer y se desliza dentro de mí. Se yergue con las caderas contra las mías y se arranca la camiseta para enseñarme su cuerpo marcado.

—Eres tan hermoso… —jadeo mientras me embiste.

Sonríe.

—¿Tú crees?

—Sí. —El corazón me va a estallar en el pecho. Alzo la mano para recorrerle con un dedo la línea de la mandíbula, perfecta—. Eres oscuro, melancólico, lleno de misterio. Pero hermoso.

Se inclina sobre mí, me sorbe la lengua hasta que le llena la boca, me marca un ritmo constante. Mis paredes internas se ciñen a él como si mi cuerpo lo quisiera más cerca. Como si lo necesitara más dentro. Entreabre los labios y me cierra los dedos en torno al cuello, tal como sabe que quiero.

—Si yo soy la oscuridad, tú eres las estrellas, querida.

Entonces aprieta, me corta el suministro de aire hasta que la visión se me vuelve borrosa. Le clavo los dedos en los omóplatos, le entierro las uñas en la piel mientras me entrego al ardor que siento en los pulmones y mi sexo se tensa con cada segundo que me acerco a la inconsciencia. Estallo, solo veo negrura, me dejo llevar por el vértigo y mis paredes se contraen en torno a su polla. La euforia chisporrotea bajo mi piel.

Se le escapa un gemido junto a mi oído, pero sigue marcando un ritmo brutal mientras empiezo a recuperarme y me lleno los pulmones de aire.

—¿Quieres que me corra, nena? —pregunta.

Se me escapa un quejido.

—Sí, sí, por favor.

—Me encanta que me supliques. —Sale de mí, sube por mi cuerpo hasta poner las rodillas a ambos lados de mi pecho—. Sé buena, házmelo con la boca.

Su miembro oscila delante de mí, brillante de mis jugos, palpitante de su necesidad. Lo agarro, lo siento palpitar bajo los dedos, y me lo meto en la boca. Mi sabor en su piel me hace gemir.

Giro la lengua en torno a la punta y relajo la mandíbula mientras él mueve las caderas. Me llega hasta la parte posterior de la garganta. Me lloran los ojos, pero respiro hondo por la nariz mientras me agarra el pelo y echa la cabeza hacia atrás con la boca entreabierta.

Verlo en la agonía del placer me hace sentir una oleada de poder que me recorre el cuerpo. Me lo llevo más al fondo y él empuja. Me atraganto cuando llega más allá de la boca y se desliza por mi garganta. La saliva se me derrama por las comisuras de los labios y me corre por la cara. Me arden los ojos y las lágrimas me nublan la visión cuando me llega a la cara encajada entre sus caderas.

—Eres maravillosa —arrulla—. Me chupas la polla como una putita perfecta.

El insulto me golpea, pero su manera de decirlo hace que quiera ser su puta. Que quiera ser sucia y depravada, solo para él.

Para él, solo para él, para siempre.

De repente, sale de mi boca y jadeo, me duele la mandíbula. Se agarra el miembro y embiste con las caderas contra su puño. Lo miro mientras el deseo se me acumula en la parte baja del vientre. Su cuerpo se tensa, la vena en la parte inferior de su miembro palpita. El semen espeso me cae en la cara, me gotea por la mejilla, me cae sobre el pecho.

Deja escapar un largo gemido mientras me pinta la piel con su placer. Solo con verlo tan abierto, sobre mí, me provoca un nudo de necesidad en las entrañas.

Respira jadeante para recuperar el aliento, me acaricia el pelo y la cara, me extiende el semen por la piel.

—Eres perfecta —me alaba—. Absolutamente perfecta.

Se me caldea el pecho y la satisfacción me envuelve como una manta en una noche de invierno. Me aprieto contra él.

—James...

—¿Sí, querida?

—Me parece que te quiero.

CAPÍTULO 42

James

Me quiere. Y es la primera persona que me ha dicho esas palabras después de mi madre.

Hasta ahora no me había dado cuenta de lo mucho que necesitaba oírlas. Pero en vez de decirle lo mismo, la llené de besos, de comida y de rosas, como si todo eso compensara que no fui capaz de formular las mismas palabras. No porque no las sintiera; las siento. Pero no sé decirlas. Y ahí está el problema.

El miedo me acosa. No dejo de pensar que retirará lo que ha dicho o que seguirá pensando que la estoy utilizando, pero me contengo, porque lo que voy a hacer no tiene nada que ver con el amor.

Clavo los ojos en los tres hombres atados y amordazados, encadenados a la pared del sótano del Laguna. Están desnudos y sus cuerpos miserables tiritan con la humedad del suelo de cemento y el aire acondicionado que entra a chorro por las rejillas de ventilación.

Me dirijo hacia ellos y el sonido de las pisadas es lo único que se oye aparte de sus gemidos. Flexiono los dedos enfundados en los guantes. Los miro y les examino la piel en busca de la mítica marca.

Y, cuando doy con ella, querría no haberla encontrado.

Es tal como la describió Tommy: un cocodrilo enroscado a un reloj de bolsillo dorado. Solo con verlo siento náuseas. Esto es personal. Pero ¿cómo es posible que alguien lo sepa? Y, al mismo tiempo, ¿cómo va a ser una coincidencia?

Los gemelos se dirigen a los tres hombres, les quitan la capucha negra de la cabeza y les arrancan la cinta adhesiva de los labios. Todos abren mucho los ojos al verme delante de ellos, mirándolos.

—Hola, muchachos. —Sonrío—. Bonitos tatuajes. Contadme… —Inclino la cabeza—. ¿Dónde os los habéis hecho?

Todos guardan silencio. Chasqueo la lengua.

—Vaya. La estrategia del silencio. Entiendo. —Me pongo la mano en la cadera y dejo escapar un suspiro—. En fin, y quería hacerlo por las buenas, pero salta a la vista que no va a poder ser.

Uno escupe al suelo, a mis pies.

—Que te den, Garfio.

Alzo la cabeza y me río.

—Vamos, vamos, no nos pongamos groseros.

Me saco la navaja del bolsillo y le doy vueltas en la mano. Les hago un ademán a los gemelos, que van al otro extremo de la habitación y vuelven con tres cubos.

—Por lo general, este tipo de tira y afloja me divierte. Pero la cosa es que estoy un poco molesto, porque alguien intenta ponerme de mal humor. Y tengo entendido que vosotros sabéis quién es.

Los gemelos sueltan los cubos con estrépito al lado de los hombres.

Me adelanto y me acuclillo ante el que ha escupido. La rabia me contrae el rostro en una amplia sonrisa.

—Gemelos —digo sin apartar la mirada del hombre que tengo delante—, traed a nuestras invitadas.

—A la orden, jefe.

Me traen un cuarto cubo en el que se oyen chillidos y sonido de arañazos.

—¿Oís eso? —Me llevo una mano a la oreja—. Parece que están nerviosas.

Meto la mano en el cubo y saco un animal pequeño y peludo que me azota la manga del traje con la cola. Me lo pongo ante la cara y le miro a los diminutos ojos negros.

—Debe de ser por el hambre. —Vuelvo a mirar al traidor encadenado a la pared—. Porque las ratas siempre saben si están al borde de la muerte.

Pongo la primera rata en el cubo que tiene al lado, luego cojo otra y repito el proceso hasta que hay media docena de animales que arañan las paredes y tratan de escapar.

Un gemelo me da un encendedor largo y los dos se adelantan, levantan el cubo y lo ponen boca abajo sobre el vientre del hombre. Se agachan con los antebrazos sobre el cubo para que no se mueva.

El prisionero se retuerce. Sin duda, las ratas le están correteando por la piel.

—En fin —digo—. Lo voy a preguntar por las buenas, y es la última vez. ¿Quién os ha hecho esos tatuajes?

El hombre se agita y gime patético, pero no habla.

—Muy bien. Ojalá me hubierais sido igual de leales a mí, pero lo respeto. —Enciendo el mechero—. ¿Sabes lo que pasa cuando las ratas tienen hambre? —Sonrío al miserable desperdicio que tengo delante—. No comen mucho, pero si las privas de alimento suficiente tiempo, se ponen famélicas.

Arrimo la llama al cubo y el primer alarido no tarda en llegar. Tengo que levantar la voz para hacerme oír por encima del ruido.

—Si sumas a eso un poco de calor, se vuelven locas por huir. —Suelto una risita—. Como verás enseguida, son unas supervivientes natas. Para escapar, devorarán carne…, intestinos…, incluso huesos.

—¡Para! —chilla—. ¡Para! ¡Dios! ¡Fue una m-mujer!

Sigo con la llama contra el cubo. La sed de sangre me domina y veo rojo. El cuerpo entero me pide venganza contra los que se han enfrentado a mí.

—Ya sé que fue una mujer, imbécil. Dime algo útil antes de que te devoren.

Pero es demasiado tarde.

Se le ponen los ojos en blanco y pierde el conocimiento mientras las ratas le devoran las entrañas.

Apago la llama con un suspiro y miro a los otros dos idiotas encadenados.

—¿Quién va ahora? —Sonrío y doy vueltas al encendedor entre las llamas.

—La mujer —se apresura a decir uno—. Trabajaba en el bar.

Me detengo en seco, con un nudo en el estómago.

—¿En qué bar?

—¡En el tuyo! —grita—. ¡El JR!

Inclino el cuello a un lado para relajarlo. Suelto una larga carcajada de incredulidad. Porque no puede estar diciendo lo que creo que está diciendo. Que la mujer no era Carla Nilla y tampoco una desconocida. Me dirijo hacia él, le agarro la barbilla con los dedos y le lanzo un tajo con la navaja a la mejilla.

—¡Por favor! —suplica.

—No me mientas —ordeno—. ¿Estás insinuando que alguien se ha aprovechado de mi hospitalidad? —pregunto con fuego en los ojos—. ¿Cómo se llama esa mujer?

Está temblando, tan dominado por los hipidos y los sollozos que apenas puede decir palabra.

—¡Habla! —grito, y presiono con la navaja hasta que le corre la sangre por la cara.

—¡Moira! —grita—. ¡Se llama Moira!

CAPÍTULO 43

Wendy

—¿Wendy?

El alivio me invade al oír la voz de Jon. Estaba en la ducha y, al salir y ver la llamada perdida, lo he llamado una y otra vez hasta que ha cogido el teléfono. No he sido capaz de hacer nada más hasta que he escuchado su voz.

—Eh, hola, Jon. —Casi suspiro de alivio—. ¿Cómo estás?

—Muy bien.

—Te echo mucho de menos. —Se me quiebra la voz y me dominan las emociones de las últimas semanas—. Siento no haberte llamado antes.

—No pasa nada, James ya me dijo que estabas mala.

Me atraganto.

—¿Qué?

—Sí, me explicó que por eso me llamaba él para ver cómo andaba. Oye, mira, no me hace falta niñera.

Me estalla el corazón en el pecho ante lo que me está contando, ante lo que eso significa.

—¿Cuándo…? —Carraspeo para aclararme la garganta—. ¿Cuándo has hablado con James?

—Casi todos los puñeteros días desde que estoy aquí, Wendy. Eso es lo que te quiero decir, que es un poco demasiado.

—¿Te llama? —Tengo un nudo en la garganta.

—Sí. ¿No lo sabías?

El corazón se me abre y se me llenan los ojos de lágrimas. Así que, hasta en los días en que me amenazaba, llamaba a Jon para asegurarse de que estaba bien. Así que nunca tuvo intención de hacerle daño.

—No, sí, claro. Le diré que baje un poco de revoluciones.

—Genial, gracias. Oye, ¿vas a estar en casa esta noche?

Arqueo las cejas y miro a mi alrededor.

—Sí, ¿por qué?

—Papá va a venir a recogerme, me dijo que te llamara para decírtelo.

Me da un vuelco el corazón cuando me doy cuenta de que se refiere a la mansión.

—¿Qué papá va a ir a recogerte? —repito, por si no lo he entendido bien.

—Sí. Por lo visto, tiene que decirnos algo. No sé qué es, pero no quiero estar a solas con él.

Tengo el corazón partido entre dos lealtades. Quiero ser sincera con James y sé que no le gustará que me acerque a mi padre, pero también quiero estar con Jon. Por mucho que me gustaría decirle que no, esperar a que James vuelva y fingir que mi padre no existe, sé que no puedo. Es la ocasión que tengo para ver a mi hermano.

—Genial.

—Genial —repito, y cuelgo con una sonrisa.

Siento una caricia en el corazón ante la expectativa de verlo, pero también hay una punzada de culpa porque sé que a James no le va a gustar. Solo espero que pueda verlo todo desde mi perspectiva.

Llevo toda la mañana sintiéndome mal. Le dije a James que lo quería y no me dijo que él a mí también. Tampoco lo esperaba, pero aun así, cuando declaras tus sentimientos, duele que no sean correspondidos. Y ahora me entero de que se estaba asegurando de que Jon se encontraba bien incluso cuando a mí me decía algo muy diferente. Eso significa un mundo. Saco el teléfono y pulso para llamar a James, henchida de gratitud ante lo que ha hecho. Quiero que sepa que lo sé, y también quiero decirle a dónde voy a ir. No le gustará, pero me ha prometido que no controlaría mi vida.

Ya no soy su prisionera y no voy a permitir que me diga a quién puedo ver y a quién no.

Oigo la señal de llamada una y otra vez, pero no lo coge. Frunzo el ceño y trato de hacer caso omiso de la inquietud que me atenaza. Le dejo un mensaje de voz, le mando otro de texto por si acaso y trato de relajarme para disipar la ansiedad.

Una hora más tarde, en el Audi de James, entro por el camino que lleva a la mansión y me detienen en la verja de la entrada.

Frunzo el ceño al ver las nuevas medidas de seguridad por todo el perímetro. Hay cuatro hombres que vigilan la entrada. Uno se acerca y da unos golpecitos en el cristal de la ventanilla.

La bajo, confusa.

—Eh… Hola. Soy Wendy.

Arquea las cejas.

—La hija de Peter —aclaro—. Me debe de estar esperando.

No dice nada. Se limita a asentir y se aleja para hablar en susurros con otro hombre antes de abrir la entrada para franquearme el paso.

«¿Qué demonios pasa aquí?».

Los nervios me chisporrotean bajo la piel, es como si me corrieran hormigas por las venas. Mi padre me da tanto asco que casi me nubla la visión. No es que yo tenga ínfulas de superioridad moral; al fin y al cabo, estoy enamorada de un hombre que, en ese sentido, no es precisamente un ejemplo. Pero al menos sabe lo que es y lo reconoce. Mi padre disimula para engañar a todo el mundo.

Para engañarme a mí.

Aparco el coche y salgo al camino de adoquines. Abro la puerta principal y entro en la mansión. Todo está muy silencioso. Los nervios se me anudan en la boca del estómago.

—¿Jonathan? ¿Papá?

Mi voz resuena en los techos altos del vestíbulo, pero nadie responde.

«Qué raro».

Llego al salón y saco el teléfono para llamar a Jon.

—Así que has venido.

La voz me sobresalta tanto que me doy media vuelta y el teléfono se me cae y se estrella contra el suelo. Me llevo la mano al pecho. Tengo el corazón desbocado.

—Dios, Carla. Me has dado un susto de muerte.

Carla sonríe y se acerca hasta detenerse a un par de pasos.

—Cuánto lo siento.

—¿Dónde está mi padre? —Miro a mi alrededor—. ¿Ha ido a recoger a Jon?

Parece que me mira sin verme. Tiene las pupilas muy dilatadas y sonríe.

—Carla.

Muevo una mano ante sus ojos. Sale de sus ensoñaciones, sobresaltada.

—¿Qué?

—¿Está mi padre?

Un cosquilleo de alerta me recorre la espalda cuando me fijo mejor en ella. Hay algo que no encaja. De repente, desearía haber esperado a que volviera James para que al menos intentara disuadirme de acudir a esta reunión.

Hay algo que va mal.

—Mmm… no. —Se echa a reír—. Pero me dijo que vinieras a esperarte.

Inclino la cabeza. El corazón me late tan deprisa que casi me parece oír el sonido de la sangre en las venas. Miro a mi alrededor. Estoy nerviosa.

—Vale.

Da un paso hacia mí, se tambalea y recupera el equilibrio.

—¿Estás bien?

¿O está borracha?

—Sí, perfectamente. Tu padre tiene un socio nuevo en el negocio. Muy nuevo. Y he tenido que probar la mercancía.

Se toca la nariz. Abro mucho los ojos, asustada.

—¿Estás colocada?

—Solo es un poquito de hada. —Sonríe—. A Peter no le gusta esto, pero alguien tiene que asegurarse de que no nos están robando. —Entrecierra los ojos—. Y no hay nadie en quien tu padre confíe más que en mí.

Ha metido el dedo en la llaga, pero no me duele tanto como me habría dolido en otros tiempos. Siento un simple escozor, una punzada lejana por lo que pudo ser.

Aunque yo jamás habría consumido drogas para ayudarlo en sus negocios. Entrecierro los ojos.

—Eres repulsiva. ¿Cómo puede parecerte bien lo que hace?

Carla sofoca la risa.

—Qué graciosa. Te podría preguntar lo mismo cada vez que Garfio te echa un polvo.

Me pongo roja y aprieto los dientes.

—No es asunto tuyo.

Me mira y se le borra la sonrisa.

—Esto va a ser un lío. Me han dicho que no te haga daño.

Se me eriza el vello de alarma al oírla. Retrocedo un paso muy despacio. No quiero hacer movimientos repentinos.

—¿Quién te lo ha dicho?

—Todo el mundo. —Se me queda mirando y avanza hacia mí—. Wendy esto, Wendy lo otro. «No le hagas daño, Carla». «La necesitamos, Carla». «Carla, que es mi hija».

Choco de espaldas contra la pared y la mesa que hay a un lado se estremece por el golpe. El miedo se apodera de mí mientras se me sigue acercando con los ojos entrecerrados.

—¿Tienes idea de lo agotador que es estar siempre en segundo plano? —dice.

Niego con la cabeza y extiendo las manos para protegerme. Se me van los ojos hacia mi teléfono, al otro lado de la habitación.

—Yo nunca he pedido estar en el primero.

—¡Mentirosa! —chilla.

Mucho más rápida de lo que la creía capaz, me da una bofetada tan fuerte que me gira la cabeza y me deja la mejilla ardiendo. Aprieto los dientes para recuperar la compostura. Parpadeo despacio, cojo aire y, cuando vuelvo a abrir los ojos, me doy cuenta de que cerrarlos ha sido un error.

Porque Carla está delante de mí, con un jarrón de cristal azul en la mano, sobre mí. Alzo las manos para detenerla, pero es rápida y me golpea con él en la cabeza. El dolor me perfora el cráneo. Caigo al suelo al tiempo que vuelve a alzar el jarrón, y luego todo es oscuridad.

CAPÍTULO 44

James

Mi despacho está destrozado.

Paseo de un lado a otro y miro a Curley, a Starkey y a los gemelos. No son tontos, así que saben que no pueden decir nada que calme la rabia que me corroe por dentro. He llamado a Rizos porque sé que Moira y él están muy unidos.

Moira.

Es increíble.

Me giro hacia Rizos y lo señalo con un dedo, temblando de ira.

—¿Lo sabías?

Se le dilatan las fosas nasales y se golpea la palma con el puño.

—Joder, Garfio, claro que no. No se lo habría permitido. Será cabrona...

Asiento y pongo las manos sobre el escritorio. Aprieto tan fuerte que se me va la sangre de los nudillos.

—Tráemela.

—No sé si...

Barro el escritorio con el brazo y todo cae al suelo: los cables arrancados y los bolígrafos rodando sobre la madera.

—Tráemela ahora mismo.

Rizos asiente, saca el teléfono y se dirige hacia la puerta. Pero no tiene que ir muy lejos: cuando la abre, ahí está Moira, al otro lado.

—Hola, muchachos.

Vuelvo la cabeza de golpe, con una ira que me desgarra los músculos y se me cuela en los huesos.

—Moira. Qué amable por tu parte presentarte aquí.

Doy la vuelta para salir de detrás del escritorio con el mango de la navaja tan apretado que me hace daño en la mano.

Ella entra en la habitación y viene a mi encuentro con una sonrisa burlona.

Le aparto el pelo de la cara y le rozo la mejilla con el dorso de la mano.

—Dime, cariño, ¿creías que ibas a salirte con la tuya? ¿O es que tenías ganas de morir?

Me mira directamente a los ojos y sonríe.

—Sigo pensando que me voy a salir con la mía. James.

Le doy una bofetada con el reverso de la mano y es tan violenta que cae al suelo. Tengo el rostro contraído. Doy un paso hacia ella y le clavo el tacón del zapato en la espalda. Piso con fuerza para disfrutar de su gemido de dolor. Le veo el asqueroso tatuaje del cocodrilo en la nuca y en ese momento me asalta un recuerdo.

«Tengo un tatuaje nuevo. Aún duele».

Niego con la cabeza y se me escapa una risita, me burlo de mi propia estupidez. La agarro, le doy la vuelta y le pongo el brazo contra el pecho para inmovilizarla.

—Vaya, cuántos recuerdos de cuando te tenía debajo de mí, como la puta de mierda que has sido siempre.

Golpea el suelo con las manos y lanza un grito estridente.

—¡Que te follen, Garfio! Por eso te traicioné. Porque tratas a la gente como si fuéramos basura.

—Menos drama. Te trato como a la basura porque para mí nunca has sido otra cosa. —Le pongo la navaja contra la yugular—. Dime lo que quiero saber.

—Antes prefiero morir —replica.

Sonrío.

—Claro, todo a su tiempo. —Me inclino hacia ella y le hablo al oído—. Has cometido un error eligiendo a Peter.

Frunce el ceño y luego se echa a reír. Golpea la cabeza contra el suelo hasta que le lloran los ojos.

—¡Ay, Dios mío! Pero ¡si ni siquiera lo sabes!

Aprieto los dientes, la agarro por el pelo, le levanto la cabeza y la golpeo contra el suelo. Lanza un grito cuando le aprieto la cara contra la madera y le pongo la navaja en el cuello.

—Un acertijo más y te corto los labios.

Hace una mueca.

—No conozco a Peter, ¿vale? Yo estoy con Cocodrilo. —Alza el cuello contra el filo de la navaja—. Y viene a por ti.

Guardo la navaja y le aprieto el cuello con los dedos hasta que noto la tráquea en la palma de la mano. Tose y se le salen los ojos.

—No... no te interesa matarme —consigue decir.

—Te aseguro que sí.

—Tiene a tu queridísima Wendy. Y yo sé dónde.

Antes de este momento creía que sabía lo que era el miedo. Daba por hecho que no había miedo peor que ver la cara de mi tío y oír el tic tac de su reloj cuando cerraba la puerta del dormitorio.

Qué equivocado estaba.

Porque no he sabido lo que era la garra gélida del verdadero terror hasta que Moira ha pronunciado el nombre de Wendy.

La golpeo con el mango de la navaja antes de que pueda decir nada más y la dejo sin conocimiento. La suelto, busco el teléfono y localizo con el GPS el rastreador de la gargantilla, esperando con todas mis fuerzas que la siga llevando.

Sí, la lleva puesta.

Y está en la cueva del Caníbal.

Pero si no se trata de Peter, ¿qué hacen ahí?

En cuanto tengo la ubicación exacta, salgo por la puerta con Starkey y con los gemelos. Rizos se queda en el Laguna, a la espera de mi llamada. En cuanto confirme que Wendy está allí, le pegará un tiro en la cabeza a Moira.

Preferiría prolongar la tortura, pero lo más importante es la seguridad de Wendy y no quiero dejar cabos sueltos.

El trayecto hasta la cueva del Caníbal dura la mitad que de costumbre. Piso el acelerador a fondo mientras la cabeza me da vueltas y pienso en mil cosas a la vez.

Soy un imbécil. Tendría que haber sabido que mis enemigos me la iban a quitar.

Que Peter iba a utilizar a su propia hija. Lo he vuelto a subestimar.

Los muchachos van callados en el coche. Starkey, a mi lado, tiene la pistola en el regazo, y los gemelos, atrás, apenas hablan, y solo lo hacen en susurros. Dentro de mí, ruge una tormenta.

Voy rezando a un dios que ya me ha condenado al infierno y le ofrezco mi alma a cambio de que proteja a Wendy.

«Ella tiene que estar a salvo».

Paro el coche en cuanto llegamos a la entrada de la cueva.

—Muy bien. —Suelto el aliento que he estado conteniendo, me pongo los guantes y me aseguro de que la pistola esté cargada—. ¿Preparados, muchachos? —Sonrío—. Vamos a saldar unas cuantas deudas.

No me vuelvo para asegurarme de que me siguen. Sé que están conmigo. Me concentro exclusivamente en buscar a Wendy, en ponerla a salvo y en matar a quien quiera que pensara que iba a utilizarla contra mí. Me sorprendo al darme cuenta de que la venganza ya no me importa. No si me cuesta su vida.

Paso junto a los árboles quemados. Ignoro el dolor en el pecho que me provoca recordar el cuerpo quemado de Ru y sigo hacia la cueva. Paso por la entrada angosta y rocosa, hacia el punto donde se ensancha. Me detengo como si me hubieran golpeado al ver a Wendy inconsciente, atada a una silla, con sangre seca en la cabeza.

El corazón se me desploma dentro del pecho y un fuego abrasador me consume por dentro.

—¡Garfio! ¡Has venido! ¡Qué amable por tu parte!

La voz de Peter es una puñalada. Me había aferrado a la esperanza de que no fuera el padre de Wendy quien hubiera llegado a esos extremos para atraparme.

—Peter. —Me meto las manos en los bolsillos—. Qué cosas, tú por aquí, siendo otra vez el peor padre del mundo.

Mira a su hija y deja escapar una risita.

—Sí, bueno, a veces hay que hacer sacrificios.

Inclino la cabeza hacia un lado.

—¿Vas a hacerle daño a tu propia hija?

Se le nubla la vista.

—No tenía que haberle pasado nada. Carla se ha excedido.

—Ah, vaya. —La miro de nuevo. Veo que su pecho se mueve con la respiración y el alivio me permite concentrarme otra vez en Peter—. Tienes que controlar mejor a tu zorra.

Se pasa una mano por la boca y se encoge de hombros.

—Pues sí, la verdad. Pero qué se le va a hacer. Mujeres.

Suspiro.

—Estoy harto de juegos, Peter. Dime por qué me has hecho venir. —Dejo caer los brazos a los lados—. Doy por hecho que se trata de eso.

—No ha sido él.

Una voz nueva suena a mi espalda. Me resulta tan familiar que se me hiela la sangre en las venas.

Pero no es posible.

Me resisto para no volverme de golpe, pues no quiero darle la espalda a Wendy ni por un momento. Pero no tarda mucho en situarse delante de mí.

Está diferente. Lleva el pelo peinado hacia atrás y un traje negro cortado a medida. Se parece a mí.

Una sonrisa le ilumina el rostro infantil.

—Hola, jefe.

Abro la boca y resoplo mientras la traición se me asienta en el pecho.

—Smee.

—¡Sorpresa! —Suelta una risita y da una vuelta sobre sí mismo como si bailara—. Caray, caray, esto es mucho mejor de lo que me esperaba. —Se pone una mano en el pecho—. Me vas a tener que perdonar, es que estoy muy emocionado. Llevo mucho tiempo esperando este momento.

El estómago me rebosa de rabia y dolor, dos sentimientos que se me mezclan dentro hasta que no puedo ver. Consigo apartar la vista de él y mirar a Wendy, que se ha despertado y está forcejeando contra las ligaduras. Siento un alivio inmenso. Es buena señal.

Smee chasquea los dedos delante de mí.

—Eh. Préstame atención a mí.

Sonrío, aprieto los dientes y me meto la mano en el bolsillo para sacar la navaja y darle vueltas entre los dedos.

—Qué cosas —empiezo—. Me resulta increíble verte aquí, después de tantos años. —Doy un paso hacia él—. Traicionándome.

Entrecierra los ojos.

—Tienes razón. Llevamos muchos años juntos. Y todos y cada uno de esos días he soportado la tortura de saber quién eras y no matarte mientras dormías. —Su rostro es una máscara de desprecio.

Me pongo la mano en el pecho y saco el labio inferior.

—Eso me duele, Smee. Y yo que pensaba que éramos amigos.

Se echa a reír.

—Somos mucho más que amigos, James Andrew Barrie.

—Se me encogen los pulmones al oír mi nombre completo—. Somos primos.

CAPÍTULO 45

James

El aire se me congela en los pulmones y se me para un momento el corazón. Si somos primos, entonces es hijo de mi tío. Pero mi tío no tenía hijos.

—Imposible —digo.

—Improbable —me corrige Smee—. Pero cierto. Te vi la noche que mataste a mi padre.

Arqueo las cejas y hago memoria de la noche en que acabé con la vida de mi tío. Estaba rabioso, así que no es imposible que hubiera alguien más y me viera.

Más allá de Smee, Wendy mira a su alrededor y forcejea con las ligaduras. Peter está en un rincón y no aparta la vista de mí, tiene los labios apretados y una mirada dura en los ojos.

—Pronto te reunirás con él —le digo. Me lanzo hacia delante y, al momento, tengo el cuello de Smee contra la hoja de la navaja—. Ha sido una tontería atraerme aquí. ¿De verdad pensabas que ibas a salir con vida?

Se echa a reír y la navaja le roza la nuez.

—Siempre has sobreestimado tu importancia. Por eso me resultó tan fácil meterme en tu vida. Solo tuve que fingir que era un vagabundo y sentarme cerca de tu bar. —Sonríe—. Y por eso me resulta tan fácil que tu gente pase a trabajar para mí.

Presiono más con la navaja.

—Mi gente es leal.

—Tu gente te tiene miedo. —Le relampaguean los ojos—. Pero no tuve ni que esforzarme. Me bastó con identificar a los que peor habías tratado. Les dije que iba a hacer justicia contigo, que me haría con el poder y los trataría... bien. —Sonríe, burlón—. Fue de lo más sencillo.

—Es una lástima —digo—. De verdad que quería mantenerte al margen de esta vida. —Un latido sordo me palpita en las entrañas—. No me gusta tener que matarte.

—Yo que tú no lo mataría.

Me giro hacia la voz y me hierve la sangre al ver a Starkey. Tiene la camisa empapada de rojo y un moratón cada vez más hinchado en la cara. Doy por hecho que ha sido obra de los gemelos. Diría que me siento traicionado, pero lo cierto es que me lo debería haber esperado de él.

Pero nada de eso importa, porque lo único que veo en el mundo es que tiene una pistola contra la sien de Wendy y el dedo en el gatillo. La miro para ver si le han hecho más daño, pero parece que está bien. Tiene los dientes apretados y mira a su padre.

—Sammy. —Peter, que había estado apoyado contra la pared de la cueva, se adelanta y saca también el arma—. Esto no era parte del plan.

Smee, todavía con mi navaja contra la piel, gira la cabeza para mirarlo.

—Los planes cambian, Peter. Ya te dije que la única manera de traer a James era poner en peligro a tu hija. Conocías los riesgos y te pareció bien.

Wendy abre mucho los ojos.

—¿Qué?

—Hola, querida —intervengo con la mirada clavada en Starkey—. Me encanta oír tu voz. ¿Estás bien?

—¿Aparte de que tengo una pistola apuntándome a la cabeza?

Sonrío. Starkey se pone tenso y mueve el cañón de la pistola para ponérselo bajo la mandíbula.

—Esto no es un chiste, joder —sisea—. Suelta a Cocodrilo.

Wendy hace una mueca ante la presión de la pistola en la barbilla, y el miedo me contrae las tripas. Me mira con los ojos muy abiertos.

—James. No.

Starkey le abre la boca y le mete la pistola.

La ira me consume, seguida de cerca por un terror como nunca he conocido. Porque, por mucho que me gustaría arrancarle la piel a Starkey, romperle hasta el último hueso por atreverse a tocarla, estoy demasiado lejos.

Y no voy a jugarme la vida de Wendy por la posibilidad de que vaya de farol, porque sé que no es así.

Me paso la lengua por los labios y aprieto el mango de la navaja, pero doy un paso atrás y levanto las manos. La hoja tintinea al caer contra el suelo.

Smee sonríe y se agacha para recogerla. Le da vueltas entre las manos y la contempla para examinar hasta el último detalle. Me mira y me apunta con ella.

—¿Llevamos más armas encima?

Hace un ademán hacia Wendy, que tiene las mejillas llenas de lágrimas y la pistola de Starkey todavía dentro de la boca. Me llevo la espalda al cinturón, saco la pistola y la tiro al suelo.

Smee se vuelve hacia Peter entre risas.

—¡Te lo dije, Pete! ¡El chico se nos ha enamorado! —Suspira, se vuelve hacia mí y se mete la mano en el bolsillo para sacar un bulto envuelto en tela. Empieza a desenvolverlo sin prisas—. Era para amortiguar el sonido. —Me guiña un ojo—. Así es más teatral.

La tela cae al suelo y, con ella, mi corazón.

Tic.

Tic.

Tic.

Aprieto los puños.

Smee, con una sonrisa tan amplia que le llega a las mejillas, se saca del bolsillo un reloj.

—¿Te gusta mi juguete nuevo? Es casi tan escandaloso como el que me hiciste tirar por la borda el otro día —dice entre risitas.

Me quedo sin aire en los pulmones. Vuelvo a ver las botas de piel de cocodrilo y oigo el sonido de la puerta al cerrarse. Es como si me desgarraran por dentro, como si me desollaran los recuerdos, como si me abrieran todas las heridas.

Se dirige hacia mí hasta que me toca las punteras de los zapatos con las suyas y me acerca el reloj a la oreja.

—¿Sabes lo difícil que es encontrar relojes que hagan ruido de verdad? El que tenía antes era muy especial. Era igual que el de mi padre. —Frunce el ceño—. Pero tenía que confirmar lo que me había contado Starkey.

Me llevo las manos a la cabeza para protegerme del ruido. Las terminaciones nerviosas me arañan la piel como un millar de insectos que intentaran escapar. Empiezo a verlo todo rojo. Una neblina me envuelve en rabia, en vergüenza, en esa mezcla volátil de sentimientos que siempre he llevado dentro. Agarro a Smee por la camisa y lo levanto hasta que apenas toca el suelo con los pies.

—Eh, eh, eh —canturrea—. Si me haces daño, la matará.

Lo suelto de inmediato. El corazón me va a estallar en el pecho y tengo que combatir las ideas enloquecidas. Se me pasa por la cabeza la idea de quitarle la navaja de la mano y cortarme las orejas. Cualquier cosa con tal de acabar con esa tortura.

Se aleja y el sonido del reloj pierde intensidad… Hasta que se vuelve de golpe contra mí, me rompe la esfera de cristal contra el pómulo y caigo al suelo mientras un dolor agudo me recorre la mandíbula. Se acuclilla a mi lado, con la navaja en la mano.

—Yo estaba allí la noche que mataste a mi padre —susurra—. Te vi por la ventana cuando sacaste esta navaja. —Me la pone ante la cara, me recorre el cuerpo con la punta hasta que me la clava en el costado—. Y se desangró en el suelo.

El dolor me sacude el torso cuando gira el mango. Aprieto los dientes.

—¿Lo lamentas ahora? —me pregunta.

Tengo el rostro contra la tierra del suelo, pero giro la cabeza lo justo para que me vea sonreír.

—Lo mataría mil veces y las mil te obligaría a mirarlo.

Me arranca la navaja del costado. La sangre mana de la herida y me empapa la camisa. Se me empieza a enfriar la piel.

—Iba a ser mío —dice—. Me prometió que estaría con él en cuanto se librara de ti. Dijo que te iba a mandar a no sé dónde, pero de pronto cambió de idea. —Me golpea la mejilla con el lado romo de la empuñadura—. Así que esperé tres años, hasta que cumplieras los dieciocho… y, entonces, lo echaste todo a perder.

El sabor a cobre se me acumula en la boca. Escupo al suelo y me incorporo para sentarme, pero el mero movimiento hace que me maree. Me apoyo contra la pared y me tapo la herida con la mano para contener la hemorragia.

—Te hice un favor.

—¡Me lo arrebataste todo! —chilla—. Así que yo te lo voy a arrebatar todo a ti.

Sé que solo busca atemorizarme, pero lo que consigue es que lo comprenda. Porque yo he pensado lo mismo, con esas palabras. He imaginado mil veces cómo le iba a decir esa misma frase a Peter. Se me escapa una carcajada que no puedo contener y el dolor en el costado no es nada comparado con el de comprender la devastadora realidad: Smee es igual que yo.

Y para él, yo soy igual que Peter.

—¿Quieres mi vida? —Toso y la sangre me burbujea en la garganta—. Solo tenías que decirlo. Toda tuya.

Smee frunce el ceño.

—No es suficiente. —Se inclina hacia mí, se agacha hasta que su rostro está delante del mío—. Quiero ver tu expresión mientras mato a la única persona que te quiere.

Habla de Wendy. Claro. Porque la vida es un círculo y tiene lógica que me quite lo que yo quería quitarle a Peter.

Pum. Pum.

El corazón se me para mientras muere el sonido de los disparos. El estómago se me atenaza en un nudo de terror cuando miro hacia Wendy.

No. Ella, no. Cualquiera menos ella.

El alivio me recorre como una oleada cuando veo que está bien y que ya no tiene la pistola en la boca. Sin embargo, tiene los ojos muy abiertos clavados en el cuerpo de Starkey, que yace muerto a sus pies.

Otro pum resuena en la cueva. Peter le ha pegado un tiro a Smee en la nuca, y cae al suelo, también muerto.

Su asesinato no me produce la menor satisfacción. Comprendo demasiado bien la rabia arrolladora de la necesidad de venganza. Cómo te supura por los poros, cómo te envenena la sangre hasta que no puedes pensar en otra cosa. Solo espero que encuentre paz en la muerte.

—Imbéciles —masculla Peter. Se dirige hacia Wendy y la desata—. Ya puedes salir, Carla.

Carla sale de donde ha estado todo este tiempo, escondida tras una roca. Hago una mueca mientras me levanto con la mano contra la herida y el ardor me irradia por todo el torso. Doy un paso tambaleante, estoy mareado, pero respiro hondo y trato de enfocar la mirada.

—¿Te llamas James Barrie? —pregunta Peter.

—Sí —respondo.

Llevo años imaginando este momento, la cara de Peter cuando se diera cuenta de quién soy en realidad. Pero ahora solo siento un vacío. Me obligo a mover los pies hacia mi navaja y dejo escapar un gemido de dolor al recogerla. La sangre me vuelve a manar de la herida y me empapa la camisa. No sé lo profunda que es, pero tengo frío, y estoy seguro de que he perdido más sangre de la que se considera razonable.

—Eres igual que tu padre —sigue Peter—. Y tu hermano es igual que tú.

CAPÍTULO 46

Wendy

«¿Cuántos familiares desconocidos tiene James?».

Me queman las muñecas por donde las he tenido atadas. Flexiono los dedos y no hago caso del dolor que siento en la cabeza ni de la sangre seca que me tensa la piel de la cara.

Desperté en medio de una neblina, con una pistola contra la sien, y vi a Smee amenazando a James de muerte. Tengo las muñecas laceradas de forcejear contra las cuerdas y jamás me había sentido tan impotente como cuando he visto a James caer de rodillas, prisionero de su trauma.

Si mi padre no hubiera matado a Smee, lo habría hecho yo.

Siento un latigazo de rabia, como lava caliente, provocado por cómo me ha engañado mi padre. Utilizó a mi hermano para traerme aquí, y permitió que Carla me maltratara y me atara.

Eso no es amor.

James se echa a reír. Se deja caer en cuclillas. Estoy muerta de miedo, no sé hasta qué punto es grave la herida.

—¿Estás de broma o qué? —dice—. ¿Un primo y un hermano? Vaya, es mi día de suerte.

Miro de reojo a Carla, que se acerca a mí.

Mi padre se da un golpecito en la pierna con el arma. Está rígido, con los ojos duros como el acero. Hasta hace un momento habría jurado que era incapaz de utilizar una pistola. Y ahora, ahí está: es un gánster de la cabeza a los pies.

—Ojalá estuviera de broma —replica.

James niega con la cabeza, da un traspiés y la navaja se le cae al suelo. El corazón me da un vuelco y voy a levantarme, pero un tirón del pelo me inmoviliza.

—Ni se te ocurra —dice Carla.

Se me pasa por la cabeza enfrentarme a ella, pero no quiero apartar la vista de James. Tengo miedo de que pase algo terrible si lo hago. El pánico me invade.

Mi padre se acerca a él, aleja la navaja de una patada y le pone la pistola en la frente hasta que James, al fin, se deja caer de rodillas.

—Papá —suplico. El corazón me late a toda velocidad—. Para.

Me mira.

—¿No ves el parecido, Wendy?

—¿El parecido con quién?

Carla me tira del pelo hasta casi hacerme gritar.

—¡Con Jon! —ruge mi padre—. El bastardo que tuvo tu madre con Arthur, mi antiguo socio.

Me quedo sin aliento. Es como si me hubieran dado un golpe en el estómago.

—¿Qué? No, mamá no…

—Por favor, Wendy. —Mi padre suelta una carcajada—. Siempre has sido una ingenua.

James entreabre los labios. Está muy pálido.

—¿Jonathan es... mi hermano?

—Medio hermano, para ser exactos. —Mi padre se acuclilla, junta dos dedos y se los clava a James en el costado—. Creí que habías muerto con ellos.

James gime de dolor y se dobla por la cintura. El estómago se me sube a la garganta y las palabras apenas me salen.

—Papá, por favor —suplico—. Si alguna vez me has querido, aunque sea un poco, para. —Me arde el pecho. Oigo la risita de Carla detrás de mí—. ¿No has hecho ya suficiente? —Noto las lágrimas ardientes que me corren por la cara.

Mi padre se detiene, le saca de la herida los dedos ensangrentados y se pone de pie. Me mira con afecto.

—Claro que te quiero, mi pequeña sombra, pero no puedo permitir que este hombre viva. Ha quemado mis aviones. Ha respondido con insultos a mis ofertas. Me ha escupido a la cara y se ha exhibido con mi hija del brazo como si fuera una puta barata.

La rabia y la pena luchan por ocupar el lugar de honor en mi alma.

Todo lo que dice encaja en mi mente, y la confusión que siempre he sentido se disipa. Ahora comprendo por qué mi padre nunca le ha hecho caso a Jon.

Y por qué Jon tiene el pelo negro y la piel morena, tan similar a la de nuestra madre... y a la de James.

La incredulidad me sacude y una pregunta me ronda por la mente.

Mi padre se vuelve hacia James, le pone el cañón del revólver contra la cabeza y echa hacia atrás el percutor.

—¿Quieres decir algo antes de morir, Garfio?

—Qué modales, Peter. —Tiene la voz rota—. Esto no es una pelea justa.

Aparta los ojos de mi padre y los clava en mí. Se pasa la lengua por los labios. La sangre le corre por la comisura de la boca.

—No lo digas. —Siento que me están desgarrando por dentro—. No te atrevas a decirlo.

Sonríe, y juro por dios que solo con verlo me dan ganas de morir.

—Lo mejor que he hecho en mi vida ha sido quererte, Wendy.

El corazón me estalla en el pecho y el dolor que me arrasa es tan profundo que se me graba a fuego en el alma. Se me escapa un sollozo gutural que hace que mi padre se vuelva hacia mí. Me sacudo con violencia para liberarme de Carla. Echo la cabeza hacia atrás, le doy un golpe en el cráneo y noto que me suelta.

Me aparto bruscamente y caigo al suelo. Me incorporo sobre las manos y las rodillas y me arrastro hacia el cadáver de Starkey. Llego junto a él en el momento en que Carla me agarra por el tobillo.

Ha sido rápida.

Pero no lo suficiente.

Me revuelvo contra ella, levanto el revólver, le apunto a la cara y, sin pensar más, disparo.

La sangre sale como una explosión. Me salpica sobre las piernas al tiempo que su cuerpo sin vida se desploma hacia atrás en el suelo de la cueva.

Me limpio la boca con el dorso de la mano, me levanto muy despacio y me concentro en mi padre, que tiene a James de rodillas.

Los dos me miran, paralizados, con los ojos muy abiertos.

Las lágrimas me corren por la cara y siento los fragmentos de mi corazón roto que me perforan la piel cuando alzo el arma con las manos temblorosas y apunto a mi padre.

—No tenía que haber sido así —susurro.

—Wendy —me dice James con voz más fuerte que en toda la noche—. No lo hagas.

—¿Mamá murió en un accidente de coche? —pregunto.

Tengo el dedo curvado sobre el gatillo.

—Mi pequeña som...

—¡Responde! —grito, y me duele la garganta del alarido.

Mi padre agacha la cabeza. Ya no finge más. Sus ojos quedan vacíos, inexpresivos.

—No.

—¿Y Jon? —sigo, aunque el dolor me está matando.

Levanta la barbilla.

—Jon no es mi hijo. Es un bastardo y es la viva encarnación del insulto de tu madre.

El rostro se me desfigura cuando la dolorosa verdad se me clava en el pecho. Respiro hondo, doy la bienvenida al dolor y permito que alimente mis llamas.

Miro a James, luego a mi padre. Las manos me tiemblan tanto que me sorprende ser capaz de moverlas. Pero aprieto los dientes y controlo el temblor.

—No me obligues a hacerlo.

La voz casi no me sale de la garganta.

Mi padre suelta una risita, pero mira el arma, nervioso.

—No digas tonterías, Wendy. Soy tu padre.

Doy un paso adelante. Y otro.

—Wendy. —La voz de James es firme. Tiene los ojos claros, bien abiertos, como si aceptara la situación, y dice—: Tranquila, querida. No pasa nada. Baja el arma.

Las lágrimas me nublan los ojos y el dolor me fustiga el alma, pero hago lo que dice y bajo el arma.

Mi padre relaja los hombros y frunce el ceño.

—Siento que tenga que ser así, mi pequeña sombra. Pero con el tiempo te darás cuenta de que es lo mejor.

Se vuelve y pone el revólver contra la cabeza de James, que cierra los ojos. Está dispuesto a aceptar su destino.

Pero yo no.

—Papá. —Levanto el revólver y lo amartillo—. Yo también lo siento.

Y presiono el gatillo.

Mi cuerpo choca con el suelo antes que el suyo. Me sacudo entre sollozos y me derrumbo bajo la angustia de lo que acabo de hacer. Me doblo por la cintura, tengo arcadas, la piel me suda, me abraso por dentro y no puedo evitar vomitar.

La garganta me arde. Tengo el alma destrozada y los ojos tan hinchados que no puedo ver.

Un roce suave me acaricia la espalda, unas manos me levantan y los labios de James me besan el rostro.

—Shhh, querida. No pasa nada. Todo se va a arreglar.

Me abraza. Es un gesto débil y tembloroso, pero me abraza.

Y eso es lo único que necesito.

CAPÍTULO 47

Wendy

Hace una semana que he matado y el dolor me sigue pesando en el pecho.

No sé si dejaré de sentirme así algún día, pero no lamento lo que hice. Ya había perdido a mi padre mucho antes, y si tuviera que volver a hacerlo, hoy me encontraría de nuevo donde me encuentro.

En su funeral, en el primer banco, con cientos de personas detrás de nosotros.

Las lágrimas que derramo son sinceras. Recuerdo al padre que me traía bellotas y me daba las buenas noches. Pero ese hombre ya no existía y tal vez yo haya ayudado a que su alma encuentre la paz. Porque en este mundo no la tenía.

No sé cómo han conseguido taparlo, y tampoco me importa. Para el resto del mundo, a Peter Michaels lo mató un criminal de poca monta llamado Sammy Antonis, hijo secreto del difunto senador Barrie, al que todo el mundo llamaba Cocodrilo.

James consiguió sacarnos de la cueva del Caníbal y dio con los gemelos, que estaban atados a unos árboles. Heridos y magullados, pero vivos.

James perdió el conocimiento antes de que llegáramos al Tigrilla. Rizos nos recibió allí con un médico de confianza. Grité hasta quedarme ronca para que lo llevaran a un hospital, pero se negaron.

Demasiadas preguntas, demasiados testigos.

Cuarenta y siete puntos, varias transfusiones y una semana de descanso más tarde, y nadie habría dicho que estuvo tan al borde de la muerte.

Yo, por el contrario, aún no me he reconciliado con el hecho de que ahora mi alma está teñida de rojo. Es una carga pesada, pero la llevaré con orgullo.

James dice que a veces el verdadero amor requiere sacrificios. Y yo sacrificaré mi alma mil veces para seguir con él.

Cuando termina el funeral, nos metemos en el coche. James me rodea los hombros con el brazo y me atrae hacia él. Entrelaza los dedos de la otra mano con los míos, se los lleva a los labios y me besa cada nudillo.

—¿Estás bien, querida?

—Hasta cierto punto, sí.

—¿Has hablado con Jonathan?

Suspiro y niego con la cabeza. Jon no ha venido al funeral. Cuando se enteró de la muerte de mi padre, casi pareció contento. Y cuando le contamos lo de su verdadero padre, fue un alivio para él.

Me resulta raro saber que James y yo tenemos un hermano en común, pero ahora que ha salido del Rockford Prep y vive con nosotros en el yate me encanta que se estén conociendo mejor. Que estén aprendiendo a quererse tanto como yo los quiero.

Si algo he aprendido estos últimos meses es que la familia es como cada uno la crea.

—Oye, ¿te importa si paramos en el Vanilla Bean? —pregunto.

De pronto, me apetece ver la sonrisa de una amiga.

Angie me llamó cuando se enteró de la muerte de mi padre y hemos retomado la amistad. No me ha preguntado qué sucedió durante mi ausencia y yo tampoco se lo he explicado. Pero, claro, aún no nos hemos visto en persona. Todo puede cambiar.

James me da un beso en el lóbulo de la oreja.

—Podemos hacer lo que te apetezca, querida. Solo tienes que decirlo.

—Vale. —Sonrío y me vuelvo hacia él. Le toco la cara—. ¿Y tú? ¿Cómo lo llevas?

Sonríe.

—Estoy preparado para volver a casa y atarte a mi cama.

—Compórtate, querido. —Le doy un beso en los labios—. Oye, no es por cambiar de tema, pero ¿no quieres hacerle un funeral a Ru?

Se le oscurece la mirada y noto que tensa la mandíbula. Durante esta última semana, se ha sincerado conmigo acerca de su relación con Ru. Me dijo que se aburría en la cama y le apetecía hablar, pero sospecho que ha sido su manera de ayudarme a sobrellevar el dolor.

Cada vez que pensaba que el recuerdo me iba a superar, cada vez que el dolor del corazón se volvía intolerable, James me rodeaba con los brazos y me contaba historias de los Niños Perdidos y sus aventuras a las órdenes de Ru, el del pelo rojo.

Y me ayudaba.

James niega con la cabeza.

—No. No le habría gustado.

Se me encoge el corazón.

—Vale, pero si alguna vez cambias de idea, estaremos a tiempo.

Me besa en los labios, me recorre el vestido con los dedos y me mete la mano por debajo.

—Eres muy atenta, nena. Te voy a demostrar cuánto te lo agradezco.

—James. —Me atraganto—. Aún no se te ha cerrado la herida.

Sonríe y se desliza hacia el suelo de la limusina. Me separa las piernas con las manos para instalarse entre mis muslos.

—Tienes toda la razón —dice. Me aparta las bragas a un lado y se hunde entre mis pliegues—. No le irás a negar un poco de placer a un convaleciente.

—No, pero tienes que guardar...

Se me corta la voz cuando se inclina hacia delante. Me lame el sexo y me acaricia el clítoris con la lengua. Sin poder contenerme, lo agarro del pelo y empujo con las caderas hacia él.

Se me acelera el corazón y miro al conductor, pero la pantalla de separación está levantada y el cristal es tintado, así que no puede vernos. Pero la sola idea de que nos oiga basta para que se me tense todo el cuerpo.

James me mete los dedos y los curva contra las paredes internas, y a mí se me escapa un largo gemido. Unos cuantos toques de la lengua y no necesito más: el orgasmo me sacude como una avalancha y le aprieto el rostro entre los muslos.

Vuelve a ponerme las bragas en su sitio y deposita un beso sobre el tejido antes de volver a subir y besarme en los labios.

—Así me gusta, mi chica —dice.

Sonrío sin apartarme de él y la calidez me acaricia el pecho mientras le echo los brazos al cuello.

—Solo tuya, James Barrie.

—Y yo, siempre tuyo, Wendy querida. —Me da un beso en la barbilla—. Todas las noches.

—Y todo recto hasta el amanecer.

EPÍLOGO

James

Dos años después

Antes detestaba el mar.

Nadie lo habría dicho si me viera ahora en el Tigrilla, con la brisa marina en el rostro.

Es el segundo año que Wendy está a mi lado y el primero entero que lleva casada conmigo. Y me ha prometido que por fin dejaría que nos hiciéramos a la mar.

Antes tampoco le gustaba, pero está cambiando de opinión.

Miro de reojo la mesa de nuestra primera cita, cuando aún no sabía que iba a eclipsar mi mundo y a convertirse en la única razón de mi existencia. Está sentada, con nuestro segundo hijo en el vientre mientras el primero apenas empieza a caminar solo.

Entonces no lo sabíamos, pero cuando enterramos a su padre, ya estaba embarazada.

De un niño. Le hemos puesto Ru.

Jon y ella se ríen cuando el pequeño mueve las caderas al ritmo de la música que suena por los altavoces. Una sensación cálida me inunda el pecho y me sale por los poros.

Nunca pensé que tendría esto.

Una familia.

Una vida.

Pero entonces llegó Wendy, con su lealtad inquebrantable y su generosa manera de perdonar hasta los peores errores. Me demostró que incluso los corazones más enfermos pueden aprender a amar.

Habrá que volver a casa tarde o temprano, claro. Yo tengo que dirigir un imperio y Jon va a ir a la universidad para estudiar ingeniería.

Quiere construir aviones. Nada menos.

Cuando las cosas se calmaron, Wendy intentó volver a trabajar en el Vanilla Bean, pero la rechazaron por no haberse presentado varios días seguidos. Cosa que fue culpa mía, claro.

Así que se lo compré.

Y, antes de que llegara el pequeño Ru, se pasó varios días reconstruyendo la amistad con Angie y Maria.

No fue fácil convencer a Maria, pero luego empezó a salir con Rizos y se ablandó. Ahora son inseparables.

Contemplo el agua, cierro los ojos y miro hacia un futuro lleno de aventuras. Doy las gracias por lo mucho que hemos avanzado.

Y pensar que todo empezó con un poco de fe.

Confiando en quien no debíamos.

Con polvo de hadas.

Y con un villano que solo necesitaba robar un poco de amor.

EPÍLOGO AMPLIADO

Wendy

—Querida.

Me vuelvo al oír la expresión afectuosa y las comisuras de los ojos se me arrugan con una sonrisa cuando veo a James entrar en nuestro dormitorio del yate. El corazón se me acelera cuando se acerca a mí y veo cada detalle de su traje negro, de su pelo perfectamente peinado. Los dedos me cosquillean al recordar el tacto de ese pelo hace dos horas, cuando entró en la ducha detrás de mí y metió la cabeza entre mis muslos.

Siento mariposas en el estómago.

Tras una década juntos, cualquiera diría que la pasión se tendría que haber mitigado, pero no ha hecho más que crecer. Cuando estás con alguien tanto tiempo como hemos estado nosotros, cuando amas a alguien tanto tiempo como hemos tenido la suerte de amarnos, ese alguien se te graba en la piel. Sus deseos y necesidades ya no son un mapa, sino mera memoria muscular.

Se dice que, para dominar una tarea, hay que ejecutarla diez mil veces. Yo lo que sé es que James es experto en todo lo relativo a mi dolor y a mi placer.

—No sabía que ibas a estar preparado tan pronto —digo con una ceja arqueada.

Me vuelvo hacia el espejo y me pongo en el pelo la última horquilla mientras lo miro en el reflejo.

Sonríe y los ojos azules le relucen cuando se sitúa detrás de mí. Me rodea la cintura con el brazo y me atrae hacia él. Otro latigazo de deseo me recorre el cuerpo y me muerdo el labio para tratar de controlar la reacción a la presencia de mi marido. No quiero que me estropee el maquillaje, pues ha prometido que cenaríamos en la ciudad.

Pero James se fija en todo.

Me pasa las manos por la delantera del vestido azul claro, el que me pongo solo para él. Agarra en el puño el tejido sedoso y me lo sube por el muslo para meter la mano por debajo. Se me eriza todo el vello cuando me roza el clítoris con las yemas de los dedos.

—¿No llevas bragas? —Presiona, y la excitación me humedece los muslos—. Eres muy traviesa —me susurra al oído—. Es casi como si quisieras que perdiera el control.

Dejo escapar el aliento entrecortado y apoyo todo mi cuerpo contra él. El corazón me late tan fuerte que me oigo el pulso.

No se equivoca. Quiero que pierda el control.

Me recorre el torso con la mano, me acaricia el pecho hasta llegar al cuello y me lo rodea como si fuera una gargantilla.

—¿Quieres que muera alguien? Te juro que es lo que pasará si algún hombre se atreve a mirarte cuando estás desnuda bajo este vestido devastador.

—Es solo para ti —digo con el aliento entrecortado—. Solo para ti.

—¿De verdad? —murmura, ronco.

Mete los dedos entre mis pliegues hasta que los desliza dentro de mí. Se me desenfoca la vista y echo la cabeza hacia atrás, contra su hombro.

—¿Estás caliente y desnuda solo para mí?

—S-sí —jadeo.

Ronronea desde lo más profundo de la garganta, me agarra el cuello con más fuerza y la tensión se me enrosca en el abdomen. Me presiona el clítoris con el pulgar hasta que arqueo la espalda contra él.

—Eso es, muy bien, mi chica. Lo estás haciendo muy bien.

El fuego me sube por los muslos y se me instala en la entrepierna. Muevo las caderas contra su mano para buscar alivio con desesperación. Se me estremecen las entrañas y sé que no lo voy a soportar ni un segundo más, pero entonces la presión estalla y salto en mil pedazos. La luz me ciega y mi alma se remonta por encima de mi cuerpo.

Recorro cada instante sobre sus dedos y le clavo las uñas en la muñeca para que no me suelte. Poco a poco, la ola de placer llega a su fin y vuelvo a ver con claridad.

—Eres maravillosa —me ronronea James al oído, mientras su erección me presiona la espalda—. Ya ha llegado Angie para quedarse con los niños. No te pongas las bragas. Quiero sentarme enfrente de ti durante la cena y saber que tienes el coño al aire solo para mí.

Sonríe y veo un brillo travieso en sus ojos. Me vuelvo hacia él y me pongo de puntillas para darle un beso en los labios. Antes de que me dé tiempo a retroceder, me sujeta por la nuca con fuerza y me atrae hacia él. Me cuela la lengua entre los labios y me besa hasta que me quedo sin aliento. Siento que mi sexo se retuerce con espasmos, pide más. Siempre quiero más de él.

Cuando me suelta, apoya la frente contra la mía y se mece muy despacio. La excitación que siento se transforma en algo diferente, en algo más profundo. Es algo que me hace más vulnerable, una sensación intensa y abrasadora que siento debajo de la piel y me rezuma por los poros.

—Te quiero —susurro contra su boca.

Mueve la mano, se la saca del bolsillo y la sube por mi espalda. Noto una sensación fría en torno al cuello y oigo un suave clic. Bajo la vista y abro mucho los ojos al ver un collar de zafiros azules.

—Feliz aniversario, Wendy querida. —Retrocede, me coge una mano y se la pone contra el pecho—. Antes de que llegaras tú, mi vida no era nada.

Se me llenan los ojos de lágrimas y siento un nudo de emoción en la garganta. Toda mi vida había anhelado tener a un hombre que me amara y me apreciara. Y James es todo lo que soñé y mucho más.

James

Hay pocas cosas de las que me arrepienta.

Pero dedicaré cada momento de mi vida a compensar a Wendy por las mil maneras en las que le fallé hace ya tantos años. Es mi otra mitad, mi mejor mitad, mi mitad perfecta, y sé que, pese a todo lo que haga, nunca la mereceré.

Me hace menos duro, aunque eso jamás lo reconoceré ante nadie. De hecho, según los Niños Perdidos, ahora soy más despiadado que antes de conocer a Wendy, porque ahora tengo que proteger a mi familia y, cuando se trata de ellos, no corro riesgos.

Tuve que acabar de rodillas y con el cañón de una pistola en la sien para comprender que las cosas que había hecho mal, lo ciego que había estado a mi entorno, era fruto de lo que me había sucedido de niño. Aquel trauma me hacía incapaz de pensar con lógica y casi me llevó a perder todo lo que era importante para mí. Así que, aunque sé que no lo merezco, doy gracias a Dios por que mi esposa hubiera sufrido tanto en sus circunstancias que pudo perdonarme. Puede que eso haga de mí un mal hombre, pero es que solo soy un hombre. Quiero creer que me he pasado estos diez últimos años compensando los errores que cometí, aunque a veces aún me persigan en mis sueños.

Tras años de examinar lo que has hecho mal, acabas viendo el mundo con más claridad.

Wendy me lo ha dado todo. Ahora tengo unos hijos maravillosos y un hermano pequeño al que quiero con locura, pero eso no cambia que solo el hecho de tenerlos ya es peligroso. Así que trabajo desde las sombras, como he hecho siempre, y ahí mantengo a mi familia.

Cuando estoy con Wendy, todo lo demás no importa. Me consume igual que me consumió aquella primera noche cuando la vi entrar en mi bar.

Deja escapar un suspiro mientras se quita los zapatos de tacón y camina por el dormitorio principal de nuestro ático. Acabamos de cenar a la luz de las velas, y pienso mantenerla despierta toda la noche. No dejará de gritar mi nombre.

Compré este apartamento hace ocho años, tras decidir que necesitábamos otro lugar para desarrollar nuestra vida, aparte del yate. A mí no me habría importado vivir en el barco, pero sé que Wendy, aunque no lo diga, sigue estando incómoda en el agua, y lo que más me importa en el mundo es que tenga lo que quiera. Además, me conviene tener un lugar para estar con ella sin interrupciones. Me gusta disponer de tiempo para sumergirme en ella.

Siento que se me tensa la polla al ver que se pasa los dedos por el collar de zafiros.

—Es precioso, James —dice.

Voy hacia ella, me pongo a su espalda y le rodeo la cintura con el brazo. La atraigo hacia mí igual que hice a primera hora de la noche, para que sienta cada centímetro de mi erección. Quiero que sepa lo que me hace. Lo que solo ella me hace.

Presiona el culo contra mí y gime mientras mueve la mano para tocarme bajo la tela de los pantalones. Yo dejo escapar un gruñido y aprieto las caderas contra su mano. Me acaricia y el placer me sube por el cuerpo como una neblina pausada.

—Desnúdate —ordeno—. Luego, ve a la cama. No quiero que lleves nada más que el collar. Y abre bien las piernas, quiero ver ese coñito precioso.

Se atraganta y se pone colorada, y yo noto un cosquilleo en el estómago. Me encanta que, después de tantos años, se siga sonrojando así.

Se quita el vestido muy despacio y luego se desabrocha el sujetador. Siento que la tensión me crece en el pecho a medida que su piel, centímetro a centímetro, va quedando al descubierto. Es una tortura. No me muevo, sino que la observo mientras el deseo me nubla la vista. Se contonea hacia la cama, se sube al colchón y se da la vuelta para sentarse sobre los talones.

Me contengo para no gemir por la ola de calor que me recorre. Me desabrocho el cinturón y me quito los pantalones para dejar salir la polla lista y palpitante. Me acaricio de la base a la punta. La tensión en los testículos es insoportable cuando Wendy se pasa la lengua por los labios, desesperada por tenerme en la boca.

Me mira con los ojos entornados cuando avanzo hacia ella. Llego al pie de la cama y le cojo la barbilla entre el índice y el pulgar.

—Esta noche has sido muy buena, ¿sabes?

Su sonrisa hace que se me estremezca la polla. Estoy loco por estar entre sus labios para que me haga con la boca lo que ella me sabe hacer.

Bajo los dedos de la boca al cuello hasta llegar a las clavículas. La empujo hacia atrás para que quede expuesta ante mí, jadeante, con los pechos tensos y los pezones duros que me suplican que los tome entre los labios.

—¿Tienes idea de lo que me ha costado no matar a cada hombre que te ha mirado esta noche? —jadeo al tiempo que me inclino hacia delante para besar su dulce piel—. Ha sido un jodido tormento. Ninguno era digno siquiera de poner los ojos sobre ti.

Trazo un círculo con la lengua en torno a un pezón, me lo meto en la boca y lo mordisqueo hasta que arquea la espalda contra mí.

Es delicioso.

Bajo la mano hasta la humedad de su coño, la recojo como si fuera un tesoro y me la llevo a la boca. Dejo escapar un gemido ante el sabor. Luego bajo, le cojo el clítoris entre los labios y le meto los dedos hasta que deja escapar un grito ronco.

—James —gime, y me agarra el pelo.

—Muy bien, nena —murmuro, y le paso la lengua por el coño otra vez—. Solo yo te hago sentir así.

Aparto la boca y mantengo el ritmo con los dedos. Tengo los labios empapados de su sabor. Me muevo hacia arriba, con mi cuerpo contra el suyo.

Tiene los ojos desenfocados, perdidos, con las pupilas dilatadas. Verla así, tan fuera de control, tan perdida en las sensaciones, hace que se me forme una perla de semen en la punta de la polla. Me muero por hundirme en ella hasta perderme. Como me pasa siempre con Wendy.

—Dímelo.

Le saco los dedos y pongo la polla en la entrada de su sexo. Le agarro el cuello con la otra mano.

—Soy tuya —susurra.

Levanta la cabeza para presionar los labios contra los míos.

Presiono las caderas contra las suyas y entro de golpe en ella. La follo con movimientos largos, duros y firmes, al tiempo que le aprieto el cuello con cuidado de no tocar la tráquea.

La piel suena contra la piel, el olor a sexo impregna el aire. Su coño me acaricia con cada movimiento y tengo que morderme los labios para no correrme.

—Quiero tocarnos —jadea.

Baja la mano para rodearme la base del miembro con los dedos. La sensación añadida de su mano que me recorre con cada empujón me lanza hacia una rápida espiral.

—Eres perfecta, perfectísima —susurro. Se me ponen blanco los nudillos contra su cuello—. Qué bien te entra mi polla. Estás hecha para mí, querida.

Echa la cabeza hacia un lado, abre mucho la boca y, cuando se corre, siento las paredes de su sexo palpitantes en torno a mí.

La oleada de calor me recorre el cuerpo, se me concentra en la base de la columna y estalla. Me derramo en lo más profundo de ella entre espasmos y la lleno de mi semen.

Me zumban los oídos mientras trato de recuperar el aliento y tardo unos segundos en rodar a un lado de ella para quedar tumbado de espaldas. Wendy respira hondo y se acurruca contra mí. El sudor que nos cubre la piel demuestra hasta qué punto me vuelve loco.

—Te quiero —susurro.

—¿Todas las noches? —responde.

Sonrío, y algo se me desata en el pecho. Ha pasado una década y lo sigue diciendo casi cada día. No sé si es para mantener vivo el recuerdo de Ru o si ha adoptado la frase como propia, pero no seré yo quien la prive de ella.

—Y todo recto hasta el amanecer, Wendy querida.

PERFIL DE LOS PERSONAJES

James Barrie, «Garfio»

Nombre: James Barrie, «Garfio»
Edad: 26
Lugar de nacimiento: Londres
Residencia actual: Bloomsburg, Massachusetts
Nacionalidad: Británico
Ocupación: Hombre de negocios / jefe de banda criminal
Ingresos: Millonario
Color de ojos: Azul claro
Pelo: Negro azabache, un poco enmarañado
Constitución: Atlético, alto, en forma pero no hipermusculado
Atuendo preferido: Traje de tres piezas
¿Gafas? No
Accesorios que lleva siempre: Navaja curva (tipo karambit)
Nivel de cuidado personal: Impecable
Salud: Sano
Caligrafía: Cursiva perfecta
Manera de caminar: Arrogante, irradia poder
Manera de hablar: Seductor cuando hace falta. Le gusta contar
  historias, sobre todo antes de torturar o matar a alguien.

Registro de habla: Culto

Acento: Británico, algo americanizado

Postura corporal: Perfecta

Gesticulación: Sí

Contacto visual: Siempre

Palabras malsonantes: No suele decir tacos.

Expresiones reiteradas: Querida, nena

Problemas de habla: No

Risa: Sedosa, grave

¿Qué le divierte? Pocas cosas le hacen gracia.

Sonrisa: Deslumbrante, acentuada en la comisura izquierda, muestra dientes perfectos.

Emociones: Emotivo cuando quiere si le resulta útil para manipular a los demás.

Infancia: Rico y bien protegido de niño. Sufre abusos y negligencia tras la muerte de sus padres.

Estudios: Muy participativo, les da gran importancia, y sigue aprendiendo por su cuenta tras la graduación. Sus compañeros creían que acabaría involucrado en la política.

Empleos: Siempre ha trabajado para Ru.

Trabajo soñado cuando era niño: Nunca ha tenido un trabajo soñado; solo ha querido matar a Peter.

Modelo de conducta durante la adolescencia: Ru

Mayor pesar: Permitir que las emociones lo volvieran irracional y así perder a Ru; no ver lo que tenía ante sus ojos; llegar a conclusiones precipitadas e ilógicas acerca de Wendy que lo llevaron a causarle daño.

Aficiones durante la adolescencia: Aprender todo lo que Ru le enseñaba.

Lugar favorito en su infancia: Cualquiera lejos de su tío

Primer recuerdo: Su madre arropándolo de noche cuando era pequeño antes de leerle cuentos.

Recuerdo más triste: La pérdida de sus padres y de Ru

Recuerdo más dichoso: El momento en que supo que Wendy era suya y había recuperado a la familia cuya pérdida lo atormentó toda la vida.

¿Algún trapo sucio? Hay cosas que es mejor no analizar.

Si pudiera cambiar algo de su pasado, ¿qué sería? Sus padres seguirían vivos.

Puntos de inflexión en su vida: Conocer a Peter; la muerte de sus padres; los abusos físicos y sexuales de su tío.

Personalidad: Encantador, trastornado, atractivo

¿Qué consejo se daría si pudiera viajar en el tiempo? «Enfréntate a tus traumas o acabarán contigo».

Antecedentes penales: Si alguna vez lo atraparan, muchos.

Padre

Edad: Fallecido

Ocupación: Hombre de negocios

¿Cómo era su relación con el personaje? Fuerte, aunque distante en lo emocional. James lo admiraba y sabía que algún día se encargaría de los negocios familiares, y quería ser como él.

Madre

Edad: Fallecida

Ocupación: Organización del hogar y cuidado de su hijo

¿Cómo era su relación con el personaje? Muy cercana; es la única mujer a la que ha querido hasta que aparece Wendy.

Hermanos: Ninguno que él sepa; Jon es su hermanastro.

Amigos: Ru

Enemigos: Peter

¿Cómo lo ven los desconocidos? Peligroso y atractivo

Redes sociales: No

Papel en la dinámica de grupo: Líder

Con quien cuenta para...

Consejos prácticos: Con nadie (aunque debería)

Orientación: Ru

Complicidad: Ru

Apoyo emocional: Con nadie

Apoyo moral: Con nadie

¿Qué hace en un día lluvioso? Lo mismo de siempre

¿Teoría o práctica? Ambas, aunque la práctica se resiente debido a sus traumas, que lo llevan a cometer errores y tomar decisiones equivocadas.

¿Optimista, pesimista o realista? Realista

¿Introvertido o extrovertido? Extrovertido cuando hace falta, pero en realidad es introvertido.

Sonidos favoritos: El silencio; la sumisión de Wendy.

Deseo más profundo: Matar a Peter, porque piensa que así llenará el vacío que siente.

Mayor defecto: Su trauma no resuelto y su incapacidad para abrirse a los demás; permite que el pasado guíe sus decisiones, lo haga sacar conclusiones precipitadas y erróneas, o actuar sin pensar.

Punto más fuerte: Es tan impredecible que todos le tienen miedo.

Logro más importante: Amar a Wendy.

¿Cuál es su concepto de la felicidad? Al principio no busca la felicidad, así que no sabe cómo conseguirla. Lo hace al final, cuando se completa su arco como personaje y recupera el tipo de familia que pensó que no volvería a tener.

¿Quiere ser recordado? Sí

Actitud hacia...

El poder: Lo exige

La ambición: Despiadada

El amor: Cree que está por encima de eso

El cambio: No le gusta

¿Qué salvaría en caso de incendio? Su navaja

¿Qué lo altera? El sonido de un reloj

¿Cómo es su brújula moral y que hace que se desvíe de ella? Inexistente

Cosas que detesta: El sonido de un reloj, que la gente no lo respete

¿Qué quiere que ponga en su lápida? «Todas las noches, y todo recto hasta el amanecer».

Objetivo de su historia: Durante la mayor parte de su vida, James ha lamentado lo que le robaron. Busca el poder para no volver a sentirse tan impotente como cuando su tío abusaba de él. No tiene más sentimientos que la venganza, pero no cree que vaya a tener nunca una familia. Aunque no lo sabe, lo que motiva su venganza es haber perdido la «normalidad» que le daban la infancia y la familia que tuvo. Es la vida que le gustaría tener.

Al final, cuando el trauma y la rabia han estado a punto de destruirlo todo (toma decisiones precipitadas, incluso estúpidas, porque no es capaz de ver más allá de sus problemas ni de pensar con lógica), comprenderá que la venganza no puede curar las heridas, sino solo crear más. Estará dispuesto a renunciar a todo, incluido al objetivo de su vida, con tal de proteger y hacer feliz a Wendy. Para él, Wendy es la familia que nunca pensó que volvería a tener.

En el epílogo, pese a seguir siendo un criminal, tendrá la familia perfecta con Wendy, Jon y sus hijos. Así se cierra el círculo de la historia, recuperando lo perdido. No cambia lo que es porque su pasado le ha dado forma y porque le gusta, pero se permitirá curarse las heridas y conseguir lo que siempre ha deseado.

Wendy Michaels

Nombre: Wendy Michaels
Edad: 20
Lugar de nacimiento: Florida
Residencia actual: Bloomsburg, Massachusetts
Nacionalidad: Estadounidense
Educación: Bachillerato
Ocupación: Camarera en una cafetería para entretenerse, no por necesidad.
Ingresos: Heredera
Color de ojos: Castaños
Pelo: Largo, castaño, liso
Constitución: Menuda
Rasgos característicos: Nada reseñable, pero a James le encanta que vista de azul.
Atuendo preferido: Vestidos ligeros
¿Gafas? No
Accesorios que lleva siempre: No lleva accesorios
Nivel de cuidado personal: Alto
Salud: Sana

Caligrafía: Redondeada, con rasgos amplios

Manera de caminar: Procura pasar desapercibida y no destacar.

Manera de hablar: No suele decir lo que piensa. Se muerde la lengua y se calla. A veces estalla, sobre todo cuando está disgustada con su padre o cuando se encuentra con James.

Registro de habla: Normal

Acento: Estadounidense

Postura corporal: Buena

Gesticulación: Sí

Contacto visual: A veces

Palabras malsonantes: No tiene ninguna preferida

Expresiones reiteradas: No tiene; al principio, el personaje no sabe bien quién es.

Problemas de habla: No

Risa: Sonora, cristalina

¿Qué le divierte? Las comedias románticas y las bromas de su hermano pequeño.

Sonrisa: Tímida y hermosa

Emociones: Trata de ocultarlas, pero no siempre lo consigue, sobre todo cuando empieza a salir de su cascarón.

Infancia: Adinerada, protegida; educada por niñeras, busca siempre la atención de su padre.

Estudios: Hace solo lo que se espera de ella; sus compañeros pensaban que nunca tendría que trabajar.

Empleos: Camarera en una cafetería, pero solo como pasatiempo.

Trabajo soñado cuando era niña: Nunca pensó en qué quería hacer, solo en qué se esperaba de ella.

Modelo de conducta durante la adolescencia: Su padre

Mayor pesar: No haber defendido antes como debía a su hermano pequeño.

Aficiones durante la adolescencia: Siempre ha intentado complacer a los demás y no tenía identidad propia, así que lo que quisieran hacer los otros.

Lugar favorito en su infancia: Un hogar al que su padre hubiera vuelto y la abrazara.

Primer recuerdo: Su padre dejándole una bellota cuando era pequeña.

Recuerdo más triste: Tener que matar a su padre.

Recuerdo más dichoso: Cuando llega a ser ella misma.

¿Algún trapo sucio? No

Si pudiera cambiar algo de su pasado, ¿qué sería? Habría protegido más a Jon y habría dejado clara su postura antes.

Puntos de inflexión en su vida: La muerte de su madre y el cambio de actitud de su padre.

Personalidad: Inocente, dulce, ingenua

¿Qué consejo se daría si pudiera viajar en el tiempo? «Mereces estar en el centro de todos los lugares a los que llegues».

Antecedentes penales: Inexistentes

Padre

Edad: Mediana edad

Ocupación: Hombre de negocios

¿Cómo era su relación con el personaje? Buena relación cuando era pequeña, más tensa cuando creció. Distante y adicto al trabajo, ella añoraba la atención y el afecto que tuvo en su infancia. Esto le ha creado muchos problemas de adulta.

Madre
Edad: Fallecida
Ocupación: Trabajaba con su padre
¿Cómo era su relación con el personaje? Siempre tensa

Hermanos: Jon, su hermanastro
Amigos: Angie
Enemigos: Ninguno
¿Cómo la ven los desconocidos? Joven e inocente
Redes sociales: Sí, pero solo porque se espera de ella que las tenga.
Papel en la dinámica de grupo: Complacer a los demás.

Con quien cuenta para...
Consejos prácticos: Su padre
Orientación: Su padre
Complicidad: Angie
Apoyo emocional: Jon
Apoyo moral: Angie/Jon

¿Qué hace en un día lluvioso? Leer un libro o estar con su hermano.
¿Aprendizaje teórico o práctico? Teórico
¿Optimista, pesimista o realista? En cierto modo, optimista
¿Introvertida o extrovertida? Introvertida
Sonidos favoritos: Las risas en su casa
Deseo más profundo: Tener una familia cariñosa con la que pasar mucho tiempo.
Mayor defecto: La ingenuidad y los problemas de relación

con su padre que hacen que busque siempre atención y amor.

Punto más fuerte: La lealtad

Logro más importante: Hablar por sí misma

¿Cuál es su concepto de la felicidad? Tener a toda la familia bajo el mismo techo.

¿Quiere ser recordada? Solo por aquellos a los que quiere.

Actitud hacia...

El poder: Lo rehúye

La ambición: Moderada

El amor: Lo anhela

El cambio: No le molesta

¿Qué salvaría en caso de incendio? Una foto de ella con Jon.

¿Qué la altera? Que su padre nunca tenga tiempo para Jon.

¿Cómo es su brújula moral y qué hace que se desvíe de ella? Bastante fuerte, pero si alguien la manipula utilizando su necesidad de afecto es capaz de torcerse.

Cosas que detesta: Que le falten al respeto.

¿Qué quiere que ponga en su lápida? Lo que otros decidan, no tiene valor para hablar por sí misma.

Objetivo de su historia: Wendy es una chica ingenua, sobreprotegida y criada entre lujos. Nunca ha tenido otro amor a parte de su padre y su hermano pequeño. Cuando empieza a perderlos, pierde también su objetivo en la vida.

Lo que más desea es que su familia esté completa, feliz y a salvo. Cuando conoce a Garfio, encuentra en él lo que le falta en su vida personal: atención y afecto. Son dos cosas por las que está desesperada, así que se enamora muy pronto. Siempre ha estado protegida y no ha conocido a nadie como Garfio, capaz de manipular a los demás para conseguir sus objetivos, así que cree que sus emociones son sinceras.

Perdona muy deprisa las transgresiones de James porque siempre ha sido así y es lo que sabe hacer. Lo ama pese a todo lo que ha hecho porque toda su vida ha visto las situaciones desde el punto de vista de los demás. Esto permite que empatice con un hombre que debería parecerle un monstruo, pero es porque empatiza con la gente, aunque vaya en contra de sus intereses.

A medida que avanza la historia y James pasa a quererla de verdad, él la ayudará a florecer. Crecerá hasta convertirse en una persona que sabe que a veces tiene que decir lo que piensa y hacer lo que cree, aunque eso implique perder lo que siempre ha querido. Descubrirá su propia valía, aprenderá a ser lo que quiera y a hacerse oír, y comprenderá el alcance de su poder.

Perderá la inocencia y se manchará, pero al final tendrá lo que siempre ha querido: una voz firme, un hombre que la trata como a su igual y una familia completa, sana y feliz.

¡Forma parte del McIncult!

EmilyMcIntire.com

The McIncult (grupo de Facebook): facebook.com/groups/mcincult. Aquí podrás comentar todo lo relativo a Emily. Encontrarás primicias, sorteos exclusivos y, además, ¡es el mejor camino para contactar conmigo!

TikTok: tiktok.com/@authoremilymcintire

Instagram: instagram.com/itsemilymcintire/

Facebook: facebook.com/authoremilymcintire

Pinterest: pinterest.com/itsemilymcintire/

Goodreads: goodreads.com/author/show/20245445.Emily_McIntire BookBub: bookbub.com/profile/emily-mcintire

AGRADECIMIENTOS

A mi marido, Mike, que siempre ha sido mi principal apoyo y me ha animado incluso al principio, cuando no sabía qué diantres estaba haciendo. Sin ti, nada de esto habría sido posible.

A Sav R. Miller, mi mejor amiga. Gracias por acompañarme durante todo este camino, por darme siempre más de lo que esperaba, por apartarme del abismo y de las espirales descendentes, por ser una amiga sincera y una de las mejores personas que he conocido jamás. Es un honor ser parte de tu vida.

A mis lectoras alfa y beta: Sav R. Miller, Anne-Lucy Shanley, Michelle Chamberland, Ariel Mareroa. Sois maravillosas, siempre os adaptáis a mis ridículas prisas y conseguís que no escriba verdadera basura.

A mis editores y correctores: gracias por hacer que suene tan bien.

A la diseñadora de la cubierta, Cat, de TRC Designs: tienes mucho talento. ¡Gracias por dar vida a lo que solo imaginaba!

A mis lectores más activos: no tengo palabras para agradeceros que estéis a mi lado. Valoro todo lo que hacéis, vuestra manera de demostrarlo y la luz que aportáis a mi vida.

A los lectores del manuscrito: muchas gracias por leer lo que escribo y contribuir con vuestras reseñas a la promoción. Buena parte de mi éxito se debe a vosotros.

Al McIncult: gracias por ser parte de mis grupos y leerme con tanta atención. Es un sueño tener a lectores como vosotros y vuestro apoyo me hace muy feliz. Os debo que mi sueño se haya hecho realidad.

Y he guardado lo mejor para el final: mi hija Melody. Melody, siempre has sido y serás la razón de todo para mí.